김시습
호탕하게 유람하다
방외인의 관동 여행기

김시습
호탕하게 유람하다

방외인의 관동 여행기

2018년 6월 27일 초판 1쇄 발행

지은이 권혁진
펴낸이 원미경
펴낸곳 도서출판 산책
편집 김미나 정은미

등록 1993년 5월 1일 춘천80호
주소 강원도 춘천시 우두강둑길 23
전화 (033)254_8912
이메일 book4119@hanmail.net

ISBN 978-89-7864-067-1

이 책은 춘천시문화재단의 문화예술진흥기금 지원으로 제작되었습니다.

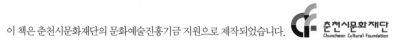

차 례
contents

김시습
호탕하게 유람하다
방외인의 관동 여행기

권 혁 진

머/리/말

수양대군이 왕위를 찬탈했다는 소식을 들은 김시습은 이 세상에서 도(道)가 실현될 수 없음을 알고 방랑길에 나섰다. 가치가 전도된 이 세상에서 그가 꿈꿔 왔던 왕도정치는 더 이상 실현될 수 없었다. 그의 발길은 철원 복계산 자락의 사곡촌에 닿았다. 김화현 관아에서 남쪽 10리에 위치한 사곡촌 골짜기에 세조 정권이 싫어 서울을 떠난 박계손 등이 초막을 짓고 은거하고 있었다. 세조가 예조참판에 임명했으나 이를 거부한 조상치도 이곳으로 왔다. 김시습은 이들과 함께 은거하면서 시대를 거부하고 새로운 길을 모색했다.

관서지방과 내금강을 유람한 김시습은 1460년(26세)에 강원도로 향했다. 여주를 거쳐 원주 동화사에서 시를 남기고, 치악산을 넘어 횡성 각림사에서 하루를 묵었다. 관동대로를 따라 걷다가 오대산에서 여러 편의 시를 남겼다. 대관령을 넘어 강릉 일대를 유람하고 다시 오대산을 찾아 작은 집을 짓고 한동안 머물렀다. 강원도를 유람하고 나니 호남의 산천이 궁금했다. 평창 객사에서 하룻밤 쉬고, 영월 주천을 지나 제천으로 향하였다.

전국을 떠돌아다니던 김시습은 49세되던 1483년에 다시 강원도로 향했다. 화천의 곡운구곡에 김시습의 이야기가 전해져 온다. 김수증은 김시습이 머물던 곳에 청은대라 이름을 붙였다. 이후 춘천 청평사 세향원에 머물며 청평산 이곳저곳에 자취를 남겼다. 오랫동안 머무른 것으로 보아 가슴속에 맺혀있던 고독과 분노가 어느 정도 치유된 것 같다. '씻은 듯이 사라지는 근심 걱정'이라 흥얼거렸다. 청평사뿐만 아니라 춘천의 여기저기에 시를 남기며 세상의 그물에서 벗어나려했다.

설악산 오세암은 오세동자인 김시습이 한동안 머물러서 이름을 얻게 되었다. 강릉을 거쳐 양양으로 향하던 김시습은 낙진촌에서 봇짐을 내렸다가, 양양 현북면 법수치리 산 속에 터를 잡는다. 양양부사는 안주와 술을 보내고 쌀을 보냈고 김시습은 감사의 편지를 보내며 친분을 쌓았다. 여러 해 동안 산에 사는 것을 즐겼지만 늘 즐겁지만은 않았다. 노년의 산 속 생활에 바람과 함께 회한이 찾아오곤 했다. 따뜻한 봄날에도 어김없이 슬픔이 찾아왔다. 흐르는 구름을 보면서 다시 유랑을 생각했을까. 1491년에 서울 삼각산 중흥사에 나타났다.

『매월당집』을 들고 김시습의 자취를 찾아 이곳저곳을 거닐었다. 그 동안 짧은 글 몇 편을 쓰기도 했다. 몇 년 지나자 강원도를 노래한 김시습의 시에 욕심이 생겨 더 바삐 돌아다녔다. 그러나 막상 탈고를 하게 되니 김시습의 진면목을 모르면서 횡설수설한 것 같아 주저하게 된다. 요즘 남북 사이에 훈풍이 부니 김시습을 따라 북한 지역을 답사할 날도 멀지 않으리라. 남북한을 다 돌고나면 김시습을 이해할 수 있을까.

늘 옆에서 응원해주는 가족 덕분에 출간할 수 있었다. 고마움과 미안함과 사랑을 전한다.

매월대

폭포 옆 등산로를 따라 오르니 바로 나무 계단이다. 한참 오르다 서쪽 능선을 바라보니 소나무 가지 사이로 우뚝 솟아있는 매월대가 늠름하다. 약 40m 높이의 바위에서 매월당은 시를 읊거나 바둑을 두며 세상 이야기를 하고 단종의 복귀를 논하였다고 한다. 뒷날 바위 봉우리를 매월대라 부르게 되었다.

매월대에서
절의를
지키다

1

매월대에서
절의를 지키다

방랑길에 나서다

김시습은 세종 17년인 1435년에 서울에서 태어났다. 다섯 살 때 천재란 소문을 듣고 정승 허조가 찾아온다. 허조가 늙을 노老자로 시구를 지어보라 하자, '늙은 나무에 꽃이 피니 마음은 늙지 않았다老木開花心不老'라고 읊었다. 후에 세종대왕도 김시습을 시험하고 비단을 내렸다는 일화가 전해져온다.

1452년에 12세의 단종이 즉위했을 때, 과거에 낙방한 김시습은 과거 공부를 위해 삼각산 중흥사로 들어간다. 그 해 10월 10일에 수양대군이 김종서 등을 죽인 '계유정난'이 일어났고, 1455년 6월 수양대군의 위협을 견디다 못한 단종은 수양대군에게 옥새를 넘겨준다. 중흥사에서 공부하고 있던 김시습은 수양대군이 왕위를 찬탈했다는 소식을 듣는다. 그리고 그는 이 세상에 도道가 실현될 수 없음을 알고 방랑길에 나선다. 가치가 전도된 세상에서 왕도정치는 더 이상 실현될 수 없다는 것을 직감했기 때문이다. 중흥사를 나와 방랑길에 나선 김시습의 발길은 강원도 김화 복계산 자락의 사곡촌에 닿았다.

김화에서 은거하다

김화현 관아에서 남쪽 10리쯤 떨어진 사곡촌 골짜기에 세조 정권이 싫어 서울을 떠난 박계손과 그의 부친 박노 등 영해 박씨 일가 일곱 명이 초막을 짓고 은거하고 있었다. 세조가 예조참판에 임명했으나 이를 거부한 조상치도 이곳으로 왔다. 김시습은 이들과 함께 은거하면서 시대를 거부하고 새로운 길을 모색했다.

최익현은 「탁영재유고발濯纓齋遺稿跋」에서 박규손朴奎孫은 김시습과 조상치曺尙治, 부친 박도 등 영해 박씨 일가와 화강花江의 초막동草幕洞에 자리 잡고 자규사子規詞에 화답하며 30여년 숨어 살았다고 기록한다. 나중에 형제와 사촌들이 모두 궁벽한 곳을 찾아서 은둔하였으나 박규손은 떠나지 않고 말하기를, "이곳은 우리 부모의 고향이다. 산소가 가까이 있는데 차마 버리고 멀리 가겠는가"라 하였다. 최익현은 이 말을 인용하며 박규손의 충효 대절은 여기에서 갖추어졌다고 평가한다.

영월에 유폐되어 자규의 울음소리를 듣고 지은 단종의 시가 두 편이 있는데, 자기 신세를 자규의 울음에 비겨 원한에 찬 삶을 슬프게 호소했다. 이 시를 읽은 조상치는 임금의 시에 화답하여 자규사子規詞를 짓는다.

자규가 우네, 자규가 우네
달밤 빈 산에 무얼 호소하려는가
'돌아감만 못하다, 돌아감만 못하다' 우니
고향 파촉 땅 날아서 가려는가
다른 새들 모두 둥지에 편히 있건만
홀로 꽃가지 향해 피나게 우는구나
몸도 그림자도 홀로인 모습 초췌하니
누가 너를 돌아보며 존숭(尊崇)하리
아아, 인간 세상의 원한 너뿐이겠는가
의사 충신 더욱 원통하고 슬펐나니
억울한 일 손가락으로 셀 수 없네

子規啼子規啼 자규제자규제
夜月空山何所訴 야월공산하소소
不如歸不如歸 불여귀불여귀
望裡巴岑飛欲度 망리파잠비욕도
看他衆鳥摠安巢 간타중조총안소
獨向花枝血謾吐 독향화지혈만토
形單影孤貌樵悴 형단영고모초췌
不肯尊崇誰爾顧 불긍존숭수이고
鳴呼人間冤恨豈獨爾 오호인간원한기독이
義士忠臣增慷慨激不平 의사충신증강개격불평
屈指難盡數 굴지난진수

중국 촉나라 망제望帝는 위기에서 구해준 신하에게 왕위를 빼앗
기고 국외로 추방당한다. 하루 아침에 나라를 빼앗기고 타국으로
쫓겨난 망제는 촉나라로 돌아가지 못하는 자기의 신세를 한탄하
며 온종일 울기만 했다. 마침내 울다가 지쳐서 죽었는데, 한 맺힌
그의 영혼은 두견새가 되어 밤마다 목에서 피가 나도록 울었고,
피가 떨어져 진달래꽃이 되었다. 훗날 사람들은 망제의 죽은 넋
이 변해서 된 두견새를 자규子規, 귀촉도歸蜀道, 불여귀不如歸 등으
로 불렀다.

초막동에 내려와 은거하며 단종의 복위를 도모했으나 뜻을 이루
지 못한지 3백 50여 년이 지난 1818년(순조 18년), 영해 박씨 후손들
과 관내 사람들이 충절을 후세에 전하기 위해 '구은사九隱祠'를 건립
했다. 이후 서원철폐령에 의해 1864년에 철거되었다가, 1894년에 단
을 설치하고 다시 배향하였다. 1921년에 중건되었으나 전쟁 중에 사
우가 완전 소실되었고, 1977년에 중건되었다. 지금도 제향은 매년

음력 3월과 9월 상정일上丁日에 봉행되면서 영해 박씨와 창녕 조씨 후손들과 수많은 지역 유림들이 참석해 충절을 기린다.

절의를 기리는 구은사

사곡리에 있는 신사곡교차로를 지나니 우측에 신도비가 우뚝 서 있다. 망부석 설화로 유명한 박제상朴堤上의 후손인 박창령朴昌齡의 신도비다. 세종대왕으로부터 총애를 받던 평양서윤 박창령과 집안 사람들은 세조의 정변에 항거해 벼슬을 버리고 김화로 내려온다. 김시습과 조상치를 포함하여 영해 박씨 일가인 박도朴渡, 박제朴濟, 박규손朴奎孫, 박효손朴孝孫, 박천손朴千孫, 박인손朴璘孫, 박계손朴季孫 등 일곱 명을 합하여 '구은九隱'으로 부르는데, 영해 박씨 일곱 명은 박창령의 아들과 손자다. 이들은 사육신이 처형당했다는 소식을 듣자 신변에 위협을 느끼고 각자 흩어진다. 박규손의 가족은 김화에 남고, 박효손의 가족은 금강산으로, 박천손은 백천으로, 박제의 가족은 곽산 광림산으로, 박도의 가족은 함경도 문천으로 뿔뿔이 흩어진다.

교차로에서 화천 산양리쪽으로 가니 왼쪽에 서있는 안내판이 구은사를 가리킨다. 야트막한 산 아래 자리 잡은 건물에 들린 최익현崔益鉉, 1833~1906은 고유문을 올린다.

훌륭하도다 선생이여
해동의 백이숙제로

수염 기른 맑은 모습
여기서 은거하셨네
이때 정재(靜齋) 선생과
박씨 문중 일곱 분이
좋아하며 함께 돌아가서
우뚝 서셨으니
성산처럼 우뚝하고
영월에 읍하는 것 같네
문수는 넘실넘실 흘러
청령포와 통하니
장릉의 충의공과
생사에 이름을 함께해
자규가를 화답하며
한 소리로 주고받으니
높은 풍모와 절개를
영원토록 못 잊겠네

猗歟先生 의여선생
海東伯夷 해동백이
存髥淸標 존염청표
考槃于玆 고반우자
時惟靜翁 시유정옹
朴門七賢 박문칠현
惠好同歸 혜호동귀
所立卓然 소립탁연
聖山峨峨 성산아아
如拱越中 여공월중
汶水湯湯 문수탕탕

冷浦與通　랭포여통
莊陵純臣　장릉순신
生死齊名　생사제명
子規賡章　자규갱장
唱酬同聲　창수동성
高風峻節　고풍준절
百世不忘　백세불망

구은사

백이伯夷와 숙제叔齊는 상나라 말기에 끝까지 군주에 대한 충성을 지킨 의인으로 알려졌다. 문왕의 명성을 듣고 주나라로 갔는데 문왕은 이미 죽고 아들인 무왕武王이 문왕의 위패를 수레에 싣고 은의 주왕紂王을 정벌하러 가려는 참이었다. 두 사람은 "아버지의 장례가 끝나기도 전에 병사를 일으키는 것은 불효이며, 신하로서 군주를 치는 것은 불인不仁이다"라며 말렸지만 무왕은 듣지 않고 출정해 은을 멸망시킨다. 두 사람은 주나라의 녹을 받는 것을 부끄럽게 여겨 수양산에 숨어살며 고사리를 캐먹고 지내다 굶어 죽는다. 정재靜齋는 조상치를 말하며 문수汶水는 김화에 있는 개울이다. 넘실넘실 흘러 청령포와 통한다는 것은 임금에 대한 충성이 같다는 것을, 충의공은 동강에 버려진 단종의 시신을 수습한 엄흥도를 말한다.

구은사 뒤를 보니 잣나무가 빽빽하게 서 있다. "날씨가 추워진 뒤에야 소나무와 잣나무가 늦게 시듦을 알 수 있다."고 했듯이 세상이 어려워진 뒤에야 참된 선비의 진면목이 드러나는 것을 알려 주는 것 같다.

매월대에서 노닐다

매월당의 자취를 찾기 위해 사곡리에서 육단리를 지나 잠곡리로 향한다. 잠곡1리에 이르자 이정표가 매월대를 알려준다. 예전에 텔레비전 드라마 '임꺽정'을 찍던 세트가 계곡에 세워졌었는데 철거된 상태다.

입구에 세워진 복계산(1,057m) 등산 안내판을 보니 매월대와 매월대폭포가 표시되어 있다. 매월대폭포로 향하자 바로 깊은 산속이다. 등산로는 조그만 계곡과 나란하다. 푸르고 무성한 나무들이 반긴다. 사람의 발걸음이 없어서인지 원시림에 가까운 자연환경이다. 15분 정도 오르자 매월대폭포가 나타난다. 철원 8경 중 하나에 꼽히는 매월대폭포는 기암절벽 사이로 물이 떨어져 흐르는 아름다운 풍광을 자랑한다. 폭포 옆 등산로를 따라 오르니 바로 나무 계단이다. 한참 오르다 서쪽 능선을 바라보니 소나무 가지 사이로 우뚝 솟아있는 매월대가 늠름하다. 약 40m 높이의 바위에서 매월당은 시를 읊거나 바둑을 두며 세상 이야기를 하고 단종의 복귀를 논하였다고 한다. 뒷날 바위 봉우리를 매월대라 부르게 되었다.

매월대를 옛 문헌들은 '창암蒼巖'으로 기록하고 있다. 1757년(영조 33)부터 1765년 사이에 각 읍에서 편찬한 읍지를 모아 만든『여지도서』는 '창암'을 "현의 남쪽 20리에 있다. 옛날 매월당 김시습이 오고갈 때 바위 아래에 조그만 집을 짓고 몇 년 소요하였다. 지금도 옛터가 남아있다."고 알려준다. 1830년대 전후에 만들어진『관동지』에도 '창암'이 실려 있는데 설명은 이렇다. "현의 남쪽으로 20리 떨어진 곳에 있다. 옛날 매월당 김시습이 초당을

매월대폭포

짓고 바위산 아래에서 수년간 소요하다가 다른 곳으로 떠났다고 한다. 지금도 옛터가 남아있다." 1940년에 출간된 『강원도지』도 '창암'에 대해 설명을 한다. "초막동 남쪽 1리쯤 문수汶水가에 있다. 매월당 김시습이 바위 아래에 작은 집을 짓고 소요하며 누어 쉬었다. 뒷날 사람들이 그곳을 매월대라고 불렀다. 깨진 솥의 흔적이 있다."라고 알려준다. 지도에도 표기된 것으로 보아 전설로 치부할 일은 아닌 것 같다.

등산로 입구로 내려와 매월대로 향한다. 안내판에 김시습이 은거하던 동굴이 표시되어 있어 호기심을 자극한다. 한참 오르니 바위 벼랑이 앞을 가로막고 바위 아래에 동굴이 보인다.

철원을 노래하다

1455년 6월에 방랑길에 나선 김시습은 김화 초막동에 겨울을 지낸다. 그러다가 이듬해 6월에 사육신이 처형당했다는 소식을 듣자 바로 한양으로 올라가, 처형을 당한 후 아무도 돌보지 않는 사육신의 시신을 거두어 노량진에 묻어주고 다시 정처 없는 유랑 길에 나선다. 철원 지역에 머문 시간은 얼마 되지 않지만, 1459년에 금강산을 갔다 오다가 지은 시가 『매월당집』에 남아있다.

「김화 길가에 있는 누대 위에서 잠시 쉬다」는 김화 지역의 모습을 엿볼 수 있다.

산 겹겹 물 첩첩 길 꾸불꾸불
무릉도원 골짝 속에 들어온 듯
비 개자 보리 물결 일렁거리고
들판의 꽃 피어나 벌을 부르네
중선(仲宣) 누대 오르니 부(賦)가 없겠으며
반랑(潘閬) 나귀 유람 참으로 즐길만해
이로부터 좋은 풍경 놀며 보나니
꽃 보기 위해 얼마나 높은 곳 오를까

山重水疊路縈廻 산중수첩로영회
似入桃源洞裏來 사입도원동리래
小雨新晴搖麥浪 소우신청요맥랑
野花初拆引蜂媒 야화초탁인봉매
仲宣樓上那無賦 중선루상나무부
潘閬驢中正可呤 반랑려중정가해
從此遊觀好風景 종차유관호풍경
看花登盡幾崔嵬 간화등진기최외

　　김화의 길은 산의 연속이다. 물을 몇 번이나 건넜는지 모른다.
꾸불꾸불한 길을 지나 김화에 도착하니 마치 무릉도원에 들어온
것 같다. 생창리와 사곡치 사이에 넓게 펼쳐진 들판은 보리로 가득
하다. 바람에 따라 물결치는 듯하다. 무릉도원과 같았기 때문에 처
음 방랑길에 오른 매월당이 이곳에서 한동안 머물렀던 것 같다.
　　왕찬王粲의 자는 중선仲宣으로 건안칠자建安七子 중 한 사람인데,
일곱 사람 가운데서 비교적 높은 문학적 업적을 쌓았다는 평가를
받는다. 그의 대표적인 작품으로 「등루부登樓賦」가 있는데, 김화 길

가에 있는 누대에 오르며 왕찬처럼 흥이 나서 시를 짓지 아니할 수가 없었다. 반랑潘閬은 북송 초기의 광방狂放한 인물로 절름발이 나귀 타고 휘파람 불며 화산을 유람한 풍류로 유명하다. 자신의 방랑길을 반랑의 유람에 빗댈 만큼 김화의 풍경을 보고 여유가 생긴 것 같다. 김화의 또 다른 곳을 둘러보겠다고 다짐하면서 시를 마친다.

보개산은 경기도 연천군과 포천시에 걸쳐 있는 산이다. 최고봉인 지장봉地藏峰의 모양이 큰 암봉으로 이루어져 있는데 마치 보개를 쓰고 있는 모습을 닮았다고 해서 보개산으로 부르게 되었다. 고려시대 궁예가 은거했다는 산성의 유적이 남아 있다. 진덕여왕 1년인 647년에 영원조사靈源祖師가 창건한 흥림사興林寺는 1396년에 무학無學이 중창하면서 절 이름을 심원사로 개칭하였다. 『여지도서』속 철원의 '산천山川' 항목에 들어가 있는 것에서 알 수 있듯이 보개산은 원래 철원에 속해 있었다. 김시습의 「보개산에서 온 스님이 있어 시를 짓다」에서 스님은 보개산 심원사에서 온 스님을 뜻한다.

철원은 천 년의 옛 고을이라
예전에는 태봉의 관문이었네
보개산에 구름 일산같이 둥글고
보리진에 밝은 달 쟁반같이 떴네
위태로이 등나무 덩쿨 잔도에 얽혔는데
세찬 폭포 바위 새에 양치질하네
일찍이 놀던 그곳 생각하나니
가을바람에 단풍 한창 무성하겠네

東州千古地　동주천고지
曾是泰封關　증시태봉관
寶蓋雲如繳　보개운여산
菩提月似盤　보제월사반
危藤縈棧道　위등영잔도
飛瀑漱巖間　비폭수암간
因憶曾遊處　인억증유처
秋風葉正殷　추풍엽정은

시 중에 「보개산寶蓋山」과 「심원사深源寺」가 있는 것으로 보아 직접 보개산 심원사에 갔었던 것 같다. 심원사로 향하는 잔도와 계곡의 폭포를 묘사한 것이 자세하다. 보리진菩提津은 금성군에 있는 나루터다. 김시습의 흔적은 철원의 이곳저곳에 남아 있다. 특히 구은사와 매월대는 김시습의 절의를 직접 느낄 수 있는 곳이다.

치악산

푸른 하늘에 우뚝 솟은 치악산 / 안개와 노을 따라 보일 듯 말 듯
봄날 맑은 시냇물에 이끼는 미끄럽고 / 천 길 낭떠러지에 진달래꽃은 붉으며
산봉우리로 난 산길에 눈이 아직 남았고 / 바위 돌아가는 돌계단에 저녁 구름 짙구나
푸른 산 가는 곳마다 경치가 좋은데 / 다리는 아파오고 산은 끝이 없네

2

크게 웃고
호연하게
떠나다

2

크게 웃고
호연하게 떠나다

문막 동화사에서 하룻밤을

세조 6년인 1460년 봄. 26살 김시습의 발길은 여주를 거쳐 원주 땅을 밟는다. 왕위찬탈에 주도적인 역할을 했던 사람들은 요직을 독점하며 출세가도를 달리고 정국은 잔잔한 호수처럼 안정되어갔다. 이러한 세상을 바라보는 것은 고통이다. 구름처럼 떠도는 이유 중의 하나는 끓어오르는 마음을 진정시키기 위함일 것이다. 지팡이 하나에 의지해 전국을 떠돌며 날카로운 마음을 다독여야만 했다.

문막읍을 지나다가 북동쪽으로 3km 떨어진 지점에 위치한 동화 2리로 접어들었다. 동화사에서 하룻밤 신세를 지기 위해서이다. 마을을 통과해 골짜기로 한참 들어서자 동화사가 기다린다. 김시습은 하룻밤 머물며 「동화사에서 묵으며」를 남긴다.

동화 마을 산 높아 하늘에 꽂혔는데
동화사 옛 절 구름 위에 떠 있네
산 속의 늙은 중 스스로 흥에 겨워
푸른 산에 솟는 구름 누워서 보네

桐花之山高揷天 동화지산고삽천
桐花古寺浮雲煙 동화고사부운연
山中老僧自有趣 산중로승자유취
臥看白雲生翠巓 와간백운생취전

명봉산 깊은 골짜기에 위치한 동화사는 늘 구름이 머물러 구름 위에 떠있는 듯하다. 실상은 그렇지 않더라도 김시습의 눈에는 그렇게 보였다. 동화사 스님은 가치가 전도된 속세의 일을 모르는 듯 구름 속에 누워 산 위에 떠 있는 구름을 망연히 바라본다. 여기서 동화사 스님은 김시습이다. 아니 김시습은 그렇게 되고 싶었을 것이다. 현실에 대한 불만을 씻어내고 구름이 되고 싶었다.

아지랑이는 피어오르면서 만물을 깨운다. 겨우내 긴 잠을 자고 있던 살구나무는 아지랑이의 간지럼 때문에 참지 못하고 꽃을 피운다. 매화는 꽃을 떨구고 열매를 맺는다. 산골짜기의 얼음도 몸을 풀고 흘러내린다. 미나리는 푸릇푸릇 돋아나고 밥상 위에서 싱그러운 봄 냄새를 풍긴다. 김시습은 봄 한 가운데서 생동하는 기운을 온 몸으로 느끼는 중이다. 시는 이어진다.

온화한 봄날 따뜻하여 마음에 들고
산 살구 꽃잎 토하고 매화 열매 맺는구나
산골 물 미나리 싹 가늘기 실 같아
뜯고 뜯어 점심 마련하니 채소밥상 새롭네
만 리 길 떠돌다 보니 가을 지나 다시 봄
들 새 우는 곳에 산 꽃 따라 피었네
동쪽 바라보니 푸른 산 파란 하늘에 솟았는데
흐릿한 기운 속 짙푸르고 하늘에 우뚝하네

怡怡春日煖可人 이이춘일난가인
山杏吐萼梅始仁 산행토악매시인
澗底芹芽嫩如絲 간저근아눈여사
采采行廚蔬盤新 채채행주소반신
遨遊萬里秋復春 오유만리추부춘
野鳥啼處山花嚬 야조제처산화빈

東望靑峯倚碧天 동망청봉의벽천
嵐光滴翠空嶙峋 남광적취공린순

이 부분만 보면 김시습의 울분과 고뇌를 읽을 수 없다. 봄날은 외로운 방외인의 마음을 따뜻하게 품어준다. 잠시나마 그는 봄의 축복 속에서 눈과 귀를 자연의 변화에 빼앗겼다. 들판에서 새가 울자 새 소리에 산은 꽃을 피운다. 아마도 진달래꽃이었을 것이다. 동화사를 품고 있는 푸른 산은 바야흐로 진달래를 따라 붉어질 것이다.

1459년 말에 김시습은 『원각경圓覺經』을 읽었다. 화엄의 진리를 기초로 하면서 절대 각성의 등불을 높이 들어 상중하 근기를 전부 고려하고 깨달음과 수행을 모두 구비한 책이다. 또한 겨울에 고승에게서 불경의 강해를 듣고 불교의 진리를 더 정밀하게 이해하였다. 세상이 다르게 보였을 것이다. 「동화사에서 묵으며」 마지막 부분은 이렇다.

세상의 모든 일 한바탕 봄 꿈
내 오대산 향해 은자 찾으러 가리
하늘 보며 크게 웃고 호연하게 떠나가니
나 같은 이가 어찌 하찮은 사람이랴

世間萬事屬春夢 세간만사속춘몽
我向五臺尋隱淪 아향오대심은륜
仰天大笑浩然去 앙천대소호연거
我輩豈是蟲臂人 아배기시충비인

동화사 석축

　권력을 잡기 위해 인륜을 저버리고 싸우는 피비린내 나는 현실
은 일장춘몽이다. 덧없다. 이런 나와 벗하여 이야기를 나눌 사람은
고승들뿐이다. 동화사에서 한바탕 회포를 풀었으니 다음 행선지는
오대산 월정사다. 김시습은 서울에서 원주로 향하다가 도미협渡迷
峽에서 이렇게 노래한 바 있다. "나 같은 사람은 본디 맑고도 호탕
한 사람, 만 리를 집으로 삼으니 마음이 넓고도 넓네" 이십대의 김
시습은 현실의 욕망에서 벗어난 자만이 누릴 수 있는 경지에서 노
닐고 있었다.

원주 감영에 들리다

동화사에서 하룻밤을 보낸 김시습은 아침 일찍 길을 떠난다. 동화리로 내려가 원주로 가는 큰 길로 접어든다. 만종리를 지나자 치악산 위 하늘이 벌겋게 달아오른다. 단계동 부근을 지나며 관청이 있는 곳을 바라보니 자욱한 안개 속에 나무만이 보일 뿐이다. 관청에 들리니 사람뿐만 아니라 수레와 말도 보기 힘들다.

김시습이 들린 곳은 관찰사가 정무를 보던 감영이었을 것이다. 강원감영은 태조 4년인 1395년에 처음 설치되었으나 1592년에 임진왜란으로 소실되었고, 1665년에 관찰사 이만영李晩榮이 착공하여 1667년 원주목사 이후산李後山이 완공하였다. 건물은 1896년에 강원도감영을 춘천으로 옮길 때까지 관찰사가 업무를 보는 곳으로 사용하였고, 1950년 6 · 25사변 중에 잠시 동안 임시 도청으로 사용되었다. 한 때 원주군청으로 사용되기도 하였다.

잊혀져가던 감영은 2001년에 일부를 복원하면서 시민의 곁으로 돌아오기 시작하였다. 선화당, 포정루에 대한 보수공사와 중삼문, 내삼문, 행각에 대한 복원공사를 실시하여 2005년에 일반인에게 개방하였고, 2단계 복원사업을 추진하고 있다.

김시습은 감영에 들려「원주 가는 도중에[原州途中]」를 짓는다.

봄바람 속 지팡이 짚고 관동 가다가
안개 낀 나무 속 원주 고을 들리니
공관(公館)엔 사람 드물고 거마도 적은데
장정(長亭)에 비 지나니 해당화 붉구나

십 년 여행길에 신발은 다 닳았고
넓은 천지 다니느라 전대 비었으나
시흥과 나그네 심정이 나를 흔들며
꽃 속에서 산 새 우는 소리 들림에랴

春風一錫向關東 춘풍일석향관동
路入原州煙樹中 노입원주연수중
公館人稀車馬少 공관인희거마소
長亭雨過海棠紅 장정우과해당홍
十年道路雙鞋盡 십년도로쌍혜진
萬里乾坤一槖空 만리건곤일탁공
詩思客情俱攪我 시사객정구교아
況聞山鳥語花叢 황문산조어화총

나른한 봄날이다. 너무 일찍 관청을 찾아서인지 사람도 보기 힘들
고 말과 수레도 마찬가지다. 때마침 봄비를 피하기 위해 길가에 있는
장정長亭에 오른다. 정亭은 길에 있는 역사 비슷한 것인데, 오리에 단
정短亭을, 십리에 장정長亭을 세웠다. 길을 재촉할 때는 몰랐는데 가던
길 멈추니 빗방울 머금은 붉은 해당화가 시심을 흔든다.

　김시습에게 시를 짓는 행위는 매우 중요하다. 기쁘거나 슬프거
나 늘 시와 함께 했다. 특히 근심과 울화가 가슴에 피어오르면 어
김없이 붓을 들곤 했다. 시로 자신을 치유했다. 관동으로 향하다
가 원주에 들린 김시습의 형편은 그리 좋은 편이 아니었다. 긴 여
행길이라 신발은 다 떨어졌고, 게다가 허리에 두른 전대는 텅 비
어서 가볍다. 이러한 상황이면 수심이 그득할 법도 하려만 의외
로 밝다. 동화사에서 지은 「동화사에서 묵으며」란 시에서도 이렇

게 노래했다. "하늘 보며 크게 웃고 호연하게 떠나가니 / 나 같은 이가 어찌 하찮은 사람이랴" 비록 외적인 상황은 궁핍하지만 붉은 해당화가 마음을 흔들고, 게다가 꽃 속에서 새가 울고 있지 않은가? 나른한 봄날에 봄비를 피하는 나그네는 자칫 객수에 빠지기 십상이지만, 붉은 꽃으로 긴장감을 주고 새소리로 팽팽하게 시를 맺는다.

　복원한 강원감영을 찾으니 감영 앞은 일방통행이 되었다. 정문에 해당되는 포정루布政樓를 통과하니 두 번째 문인 중삼문이 기다린다. 관찰사를 만나기 위해 들어가는 문이라는 의미로 관동관찰사영문이라 현판이 걸려있다. 중삼문은 세 개의 문 중 가운데에 위치한 문으로, 포정루를 지나온 사람들이 재차 본인의 신원과 방문 목적을 밝히던 곳이다. 문을 통과하니 왼쪽으로 비석들이 즐비하

포정루

다. 시내에 있던 선정비를 복원하면서 옮겨왔다. 비석은 긴 세월을 통과하면서 다양한 모습을 지니게 되었다. 비신이 깨진 것도 있고 새겨진 글자가 훼손된 것도 있다. 정사를 잘 펼친 관리를 기리기 위해 세운 것이 선정비이지만 악정을 행한 사람이 주인공인 경우도 적지 않다.

세 번째 문인 내삼문에는 징청문澄淸門이란 현판이 눈길을 끈다. 후한 말 환제桓帝 때 범방范滂이란 관리가 있었는데, 정직하고 청렴하여 사람들의 존경을 받았다. 당시 기주에 기근이 든 데다 탐관오리들의 착취와 학정이 더해 민란이 일어나자, 조정에서는 범방에게 기주에 가 백성들을 착취하는 무리들을 색출하라는 명령을 내렸다. 범방은 마차에 올라 고삐를 잡고 분개하며 천하를 맑게 하겠다는 뜻을 세웠다.[滂登車攬轡, 慨然有澄淸天下之志] 그는 태위 황경黃瓊의 집무실에서 임무를 수행하면서 각지의 관리들 가운데 20여 명의 부패한 자사刺史와 태수太守들을 색출하여 탄원서를 올렸다. 하지만 이들은 하나같이 조정 대신들의 비호를 받는 사람들이라서, 이들과 연줄이 닿는 권신들은 범방이 공을 세우겠다는 욕심으로 죄 없는 사람들까지 마구 탄핵한다고 비난을 퍼부어 댔다. 범방은 황제에게 자신의 결백을 주장하는 상소를 올렸으나 황제는 범방이 탄핵한 관리들을 방면하고 말았다. 자신만의 힘으로 세상을 바로 잡을 수가 없다는 것을 깨달은 범방은 집무실에 인수를 걸어 두고 고향으로 돌아가 버렸다. 마차에 올라 고삐를 잡았다는 '남비攬轡'와 천하를 맑게 하겠다는 '징청澄淸'이 합해져 '남비징청'이라는 말이 이때에 생겨났는데, 징청문澄淸門도 이러한 의미다.

선화당

　징청문을 통과하면 선화당宣化堂이다. 감영의 중심부에 있는 선
화당은 '임금의 덕을 선양하고 백성을 교화하는[宣上德而化下民] 건물
이다. 도내의 일반 행정·군사·조세 및 중요한 송사訟事·형옥刑
獄의 재판이 이곳에서 행해졌다.

　그 밖에도 감영의 행각이었던 '사료관'은 현재 강원감영의 전시
공간으로 활용되고 있다. 감영의 곳곳엔 포토부스, 곤장체험, 널뛰
기, 투호 던지기 등 옛 전통놀이를 즐길 수 있는 체험이 공간이 마
련되어 있다. 선화당 뒤에는 600여년 풍상을 통과한 느티나무가
우뚝하다. 감영의 역사를 울퉁불퉁한 가지마다 품고 있다.

푸른 하늘에 우뚝 솟은 치악산

치악산은 정상부근에 늘 구름을 거느리고 있었고, 늦가을부터 봄까지 눈 속에 있곤 했다. 보은설화에 등장하는 새가 꿩이냐 까치냐 하며 말로만 떠벌렸지 치악산 정상을 간 적이 없었다. 구룡사를 지나 세렴폭포까지 간 것, 금대리에서 영원사까지 간 것, 행구동과 황골 식당에서 산을 바라본 것이 전부였다.

김시습은 다섯 살에 세종의 총애를 받아 오세동자五歲童子라 일컬어진 천재다. 거칠 것이 없어 보이던 그의 앞길에 구름이 드리운다. 삼각산에서 공부하다가 수양대군이 단종을 몰아내고 권력을 잡았다는 소식을 듣자 그 길로 삭발하고 방랑의 길을 떠난다. 그는 전국을 두루 돌아다니다가 금오산에서 한문소설인 『금오신화』를 짓는다. 37세에 서울 성동城東에서 농사를 직접 지으며 결혼도 한다. 다시 관동지방으로 떠났다가 충청도 무량사無量寺에서 59세의 나이로 일생을 마쳤다. 그는 현실과 이상 사이의 갈등 속에서 안주하지 못한 채 일생을 보낸 것으로 평가받기도 하고, 비록 유학자로서 입신양명하지 못하였으나 불승佛僧으로서, 혹은 도인으로서 누구보다도 자유로운 정신세계를 노닐다 간 경계 바깥의 방랑자로 인식되기도 한다.

동화사에서 하룻밤을 자고 치악산을 넘어 횡성 각림사에서 또 하루를 보낸다. 원주와 관련된 몇 편의 시 중에 「치악산」이 동화사와 각림사 사이에 끼어 있다.

푸른 하늘에 우뚝 솟은 치악산
안개와 노을 따라 보일 듯 말 듯

봄날 맑은 시냇물에 이끼는 미끄럽고
천 길 낭떠러지에 진달래꽃은 붉으며
산봉우리로 난 산길에 눈이 아직 남았고
바위 돌아가는 돌계단에 저녁 구름 짙구나
푸른 산 가는 곳마다 경치가 좋은데
다리는 아파오고 산은 끝이 없네

雉岳崢嶸聳碧空　치악쟁영용벽공
煙霞明滅有無中　연하명멸유무중
一泓春水莓苔滑　일홍춘수매태활
千丈蒼崖躑躅紅　천장창애척촉홍
路轉層峯殘雪在　노전층봉잔설재
巖廻石棧晚雲濃　암회석잔만운농
靑山處處行應好　청산처처행응호
脚力有窮山不窮　각력유궁산불궁

　매월당의 시는 한恨을 노래한 것이 많다. 한을 풀기 위해 시를 짓
는 것이 아닐까 싶을 정도다. 그도 시의 자기치유 효과를 인정하
였다. 여기저기에 번민을 삭히려 시를 짓는다고 토로하였다. 그런
데 이 시에선 그러한 모습을 볼 수 없다. 우뚝한 치악산만이 원주
동쪽에 버티고 있을 뿐이다. 안개 속으로 사라졌다가 다시 나타난
다. 봄날 붉게 수놓은 진달래는 아름답기까지 하다. 젊어서 아직은
인생에 대해서 미련이 있는 것 같다. 희망을 버리지 않았기 때문에
아직은 심하게 상심하지 않은 것 같다. 다만 치악산은 곳곳이 아름
답지만 힘은 유한하여 다 볼 수 없음을 한탄할 뿐이다. 김시습은
고둔치를 넘어가는 중이었다.

횡성을 유람하다

맑고 가난함 비웃다가 속세 떠나자
요즈음 산 보는 버릇 생겼네
일찍이 관서 천리 길 지팡이 날렸고
이제 또 관동 향해 두 신짝을 끄누나

自笑清寒謝塵迹　자소청한사진적
年來自有看山癖　년래자유간산벽
關西千里曾飛筇　관서천리증비공
又向關東曳雙屐　우향관동예쌍극

「각림사에서 머물다」란 시다. 여기서 청한清寒을 어떻게 해석해
야할까? 청한자清寒子는 김시습의 호여서 스스로 자신을 비웃는 것
으로 보기도 하지만, 맑고 가난한 자신의 신세로 보는 것이 더 적
절할 것 같기도 하다. 여하튼 속세의 욕망을 접고 방랑길에 오르자
새로운 버릇이 생긴다. 바로 간산벽看山癖. 산을 바라보는 버릇이라
풀이 되지만 산뿐만이 아니라 산수山水로 보아야 할 것 같다. 그의
첫 발길은 관서지방을 향하였다. 개경과 평양을 거쳐 청천강을 끼
고 있는 안주에서 시를 지었다. 영변에 갔다가 가까이에 있는 묘향
산에도 들렀다. 다음으로 유랑한 곳은 관동지방이다. 여주 신륵사
를 거쳐 문막 동화사에서 하룻밤을 보내고, 강원감영에 들렀다 치
악산에서 또 시를 짓는다.

　치악산을 넘은 김시습은 각림사覺林寺에서 여장을 푼다. 각림사
에 대한 자료는 조선 세 번째 왕인 태종과 태종의 스승인 원천석과
관련된 이야기가 대부분이다. 각림사뿐만 아니라 주변에 있는 원

천석과 태종의 유적이 길가는 사람들을 붙잡는다.

각림사의 창건연대는 알 수 없다. 문헌에 등장하는 시기는 조선 전기다. 태종이 즉위하기 전에 이 절에 묵으면서, 원천석에게 자문하고 깨우침이 자못 많았다고 한다. 당시에 띠 집 두어 칸이 숲 속에 황폐하게 있었는데, 태종은 즉위한 뒤 이 절을 각별히 돌보았다. 1410년(태종 10) 12월에 석초釋超를 주지로 임명하고 향을 하사하였으며, 1412년 10월에 원주목사 및 승정원에 절의 승려들이 전세田稅를 많이 거두어들인 일을 문책하지 말 것과 절의 중수를 도울 것을 명하였다. 1414년에 직접 절을 찾기도 했다. 1416년에 중창할 때 태종은 철 1,000근과 중수에 필요한 재목 1,000주를 내리기도 했다. 1417년 3월에 태종이 행차하였으며, 그 해 9월에 낙성법회를 열자『화엄경』을 보내어 봉안하도록 하였다.

『동국여지승람』은 각림사에 대해 이렇게 설명을 한다. "치악산의 동쪽에 있다. 우리 태조太祖가 잠저潛邸에 있을 때 여기서 글을 읽었다. 뒤에 횡성에서 강무講武할 때, 임금의 수레를 이 절에 멈추고 노인들을 불러다 위로하였다. 절에 토지와 노비를 하사하고 고을의 관원에게 명령하여 조세·부역 따위를 면제하여 구휼하게 하였다."

「각림사에서 머물다」는 이어진다.

각림사는 그전부터 오래된 절
소나무 그늘 속에 누각이 솟았네
우뚝한 종각은 종을 높이 달았고
발은 좌륵좌륵 창에서 흔들리네

覺林自是古招提 각림자시고초제
松檜陰中聳樓閣 송회음중용루각
玉筍巍峨挿高鍾 옥순외아삽고종
珠簾淅瀝搖雲窓 주렴석력요운창

김시습의 눈에 보인 각림사의 모습이다. 절 주변에는 소나무가
늠름하였던 모양이다. 태종의 후원을 받아 건물은 많아지고 높아
졌다. 종각도 규모가 컸을 것이다. 김시습이 머물던 선방엔 발이
달려 있었고 때마침 불어오는 바람에 시원한 소리를 낸다. 그러나
소나무 사이에 우뚝하던 절은 임진왜란 때 소실된 뒤 중건되지 못
한 것 같다. 이기李墍, 1522~1600는 『송와잡설松窩雜說』에서 절이 허
물어진 지 몇 해 인지 모르나 세 탑은 지금도 우뚝하게 남아 있다
고 기록한다.

각림사터를 우체국과 교회가 지키고 있다

강림우체국 옆에 '강림사 옛터' 표지석과 안내판만이 이곳이 태종이 공부하고 김시습이 고단한 몸을 뉘었던 곳임을 알려준다. 건물을 지을 때 이곳에서 절의 유적이 나왔다. 우체국과 뒤에 있는 교회부터 남쪽에 있는 면사무소까지 절이 있었다고 한다. 면사무소에 들르니 직원이 건물 뒤 산기슭에 암자가 있었다고 손으로 가리킨다. 면사무소와 우체국 사이는 밭이다. 밭고랑을 자세히 보니 와편이 여기저기에 흩어져있다. 축대 틈에도 와편이 보인다. 탑도 사라지고 오직 와편과 전설만이 각림사 역사의 일부분을 알려준다. 변계량卞季良, 1369~1430이 지은 "치악산은 동해에 이름난 명산이요[雄岳爲山名東海] / 산의 보배로운 가람은 각림사라[山之寶刹覺林寺]"도 책에서만 볼 수 있게 되었다.

　　도력을 얻기 위해 스님이 여행을 떠나는 것은 고려 말부터의 관습이었고, 김시습이 유랑 길을 떠난 것도 같은 의미선상에서 볼 수 있을 것 같다. 「각림사에서 머물다」 마지막 부분이다.

　　대장부 죽지 않아 멀리 유람 좋아하니
　　어찌 고목같이 꼿꼿하게 앉아있으리
　　평생 좋은 경치 다 보려고 하니
　　높은 기상 어디서 내려왔겠는가

　　丈夫未死愛遠遊 장부미사애원유
　　豈肯兀坐如枯椿 기긍올좌여고춘
　　且窮勝景作平生 차궁승경작평생
　　其氣崒嵂何由降 기기줄률하유강

한 곳에 안주하지 않고 길 위에 선 김시습의 마음을 이해할 듯도 하다. 몇 번 한 곳에 머무른 적도 있었지만 오래가지 않았다. 시인 이 반한 산의 매력은 무엇이었을까? 그것은 항상성恒常性이다. 꽃은 피고 지지만 산은 묵묵히 제자리에 있고, 물이 흘러가도 산은 여유 만만하게 그 자리를 지킨다. 꽃이 피었다 지고, 물은 흘러 왔다 흘 러가고, 산속은 연중무휴로 변화가 일어난다. 변하지 않는 것 하나

바위에 구연이라 새겨져 있다

가 있으니, 바로 산 자신이다. 이러한 의미에서 사람들에게 산은 불변의 믿음을 주는 존재가 아닐 수 없다.

태종이 공부하던 각림사를 떠나 태종대로 향한다. 얼마 지나지 않아 노구소마을이다. 노구소老嫗沼는 태종이 스승 원척석을 만나러 이 곳에 왔을 때, 운곡은 이것을 미리 알고 노파에게 자신이 간 방향과 반대로 가르쳐 줄 것을 부탁한다. 잠시 후에 태종이 오자 노파는 원천석의 말대로 길을 반대로 가르쳐 주었고, 태종 일행이 길을 떠나자 임금을 속인 죄책감에 노파가 물에 빠져 죽었다고 해서 붙여진 이름이다. 안내판 옆으로 좁은 철 계단을 따라 내려가니 커다란 바위가 깊은 물에 뿌리를 박고 있다. 바위에 구연嫗淵이라 새겨져 있다.

치악산 방향으로 길을 따라 나선다. 왼쪽으로 조그마한 비각이 보인다. 계단을 따라 올라가니 '태종대'라 현판을 달았다. 원천석과 태종의 인연을 이야기해주는 역사의 현장이다. 원천석은 피비린내 나는 권력 다툼에 회의를 느껴 관직을 거부하고 치악산 자락에 은거하였다. 태종은 왕위에 오른 후 스승을 찾았으나 끝내 찾지 못 하고 바위에서 기다리다 스승이 자신을 만나려 하지 않는다는 것을 알고 돌아갈 수밖에 없었다. 뒤에 사람들은 그 바위를 태종대太宗臺라 불렀다. 비각이 있는 절벽 아래 암벽에 태종대太宗臺 글씨가 크게 새겨져 있다.

조금씩 다른 이야기에 귀가 솔깃해진다. 이익의 『성호사설』은 태종대를 태종이 등극하기 이전에 책을 끼고 다니며 휴식하던 곳이라 전해준다. 미수 허목은 같은 듯 다른 이야기를 들려준다. 태

태종대

종이 동쪽 지방을 순행할 적에 스승의 집에 거둥하였으나 선생은
피하여 숨고 만나 주지 않았고, 시냇가 바위 위로 내려가 집을 지
키는 노파를 불러 상을 후하게 내리고, 아들인 형泂에게 벼슬을
주어 기천감무基川監務로 삼는다. 이기李墍, 1522~1600는 태종이 즉
위하자 역말을 보내 공의 안부를 물으니 죽은 지 벌써 오래였고,
공의 아들 원통元侗을 특별히 기천현감基川縣監에 제수하였다고 적
었다.

홍경모洪敬謨, 1774~1851는 「주필대기駐蹕臺記」에서 처음에는 태종대였다가 영조 때 주필대駐蹕臺로 고쳤다고 적는다. 이유원李裕元, 1814-1888은 '태종대太宗臺'란 항목에서 원천석과 태종에 얽힌 이야기를 전해준다. 태종대로 널리 알려진 이곳은 주필대라고도 불렸던 것이다. 비각 안을 자세히 들여다보니 비석에 주필대駐蹕臺라 새겨져 있다.

비각 옆 오솔길은 계곡으로 내려가더니 바위에 깊게 새겨진 태종대 글자 앞에서 멈춘다. 바위 앞 시내엔 너럭바위가 넓게 차지하고 있다. 노파가 빨래하던 곳이고, 태종이 스승을 기다리던 곳이다.

평창읍

평창강변엔 소나무 숲이 빽빽하다. 강을 가로지르는 다리도 보인다. 이 다리를 건너 미탄으로 향하였을 것이다. 지도 속 건물들 중 향교만 남아 있고 관아도 객사도 남아 있지 않다. 평창관아의 모습을 보여주는 누대는 강 건너로 옮겨갔다.

3

외로운
나그네
대취하다

3

외로운 나그네
대취하다

뉘 집에서 대취할 것인가
외로운 몸 푸른 산 속을 헤매누나
관동대로를 따라 걷는다
메밀꽃 필 무렵
평창 객사에서
매화마을 강가에서
나루에 사공 없고 바람만 가득

뉘 집에서 대취할 것인가

술꾼들은 언제나 진晉나라 유령劉伶의 일화를 안주삼아 이야기하곤 한다. 그는 「주덕송酒德頌」을 지었는데, 늘 술병을 가지고 다니며 하인에게 삽을 메고 뒤따르게 했다. 술을 마시다 죽으면 바로 땅에 묻어 달라는 대목에선 감탄을 하고, 만물을 장강이나 한수에 떠있는 부평초 같이 여기는 담대함에 찬탄을 금하지 못한다.

주덕송이 싫증나면 이백으로 옮겨간다. 술에 관한 시를 찾는 것은 너무 쉽다. 「장진주將進酒」의 '군불견君不見'을 입에 올린 다음에 술을 한 잔 들이킨다. "그대 모르는가, 황하의 강물이 하늘에서 내려와, 바다로 쏟아져 흘러가서 돌아오지 않음을" 요즘 유행하는 말로 풀이한다면 '달빛 아래 혼술'인 「월하독작月下獨酌」도 유명하다.

하늘이 술을 사랑하지 않았다면
하늘에 주성(酒星)이 있지 않으리
땅이 술을 사랑하지 않았다면
땅에 마땅히 주천(酒泉)이 없으리
하늘과 땅이 이미 술을 사랑하니
술을 사랑함이 하늘에 부끄럽지 않네
듣기에 청주는 성인과 같고
탁주는 현인과 같다 하는데
성인과 현인을 이미 마셨으니
어찌 신선되는 걸 구하겠는가
석 잔 술에 큰 도를 통하고
한 말 술에 자연과 하나 되니

취하여 얻는 멋을
술 마시지 않은 자에게 말하지 말길

天若不愛酒　천약불애주
酒星不在天　주성부재천
地若不愛酒　지약불애주
地應無酒泉　지응무주천
天地旣愛酒　천지기애주
愛酒不愧天　애주불괴천
已聞淸比聖　이문청비성
復道濁如賢　부도탁여현
聖賢旣已飮　성현기이음
何必求神仙　하필구신선
三盃通大道　삼배통대도
一斗合自然　일두합자연
俱得醉中趣　구득취중취
勿謂醒者傳　물위성자전

　이 중 "땅이 술을 사랑하지 않았다면, 땅에 마땅히 주천酒泉이
없었으리"는 애송하는 구절이 되었다. 강원도를 유랑하던 매월
당의 발길이 주천에 닿는다. 「주천현酒泉縣 누대에 올라」란 시를
짓는다.
　마을에서 다리를 건너자마자 '주천酒泉'의 유래를 알려주는 조형
물이 산 밑에 보인다. 주천은 예전부터 유명했다. 『신증동국여지
승람』은 '주천석酒泉石'에 대해 장황하게 설명한다.

주천 안내석

주천

주천현(酒泉縣)의 남쪽 길가에 돌이 있는데 모양이 반 깨어진 돌 술통 같다. 세상에서 전해 오는 말에, "이 돌 술통은 예전에는 서천(西川) 가에 있었는데 가서 마시는 자에게 넉넉하지 않은 적이 없었다. 읍(邑)의 아전이 술 마시려고 거기까지 왕래하는 것을 싫어하여 현(縣) 안에 옮겨다 놓으려고 여러 사람들과 함께 옮기니, 갑자기 크게 우레치고 돌에 벼락이 쳐서 세 동강이 되었다. 한 개는 연못에 잠기고, 한 개는 알 수 없고, 한 개가 바로 이 돌이다."

『해동역사』는 "조선에는 주암酒巖이 있는데, 술이 그 아래에서 흘러나온다"라 적고 주천현 남쪽 길가에 바위가 있는데, 모양이 마치 반쯤 부서진 석조石槽와 같다고 추가로 설명한다. 문헌에 기록된 것 이외에 마을에 전해오는 이야기도 흥미롭다. 술샘은 양반이 오면 약주가 나오고 천민이 오면 막걸리가 나왔다고 한다. 한 번은 천민이 양반인 척하면서 의관을 정제하고 갔는데 여전히 막걸리가 나오자 화가 나서 샘터를 부순 이후에는 술이 나오지 않고 맑고 찬 샘물이 나오게 되었다고 한다.

다양하게 변주되어 전해지는 '술샘'을 시인들은 시로 노래했다.

하나를 남긴 것에 어찌 뜻이 없겠나
술을 경계하느라 관청 길가에 남겨두었네
세상사람 신령한 유물의 뜻 알지 못해
목마를 땐 술 생각에 침만 흘릴 뿐이네

復留一片豈無意 부유일편기무의
天戒衆飮官途邊 천계중음관도변
世人不曉靈眞跡 세인불효령진적
渴喉但覺流饞涎 갈후단각류참연

퇴계 이황의 시 중 일부분이다. 근엄한 성리학자의 풍모를 시에서도 읽을 수 있다. 주천석酒泉石이 깨진 이유는 술 마시는 것을 경계하기 위함인데 무지몽매한 사람들은 술 생각에 침만 흘릴 뿐이라고 질책한다.

조형물 오른쪽을 보니 돌계단이 강 쪽으로 내려간다. 강가 바위에 '주천酒泉'이 새겨져 있고, 바위틈 아래에 물이 고여 있다. 많은 선인들이 이것을 기록하고 시를 지은 걸 생각하니 감개가 무량하다. 공터 의자에 앉아 주천강을 물끄러미 쳐다보니 안흥에서 내려오는 강이 활처럼 휘면서 마을을 감싸고돈다. 강물은 그냥 흐른 것이 아니다. 흙을 안쪽에 수북이 쌓아 넓은 벌판을 만들어주었다. 이곳은 고구려의 주연현酒淵縣이었는데 신라가 차지하고 주천현으로 고쳤다. 따로 학성鶴城으로 부르기도 했다. 신라 때 영월군의 관할현이 되었다가 고려 때 원주의 속현이 되었고, 1905년에 영월군에 귀속되었다. 주천의 역사는 문헌뿐만 아니라 돌에도 새겨져 있다. 조형물 옆에 선정비가 즐비하게 서서 주천 고을의 유구한 역사를 보여준다.

선정비 뒤 등산로를 따라 산으로 올라가니 빙허루憑虛樓가 우뚝 섰다. 누대 아래로 주천강이 흐르고 건너편으로 건물들이 빼꼭하다. 주천을 대표하는 누정은 빙허루와 청허루淸虛樓다. 심정보沈廷輔가 원주목사로 있을 적에 숙종은 시를 지어 보냈다. 마지막 연은 "술 잡고 올라서 아이 불러 잔질하다 / 취해서 난간에 누워 한낮에 잠을 자네"다. 시판詩板을 누대에 걸었는데 중간에 화재를 만나 소실되었다. 영조 때 중건하자 영조는 손수 숙종이 지은 시를 다시 쓴 후 짤막한 글을 적어서 다시 걸게 하였다. 정조는 숙종이 지은 시의 운을 따라 시를 짓고 옆에 걸게 하였는데, 마지막 연은 이렇다. "내가 지척에서 지방관을 보고 있노니 / 태수는 술에 취해 자지 말지어다"

빙허루에 올라 주천을 바라보면서 매월당의 시를 꺼낸다.

높은 누대서 먼 곳 보며 홀로 배회하니
강 새들 쌍쌍이 날아갔다 돌아오네
물가 풀 무성해 낚시 배 찾기 어렵고
하늘에 바람 세니 마당 회나무 잎 지네
아전 역말 부르는 소리 급하고
나그네 먼 길 향하니 말 급하지만
고을 오기 전에 이름 아름답게 여겼으니
뉘 집서 재에 부은 것처럼 대취할 것인가

高樓遠望獨徘徊 고루원망독배회
江鳥雙雙去又回 강조쌍쌍거우회
小渚草深迷釣艇 소저초심미조정
長空風緊落庭槐 장공풍긴락정괴
吏呼遞馬聲初急 리호체마성초급
客向遙程語正催 객향요정어정최
未到此鄉名已好 미도차향명이호
誰家酩酊似淋灰 수가명정사림회

재에 부은 것이란 통음痛飮해서 몸을 주체 못할 정도의 상태를 비유한 것이다. 무엇이 그에게 술을 권하게 했을까. 내내 이백의 '달빛 아래 혼술'이, 그리고 매월당의 마지막 연이 떠나질 않는다. 마지막 연은 인간적이어서 반갑다. 잠시 후에 시큰해진다. 힘들었나보다.

다시 다리를 건너 '술샘박물관'으로 향한다. 박물관 옆 '청허루'에 오른다. 『신증동국여지승람』은 청허루가 주천현 객관 서쪽에 있으며, 석벽石壁이 깎아지른 듯하고, 그 아래에 맑은 못이 있다고 묘사하고 있으니 예전의 위치와 다르다.

외로운 몸 푸른 산 속을 헤매누나

1460년 봄부터 시작한 강원도 유람은 가을에 이르기까지 계속되었다. 오대산에서 한바탕 놀았고, 대관령을 넘어 강릉에서 바다를 보고 "하루살이 같은 생명을 천지에 붙이니 푸른 바다의 좁쌀 한 톨과 같구나"라고 되뇌었다. 한스러운 것은 바다를 따라 올라가며 삼일포와 총석정 등을 보지 못한 것이다. 후일을 기약해야만 했다. 강원도를 유람하고 나니 호남의 산천이 궁금하다. 대관령을 다시 넘어 평창을 지나 영월에 접어든다. 주천을 지나 제천으로 가는 길을 택하기로 한다.

영월의 산과 시내 험하기도 해라
구름과 안개로 영남 땅 가리고
높은 산은 태백산과 이어지며
넌 봉우리 짙은 남색 물들었네
석청은 백성의 공물로 보내고
산의 뽕으로 산누에 먹이는데

사람들 교묘한 속임수 없고
순박하여서 어리석어 보이네

寧越山川險 영월산천험
雲煙隔嶺南 운연격령남
峻峯連太白 준봉련태백
遠岫染深藍 원수염심람
崖蜜輸民稅 애밀수민세
山桑飼野蠶 산상사야잠
居人無巧詐 거인무교사
淳朴且癡憨 순박차치감

영월의 첫인상을 묘사한 것이 「영월군을 유람하다[遊寧越郡]」다. 강원도 어디를 가나 산이 없겠냐만 영월도 다른 곳에 뒤지지 않는다. 아니 어쩌면 고단한 여행길 때문에 산은 더 높고 물은 더 깊은지도 모르겠다. 고개에 올라 남쪽을 바라보니 산허리에 걸쳐진 구름이 산을 섬으로 만든다. 감청색 섬은 등뼈에서 뻗어 나온 갈비뼈인가. 백두대간으로 향하여 달려간다. 고개에서 내려오니 깊은 산속에 사는 사람들이 보인다. 당시 영월의 특산품은 나무와 돌 사이에 벌이 모아 놓은 석청이었던 것 같다. 조정에 공물을 보내기 위해 벼랑에서 석청을 채집하는 아찔한 모습이 보인다. 그 옆에서 산뽕을 따는 주민의 손이 바쁘다. 잠시 쉬는 참을 이용해 길을 묻는다. 시원한 물을 건네며 마시라는 말투가 영월의 산을 닮았다. 투박하고 순수하다. 모든 사람이 이러했으면 고단한 방랑길을 시작하지 않았으리라 생각하며 한숨을 쉰다.

김시습은 주천에서 제천을 지나 청주를 거처 호남으로 향한다. 지척에 있는 영월에 들리지 않은 것은 왜일까? 영월은 단종이 1457년 6월에 청령포에 유배되었다가, 그 해 10월 24일 죽음을 맞이한 곳이다. 수양대군이 단종의 왕위를 찬탈한 것 때문에 방랑길에 나선 매월당 아니었던가. 매월당은 1458년 봄에 세조가 동학사에 사육신을 위한 초혼각을 세우자, 여름에 가서 조상치 등과 함께 단종

청령포

을 제사지내고 「제초혼각사祭招魂閣辭」를 짓기도 했다. 영월 땅에 들어선 그가 청령포와 관아에 들리지 않은 것은 풀리지 않은 수수께끼다. 서강을 따라 청령포로 향한다. 언덕에 서니 발 아래로 서강이 휘돌아 흐른다. 강 건너 뾰족한 산이 병풍처럼 소나무 숲을 감싸고 있다. 배에 오르기가 무섭게 건너편 자갈밭에 내려다 준다.

청령포는 소나무 섬이다. 단종이 머물렀던 '단종어소'는 『승정원일기承政院日記』의 기록을 토대로 하여 당시 모습을 재현했다. 단종이 머물던 본채와 궁녀 및 관노들이 기거하던 사랑채가 수수하다. 마당에 1763년(영조 39) 영조의 친필을 각자하여 세운 비가 비각 안에 있다. 비석 전면에 '단묘재본부시유지端廟在本府時遺址'라는 글이 새겨져 있다. 마당 안으로 길게 가지를 드리운 소나무가 이채롭다. 마치 임금에게 머리를 숙인 것 같다.

소나무 숲 속 길은 천연기념물 제349호로 지정된 관음송 앞으로 이어진다. 단종의 애처로운 모습을 보고[觀], 그의 오열을 들었다[音]고 해서 관음송觀音松이라는 이름이 붙여졌다. 단종이 갈라진 가지 사이에 앉아 쉬었다는 이야기를 들려주는 나무는 그래서 수령이 약 600년이다. 망향탑 쪽으로 비스듬히 기울어진 나무는, 한양에 두고 온 왕비를 간절히 생각하며 돌을 쌓아 탑을 만드는 단종을 보고 듣느라 기울어졌는가.

길은 계단으로 이어진다. 계단은 바위 절벽 위에서 멈춘다. 발밑은 천 길 낭떠러지다. 시퍼런 강물이 감고 돈다. 건너편에 마을이 보인다. 조금이라도 높은 곳에 올라 한양을 바라봤을 단종은 탑을 쌓으면서 돌아갈 날을 헤아렸을 것이다. 단종이 남긴 유일한 흔적인데, 시커멓게 탔을 단종의 심장처럼 검은색이다. 가까운 곳에

노산대가 있다. 단종은 상왕에서 노산군魯山君으로 강등되어 유배
되었는데, 이곳에 올라 한양을 바라보며 시름에 젖었다 하여 노산
대라는 이름을얻게 되었다.

　노산대에서 내려온 길은 금표비와 연결된다. 영조 2년(1726)에
세워졌다. 청령포의 동서 방향으로 300척, 남북으로는 490척 안과,
이후 진흙이 쌓여 생긴 곳도 금지한다고 새겨놓았으니 일반 백성
들이 마음대로 드나들 수 없도록 금한 것이다. 오랜 세월을 보여주
는 깨진 옥개석에 이끼가 무성하다. 금표비 너머 숲 사이로 단종어
소가 보인다. 마치 소나무 창살 안에 감혀있는 듯하다. 1457년 여
름에 홍수로 강이 빔람하여 청령포가 삼기고 말았다. 그래서 단종
은 두어 달 만에 청령포를 떠나 영월부사의 객사인 관풍헌으로 처
소를 옮기게 된다.

다시 강을 건넌다. 주차장에서 300m 떨어진 정수장 옆 소나무 가운데 단종의 유배길과 사형길에 금부도사로 왔던 왕방연의 시비가 서 있다. 왕방연은 왕명을 수행하며 남몰래 흘렸던 눈물을 시조로 풀어냈다.

천만리 머나먼 길에
고운 님 여의옵고
내 마음 둘 데 없어
냇가에 앉았으니
저 물도 내 안 같아서
울어 밤길 예놋다

此心未所着 차심미소착
下馬臨川流 하마림천류
川流亦如我 천류역여아
嗚咽去不休 명열거불휴

이 시조는 광해군 때 병조참의를 지낸 용계龍溪 김지남金止男에 의해 세상에 알려지게 되었다. 1617년 그는 영월을 순시하면서 아이들이 이 노래를 부르는 소리를 듣고 내용이 구구절절하여 한시로 옮겼다고 한다.

영월의 동헌이었던 관풍헌과 자규루를 찾아 읍내로 향한다. 자규루는 원래 세종10년인 1428년에 영월군수 신숙근이 창건하고 매죽루라 불렀다. 청령포가 홍수로 인해 침수 되자 단종은 거처를 관풍헌으로 옮기게 되었고, 이때 누각에 올라 자규사를 짓는다. 이후

자규루

매죽루는 자규루로 바뀐다. 읍내 한가운데 우뚝 솟은 자규루는 정돈된 담장 안에 있다. 자규루에 오르니 단종이 지은 자규사가 새겨진 시판이 걸려있다.

달 밝은 밤에 두견새 두런거릴 때
시름 못 잊어 누대에 머리 기대니
울음소리 너무 슬퍼 나 괴롭네
네 소리 없다면 내 시름 잊으련만
세상 근심 많은 분들에게 이르니
부디 춘삼월엔 자규루에 오르지 마오

月白夜蜀魂啾 월백야촉혼추
含愁情依樓頭 함수정의루두
爾啼悲我聞苦 이제비아문고
無爾聲無我愁 무이성무아수
寄語世上苦榮人 기어세상고영인
愼莫登春三月子規樓 신막등춘삼월자규루

김시습도 단종을 생각하며 자규사를 불렀다. 조상치, 박규손, 박도, 박효손, 박계손과 함께 동일한 운자를 사용하여 부른 노래가 『매월당속집』에 실려 있다.

자규 우네 자규 우네
달 지고 빈 하늘에 무엇을 호소하는 듯
두견아 두견아
아미산을 바라만 보고 어이하여 못 돌아가느냐
나무에 매달려 우는 두견이가
꽃가지에 점점 붉은 피를 토하네
가런타 날개 빠져 돌아갈 곳 없으니
새들도 무시하고 하늘도 돌보지 않네
밤새 목매이게 불평하며
공연히 외로운 신하 적막한 빈산에서 날 새기만 기다리게 하네

子規啼子規啼 자규제자규제
月落天空聲似訴 월락천공성사소
不如歸不如歸 불여귀불여귀
亞望峨嵋胡不度 아망아미호부도
懸樹孤啼呼謝豹 현수고제호사표
點點花枝哀血吐 점점화지애혈토

落羽蕭蕭無處歸 낙우소소무처귀
衆鳥不尊天不顧 중조불존천불고
故向終宵幽咽激不平 고향종소유열격불평
空使孤臣寂寞空山殘更數 공사고신적막공산잔갱수

　관풍헌 건물이 눈에 들어온다. 조선조 태조 7년에 건립했다. 동헌의 역할을 수행하던 이곳은 단종이 청령포에서 옮겨온 후 비극의 장소가 되었다. 단종 복위운동이 계속해서 일어나곤 하자 세조는 결심을 한다. 1457년 10월 24일, 단종은 금부도사 왕방연이 가지고 온 사약을 관풍헌 앞마당에서 받는다.

　영월읍사무소 옆 창절서원으로 향한다. 1685년(숙종 11) 장릉을 개수하면서 감사 홍만종과 군수 조이한이 도내에 통문을 돌려 기금을 모았다. 단종을 위하여 목숨을 바친 박팽년·성삼문·이개·유성원·하위지·유응부 등 사육신의 충절을 기리기 위하여 사우를 창건하고 위패를 모셨다. 1699년(숙종 25)에 사액서원이 되었다. 이후 김시습·남효온·박심문·엄홍도 등 위패를 모셨다. 대원군의 서원철폐 당시 훼철되지 않았고, 일제강점기 때 복원하여 현재에 이르고 있다.

　단종의 능인 장릉을 찾아 나선다. 단종은 죽임을 당한 후 동강에 버려졌는데 영월의 호장이었던 엄홍도가 시신을 몰래 수습하여 산자락에 암장했다고 한다. 오랫동안 묘의 위치조차 알 수 없었는데 100여 년이 지난 중종조에 당시 영월군수 박충원이 묘를 찾아 묘역을 정비하였고, 250여 년이 지난 숙종조에 와서야 비로소 단종으로 복위되어 무덤도 장릉이란 능호를 갖게 되었다.

장릉

　오솔길을 따라 산을 오르자 산 중턱에 장릉이 보인다. 어린 나이
에 영월에 유배되어 영월에 묻힌 그의 기구한 삶은, 인간의 욕심이
주변 사람을 어떻게 파멸시키는지를 보여준다.
　발걸음을 재촉하던 김시습은 「길 가다가[途中]」를 남기고 제천으
로 향한다.

관동의 산 이미 다 돌아다니자
남쪽나라 달 비로소 둥글어졌네
눈 아래엔 봉우리 셀 수 없으나
허리춤엔 그래도 돈과 전대 있네
오랫동안 한 곳에 머무르지 못해
종일토록 허연 입김 내뿜네
떠도는 일 어느 때나 끝내고
초가집에서 온갖 인연 잠재울 것인가

關東山已盡　관동산이진
南國月初圓　남국월초원
眼底峯無數　안저봉무수
腰間錢又纏　요간전우전
長年席不暖　장년석불난
竟日肺生煙　경일폐생연
遊歷何時遍　유력하시편
圍茅息萬緣　단모식만연

관동대로를 따라 걷는다

각림사에서 출발한 김시습은 안흥으로 향한다. 관동대로는 안흥과 운교 사이의 문재를 가파르게 넘어야했다. 이제 대부분의 고개는 터널이 되었다. 문재터널을 지나서 한참 내리막길을 달리자 운교 삼거리다. 방림으로 가는 길과 계촌으로 향하는 길이 갈라시는 곳이다. 차표를 끊어주는 백운상회에 들렀다가 주변을 돌아보니 비석 하나가 방치되듯 서 있다. '순찰사 이공형좌애휼영세거사비巡察使李公

衡佐愛恤永世去思碑'라 새겨져 있다. 순찰사 이형좌李衡佐, 1668~?의 선정비다. 그는 1728년(영조 4)에 원주 목사로 있다가 강원도 관찰사가 되었고, 이후 한성부 우윤, 동지중추부사 등을 역임하였다. 경술년庚戌年 10월에 새겼으니, 1730년에 세워졌다.

조선시대에 운교리는 강릉에 속한 역이었다. 이곳을 지난 옛사람들은 여행기를 쓸 때 이곳을 꼭 기입했고, 시를 짓기도 했다. 율곡 이이는 한여름에 운교역을 지났던 것 같다. 장맛비에 지체된 여정을 걱정하며 시를 짓는다. 일부분이다.

장맛비에 산길은 여울 되어
아침 지나서야 돌다리 건너고
황량한 주막 멀어 근심하는데
말은 긴 푸른 뜰 좋아하네

積雨瀨山路 적우뢰산로
終朝行石梁 종조행석량
人愁荒店遠 인수황점원
馬愛綠坪長 마애록평장

폭우가 내린 길은 물이 세차게 흐르는 도랑이 되었다. 갈 길은 멀지만 비가 긋기를 기다려서 아침나절이 지나서야 겨우 출발한다. 고개를 또 넘어야 하고 언제 비가 내릴지도 모른다. 이런저런 생각에 수심에 잠겼는데 말은 그저 즐겁기만 하다. 제법 너른 운교리 벌판에 푸른 풀들이 무성하기 때문이다. 마침 길옆으로 방금 수확이 끝난 양배추밭이 보인다. 옆 밭은 수확 전 대파가 시퍼렇다.

우리나라 최고령 밤나무

    길은 여우재를 넘어간다. 길 옆에 커다란 밤나무가 기다린다. 천연기념물 제498호로 지정될 정도의 위풍당당한 나무는 신령스런 기운을 내뿜는다. 키14.2m, 둘레6.38m, 가지 폭 동서25.5m, 남북 20m로 전국 재래종 밤나무를 통틀어 최고령이라고 안내판이 알려 준다. 계단을 오르니 어마어마하다. 몇 사람이 껴안아야 할 정도다. 용트림하듯 기세 좋게 하늘로 오르기도 하고 옆으로 달리기도 한다. 몇 세기를 살아왔지만 잎은 파랗고 바닥은 꽃술로 누렇다.

이중환은 『택리지擇里志』에서 운교와 방림 구간을 이렇게 표현한다. "운교역에서 서쪽 대관령역에 이르도록 그 사이는 평지이거나 고개이거나 길은 빽빽한 숲속으로만 지난다. 나흘 동안 길을 가면서 쳐다보아도 하늘과 해를 볼 수 없다. 그런데 수 십 년 전부터 산과 들이 모두 개간되어 농사터가 되고, 마을이 서로 잇닿아서 산에는 한 치 굵기의 나무도 없다. 이를 미루어 보면 딴 고을도 이와 같음을 알 수 있다. 착한 임금 밑에 인구가 점점 번성함을 알겠으나 산천은 손해가 많다." 온통 숲이었던 이 구간은 인구가 증가되면서 숲이 사라지게 되었다. 화전이 성했던 것 같다. 산에 굵은 나무가 없다고 한탄을 할 정도면 어느 정도였는지 짐작이 간다. 대부분의 사람들은 이러한 것이 선정 때문이라며 '역군은亦君恩이샷다'를 반복했으련만, 이중환의 생태적 시각은 이 지점에서 빛난다. 산천이 해를 입는 상황을 놓치지 않았다. 이 시대의 산천을 보았다면 아마도 넋을 잃지 않을까. 물 좋은 강가에는 어김없이 펜션과 별장이 들어서고 흐르는 물을 막아놓았다. 산은 어떤가. 대부분은 생태계가 복원되었지만 여기저기서 산악관광이라는 미명 아래 해를 입히려고 호랑이 눈으로 노려보고 있다.

방림芳林은 '좋은 향기가 있는 숲'이란 뜻이다. 다른 유래가 있을지 모르겠으나 코끝을 스치는 향기 있는 숲이 더 좋다. 옆 마을인 계촌桂村은 계수나무 마을이다. 금방 지나온 운교雲橋는 짙은 구름이 많이 생기는 곳인가. 구름다리가 있던 곳인가. 이중환이 거닐던 숲속을 지나는 듯하다. 김시습은 먼저 이 길을 걷다가 「방림역芳林驛」이란 향기를 남긴다.

오랜 역 깊은 산 속 있는데
쓸쓸하게 초정(草亭) 보이네
냉이 꽃 보리밭 두둑에 피고
잔디는 이끼 긴 뜰 둘렀으며
연녹색 맑은 물결 깨끗하고
푸르게 늘어선 산 어두워지는데
운수굴(雲水窟) 찾느라
아름다운 경치 기묘해 그리기 어렵네

古驛深山裏 고역심산리
蕭條有草亭 소조유초정
薺花生麥壟 제화생맥롱
莎草擁苔庭 사초옹태정
嫩綠澄波淨 눈록징파정
堆靑列岫暝 퇴청렬수명
爲尋雲水窟 위심운수굴
佳景妙難形 가경묘난형

바야흐로 봄이라 냉이는 꽃을 피웠다. 하얗게 밭둑에 뿌려졌을
것이다. 마치 안개꽃처럼. 방림역의 뜰엔 파릇파릇 잔디가 깔렸다.
마을 앞을 감고 돌아가는 평창강은 맑은 연녹색이고, 강 건너 병풍
처럼 서 있는 산은 날이 어두워지자 점점 짙어진다. 하얀색과 녹
색, 푸른색으로 칠해진 방림을 시간이 없어서 묘사하기 어렵다고
했으나, 너무 아름다워서 몇 자로 읊을 수 없다는 고백으로 들린
다. 김시습의 눈에 늘어온 방림의 모습은 너무도 아름다웠다. 방림
을 운수굴雲水窟이라 보았는데, 운수골은 은자나 도사가 사는 곳을
가리킨다.

방림면사무소 앞 정자

깊은 산에 있는 역이라 지나는 길손들은 쉬면서 시를 짓곤 했다. 원천석元天錫은 「방림역 길 위에서」란 시를 짓고, 이달李達은 "시냇 물 다리 위로 저녁 햇살 내리는데 / 낙엽은 가을길을 가득 채웠네 / 쓸쓸한 나그넷길 외롭기만 한데 / 차가운 시냇물에 그림자 떨구며 말이 건너가네"라고 고독을 남겼다. 방림면사무소 앞 정자에 앉아 쉬다가 위를 쳐다보니 허균의 시가 걸려있다.

산골에 오니 아직도 봄기운
개울 따라 풀은 향기로운데
안장 풀고 오랜 역에 투숙하여
침상 빌어 베개에 기대었네
괴이한 새의 그윽한 울음소리
깊은 숲엔 늦게 핀 꽃향기
괴로운 인생 어느 때나 쉴까
귀밑머리에 흐르는 세월 아쉽네

入峽春猶在　입협춘유재
沿溪草正芳　연계초정방
歇鞍投古驛　헐안투고역
欹枕借匡床　의침차광상
怪鳥多幽響　괴조다유향
高林有晚香　고림유만향
勞生幾時息　노생기시식
雙鬢惜流光　쌍빈석류광

메밀꽃 필 무렵

하안미 사거리에서 안내판이 가리키는 금당계곡쪽을 보니 넓은 들 뒤로 산이 아득하다. 평야라 할만하다. 쌍다리가 있는 마을은 예전에 주막거리였다. 이곳은 한양과 영동 지역을 이어주는 길목으로서 원주와 강릉의 중간이어서 반정半程이라고 불렸다. 길옆에 반정을 알려주는 표지석이 우뚝하다. 동서로 오고가는 사람들은 이곳에서 말을 갈아타기도 했고, 주막에서 막걸리 한 잔으로 고단함을 씻기도 했다. 왁자했을 주막거리엔 대형 트럭이 고랭지 채소를 싣느라 바쁠 뿐이다.

대화로 향하는 길은 직선으로 뻗어있다. 강원도에서 흔치 않은 길이라 당황스러울 정도다. 이 구간에 비각이 세 개다. 정씨 효열비각이 먼저 보인다. 박진명의 처 정씨는 천성이 온후하고 효성이 지극하였는데, 시부모 산소 옆에 누군가 시체를 암매장한 것을 알게 되었다. 정씨 부인은 암매장한 시체를 파서 관가에 고발하여 시부모의 산소를 보존할 수 있었다. 정씨의 효도가 알려져 1925년 2월 15일에 효열부로 정려旌閭가 내려졌다. 바로 이어서 순조24년(1824)년에 건립된 위홍연 효자비각이 기다린다. 아버지가 병환 중에 연어가 좋다기에 동해 바다에 가서 연어를 구해오다가 대관령에서 호랑이를 만나 타고 돌아와 아버지의 병환을 고쳤다. 시묘살이 할 때도 호랑이가 옆에서 그를 보호했다고 한다. 최한성 효자비와 비각은 규모가 조금 더 크다. 효자 최한성의 효행을 기리기 위하여 1925년에 건립되었다. 가선대부 최한성은 효성이 지극하고 총명하였다. 어머니가 병환 중에 있을 때 생선 먹기를 원하였

반정 안내석

다. 추운 겨울이라 생선 구하기가 어려워 강가에서 헤매는데 잉어 한 쌍이 얼음 위로 뛰어올랐고 이를 잡아 어머니의 병환을 고쳐드 렸다고 한다. 그 옆에 다른 비석이 있어 읽어보니 가선대부 최경로 崔慶魯의 처 열녀 김해金海 김씨金氏의 정려비다.

봉평장에서 재미를 못 본 허생원과 조선달은 "내일 대화장에서 나 한몫 벌어야겠네"하며 자리를 털고 일어선다. 대화장으로 향하 는데 "길은 지금 긴 산허리에 걸려 있다. 밤중을 지난 무렵인지 죽 은 듯이 고요한 속에서 짐승 같은 달의 숨소리가 손에 잡힐 듯이 들리며, 콩 포기와 옥수수 잎 새가 한층 달에 푸르게 젖었다. 산허 리는 온통 메밀밭이어서 피기 시작한 꽃이 소금을 뿌린 듯이 흐뭇 한 달빛에 숨이 막힐 지경이다." 달빛에 감동한 허생원의 눈에 비 친 대화장 가는 길이다. 밤길을 언제 걸어봤는지 기억이 가물가물 하다. 아니 밤길은 걸어봤으되 달의 숨소리가 잡힐 듯한 밤에 걸은 기억이 없다. 도시에는 밤에도 달이 뜨지 않는다. 뜨더라도 달의 숨소리가 들리지 않는다. 그런데 소금을 뿌린 듯한 메밀꽃에 숨이 막힐 지경리라니. 하루하루가 고단한 장돌뱅이의 삶이고, 그래서 허생원은 감정이 모두 메마른 일상인이었을 거라고 생각했다. 그 런데 달빛에 감동하고, 하얗게 빛나는 메밀꽃에 숨이 막힐 정도의 예민한 감성을 지니고 있는 것이 아닌가.

대화장은 서울과 강릉을 잇는 교통의 요지였고, 원주와 경기도 등으로도 연결되는 경제의 중심지였다. 이효석의 소설 「메밀꽃 필 무렵」 속의 배경으로 등장해 유명해졌지만, 훨씬 전에 전국적 으로 명성을 떨쳤다. 1808년에 서영보徐榮輔 등이 왕명에 의해 만든『만기요람萬機要覽』이 조선 팔도의 큰 장 중 강원도에서 유일하게 평창 대화장을 꼽았을 정도였다. 1872년도에 작성된 지도에는 장시場市라 표시되었을 정도니 대화장은 유구한 역사와 전통이 있는 장터다. 대화장은 옛날의 명성을 유지하기 위해 현대식으로 재정비하여 손님을 맞아들이고 있다.

　허생원의 걸음은 해깝고(가볍고) 방울소리가 밤 벌판에 청청하게 울렸으나, 대화를 향하는 김시습의 발길은 무겁다.「대화역大和驛」은 고독한 그의 모습을 보여준다.

　　나그네 길 몹시 아득하니
　　푸른 산 시름겹게 하는데
　　끊어진 다리에 버드나무 우거지고
　　옛 길엔 들꽃이 피었네
　　깊은 산속에 물병과 지팡이로
　　강호에 외톨이 신세지만
　　흰 구름 한가한 모습은
　　예부터 친하게 지내는 벗

　　客路多迢遞　객로다초체
　　蒼峯愁殺人　창봉수살인
　　斷橋官柳暗　단교관류암
　　古道野花嚬　고도야화빈
　　甁錫千山裏　병석천산리
　　江湖一隻身　강호일척신
　　白雲閑適態　백운한적태
　　曾是舊雷陳　증시구뇌진

대화까지는 아직도 아득하다. 눈앞에 펼쳐진 첩첩 산은 뒤로 갈수록 농도가 짙어진다. 비가 많이 와서인지 대화천의 나무다리는 끊어졌고, 다리 옆 버드나무는 나그네의 마음을 흔든다. 버드나무는 이별의 상징이다. 이별하는 나루터에는 늘 버드나무가 강바람에 하늘거리곤 했다. 허생원은 메밀꽃을 보고 숨이 막힐 정도였으나 김시습은 들꽃을 보고 가슴이 먹먹해진다. 잠시 후 마음을 다잡는다. 비록 물 한 통과 지팡이에 의지해 유랑생활을 하고 있지만 유유자적하는 구름은 오랜 친구가 아닌가. 시에 쓰인 뇌진雷陳은 중국 후한의 뇌의雷義와 진중陳重을 말한다. 두 사람은 옻칠로 단단히 굳힌 것처럼 지극히 친밀한 사이였다. 부박한 시대에 옻칠한 것 같은 친구를 그리워했으리라.

대화천을 건너면 땀띠물이 기다린다. 예전부터 이물로 몸을 씻으면 땀띠가 깨끗이 나았다고 해서 땀띠물이라 부른다. 물은 청룡산 땅속에서 발원하여 솟는데 가뭄이 심해도 일정량이 분출된다. 수온은 항상 10도씨를 유지해서 여름철엔 손발이 시릴 정도로 차갑고, 겨울철엔 따뜻하여 동네 빨래터로도 이용되었다. 수질도 좋아 주민들은 식수로 사용하였는데, 2003년도에 땀띠공원으로 탈바꿈하여 휴식장소가 되었다. 이곳에서 매년 평창더위사냥축제가 7월말부터 8월초에 열린다.

축제 프로그램 중 하나는 광천리에 있는 동굴을 탐험하는 것이다. 광천선굴廣川仙窟로 알려졌는데 굴의 길이 600m 정도, 지질연대는 약 4억년 내외, 동굴 안의 온도는 늘 14℃ 정도다. 한여름에 동굴에 있으면 금방 한기를 느낄 정도이고 동굴 밖으로 나오면 바로 안경에 습기가 차면서 숨이 막힌다. 예전부터 대화지역의 명소였다. 허목許穆, 1595~1682은 이곳을 직접 답사하고 『척주지』에 남긴다.

대화역 북쪽에서 석굴을 구경하였다. 큰 횃불을 앞뒤에서 연이어 들고 속으로 들어가는데 험준한 구멍이 사방으로 통하여 막힌 데가 없다. 동북쪽으로 수십 보를 가면 굴이 점점 높아져서 손으로 잡고 몸을 붙이고서야 오를 수 있다. 깊이 들어가도 끝이 없고 시냇물이 그곳에서 흘러나와 돌 아래로 세차게 흘러가는데 물소리가 요란하다. 돌은 기괴한 모양이 많아 어떤 것은 꿈틀대는 이무기 같은 것이 있어 발로 낚아채는 것 같기도 하고 똬리를 틀고 있는 것 같기도 하며, 어떤 것은 무쇠가 녹아 흐르다 엉겨 붙어 괴상한 모양이 된 것 같기도 하는 등 이루 다 기록할 수가 없다.

이세구李世龜, 1646~1700도 「동유록」에서 동굴체험기를 남겨놓았다. 그는 진부에서 청심대를 거쳐 모릿재를 넘는다. 남쪽으로 향하다가 대화천을 건너 수백 보를 걸어가니 바위 밑에 굴이 보인다. 입구는 세 칸 정도고 동굴 가운데 넓이는 여덟아홉 칸이다. 쳐다보니 바위 모서리에서 물이 방울방울 떨어진다. 한참을 가니 바위가 논도랑과 둑을 만들었다. 논을 지나자 큰 바위가 가로 걸쳐있고, 그 바깥은 끝을 헤아릴 수 없다. 어떤 사람은 횡성 땅과 통한다고 하는데 자세하지 않다고 적는다.

채팽윤蔡彭胤, 1669~1731도 1729년에 대화를 지나가다가 이상한 굴이 있다는 말을 듣고 굴 앞에 이르렀다. 횃불을 줄 세우고 견여를 타고서 들어갈 수 있다고 하여 퉁소로 앞에서 인도하게 하였다. 위를 보니 용의 비늘이 일어난 듯하고, 아래는 큰 구슬이 새겨진 듯하다. 어둠 속에서 물방울이 때때로 떨어지고 차가운 바람이 쏴하고 불어온다. 가장 깊은 곳에 이르니 바위 밑에 밭이 세 두둑이다. 오른쪽에 구멍이 갈라지며 물이 흐르는데 콸콸 소리를 낸다. 물 곁으로 조그마한 길이 있는데 이곳으로 가면 횡성에 도달 할 수 있다고 한다. 어찌 아냐고 물으니 예전에 이곳에서 개를 놓쳤는데 횡성에서 찾았기 때문에 안다고 말한다. 채팽윤은 이 말을 듣고 「신이굴神異窟」이란 시를 짓는다.

이익상李翊相, 1625~1691은 대사헌이 되어 윤휴尹鑴·허목許穆을 면박하다가 강릉부사로 좌천되었는데, 그때 이곳에서 「대화석굴大和石窟」이란 장편의 시를 짓는다.

대화역에 이르니
석굴이 대화에 있는데
모두 말하길 아름다워 볼만하며
구불구불 그윽하며 깊다하네
태수는 고상한 흥취 일어
잠깐 머무르라 수레에 명하고
늘어선 횃불로 밝게 비추니
조그만 털도 볼 수 있으며
지축이 깨지는 듯하네
큰소리로 북 치고 불며
수레 천천히 가니
보이는 거 모두 기이하네
옷 걷고 맑은 물 건너고
머리 들고 바위 움켜쥐며 따르니
돌 위에 구획한 밭이 있네

바위 우뚝한데 부처 있으니
조물주 일이 너무 많았으나
깎고 다듬는 기교 비할 데 없네
누가 말하길 이 굴은 멀리
백 여리 뻗었다고 하니
내 참과 거짓을 구별하려 하나
만물 중 어찌 이런 게 있을까
머뭇거리며 나아가지 못하니
기다리 듯 우두커니 서있으니
어른어른 구신이 보는 듯 하고
구름과 천둥 이는 것 같아
오싹하여 오래 머무르기 어려워
수레 돌리며 한숨을 쉬고
동쪽 유람에서 가장 기이해
붓을 들고 석굴을 기록하네

行到大和驛 행도대화역
石窟在此地 석굴재차지
皆言佳可賞 개언가가상
窈曲且深邃 요곡차심수
太守發高興 태수발고흥
命駕於焉止 명가어언지
列炬光照耀 렬거광조요
秋毫可俯視 추호가부시
地軸爲之摧 지축위지최
呼訇鳴鼓吹 호굉명고취
藍輿緩緩行 남여완완행
觸目儘奇異 촉목진기이

褰衣涉清波 건의섭청파
仰首捫石髓 앙수문석수
有田石上劃 유전석상획
有佛巖間峙 유불암간치
化工太多事 화공태다사
雕鏤巧無比 조수교무비
或云此窟遠 혹운차굴원
連延百餘里 연연백여리
吾將置眞贋 오장치진안
造物寧有是 조물녕유시
蹰躇不敢進 주저불감진
佇立如有俟 저립여유사
怳惚鬼神睨 황홀귀신예
彷彿雲雷起 방불운뇌기
凜乎難久留 늠호난구유
回車興嘆喟 회거흥탄위
東遊此最奇 동유차최기
把筆以爲識 파필이위식

　길게 햇불을 들고 동굴 안으로 들어가는 모습이 삼삼하다. 조심
조심 바위를 잡고 가서 다랑이 논처럼 생긴 곳에 도착했다. 앞에서
북 치고 퉁소 불며 가게 했으니 흥을 돋우기 위함인지 두려움을 쫓
기 위함인지 아리송하다. 굴이 횡성까지 연결되었다는 것은 그 당
시 널리 알려졌던 것 같다.
　여기저기서 떨어지는 물을 피하고 울퉁불퉁한 돌을 조심하며 희
미한 불에 의지하여 다랑이 논까지 갔다. 논처럼 생긴 것도 놀랍지
만 바로 옆에서 계곡물 소리를 내며 흘러가는 엄청난 물이 더 경이

광천선굴

롭다. 보이지 않는 땅 속에서 엄청난 물이 흐르는 것이 믿기지 않
는다. 곳곳에 기이한 형상을 한 바위들이 있으련만 컴컴하여 보이
지 않는다. 금방 한기가 느껴지고 물소리가 동굴을 진동시키니 오
싹해진다.

평창 객사에서

방림삼거리에서 뱃재를 넘는다. 김시습은 주진리 나루터에서 배를 타고 강을 건넜으리라. 다리를 건너는데 왼편으로 깎아지른 절벽이 눈길을 끈다. 후평리를 한참 달리니 노산이 눈에 들어온다. 읍내로 들어가기 전에 노산에 오른다. 오른쪽에 현충탑이 있고 곧바로 가니 노성정이다. 어르신들이 활시위를 당긴다. 왼쪽 오솔길은 노산성魯山城으로 가는 길이다. 『신증동국여지승람』은 "돌로 쌓았는데 둘레가 1천 3백 64척, 높이가 4척이다. 안에 한 우물이 있다. 지금은 반 정도 퇴락하였다"고 알려준다. 『강원도지』는 "군수 김광복金光福이 쌓은 성으로 뒤에 권두문權斗文이 증축했다"는 내용을 추가한다. 성벽 일부분만이 남아 고단했던 역사를 알려준다.

노산에서 내려와 군청 뒤 향교를 찾는다. 효종 9년인 1658년에 세워졌으며 후에 계속 중수되었다. 향교 앞 홍살문 앞에 서니 향교의 문루인 풍화루風化樓가 우뚝하다. 중건하는 과정을 기록한 지이철智頤喆의 기문이 남아 있다.

노성은 궁벽한 곳에 있는 먼 시골마을이다. 비록 규모가 얕고 좁다고 하지만 어찌 향교를 받들어 높이는 법도가 없겠으며, 비록 재력이 보잘 것 없다고 하지만 어찌 사림들이 깊이 숭상하는 도가 없겠는가. 풍화루는 공자님을 모신 집의 모범이다. 일단 예전에 건립한 이후로는 세월이 오래지나 동량이 거의 무너지고 쓰러질 지경에 이르렀다. 바람에 쓸리고 비에 씻겨 단청도 절로 퇴락하고 깎여나갔으니, 이 어찌 우리 도가 개탄할 일이 아니겠는가.

평창 향교

『신증동국여지승람』을 다시 펼치니 평창의 역사를 알려준다.
본래 고구려의 욱오현郁烏縣이었으며 우오于烏라고도 하였는데, 신
라에서는 백오白烏로 고쳤다. 고려시대에 지금의 이름으로 고치고
원주의 속현으로 하였다가 조선 태조 원년에 목조효비穆祖孝妃의
고향이라고 하여 군郡이 되었다. 『강원도지』를 살펴보니 평창읍
에 '국구사우國舅祠宇'가 읍에 있으며 노산부원군 이숙을 배향하였
다고 알려준다. 이성세의 고조부인 목조穆祖의 비 효공왕후孝恭王后
의 부친인 천우위장사千牛衛長史 이공숙과 모친인 돌산군부인 정씨
를 제사지내던 사당을 말하는 것이다. 평창군 옛 지도에서도 국구

사우를 찾아볼 수 있다. 정조는 제사 때 읽는 치제문致祭文을 직접
짓기도 했는데『홍재전서』에 실려 있다. 그러나 언제부터인지 사
당은 사라졌고 제사도 함께 잊혀져갔다.

목조(穆祖) 초년에
하늘이 배필을 이루어 주었으니
복을 기르고 경사를 돈독히 하여
우리 혁연한 왕업의 기원이 되셨네
(중략)
아득한 저 고장엔
아직껏 옛 자취가 있다네
이에 위패(位牌)를 만들고
사우(祠宇)를 세워서
근신을 명하여 보내
대신 술을 드리게 하노라

穆廟初載　목묘초재
天作之合　천작지합
毓祉篤慶　육지독경
肇我赫業　조아혁업
(중략)
邈彼桑鄕　적피상향
尙有舊蹟　상유구적
迺造祠版　내조사판
迺建妥宇　내건타우
迺命近臣　내명근신
替侑尊酒　체유존주

읍내로 들어가지 않고 평창강변과 나란한 외곽도로를 달리곤 했다. 도로 옆 커다란 느릅나무를 보며 감탄하곤 했다. 450여년 이상을 지켜왔다고 한다. 옛 지도를 보면 향교 옆으로 관아가 있고, 그 옆이 객사다. 객사 옆에 국구사우 한 채가 그려져 있다. 평창강변엔 소나무 숲이 빽빽하다. 강을 가로지르는 다리도 보인다. 이 다리를 건너 미탄으로 향하였을 것이다. 지도 속 건물들 중 향교만 남아 있고 관아도 객사도 남아 있지 않다. 평창관아의 모습을 보여주는 누대는 강 건너로 옮겨갔다. 1928년에 관아의 문루인 대외루大畏樓가 헐리자 지방 유생들과 유지들이 뜻을 모아 종부리 강가로 옮겼다. 옮겨지면서 이름이 바뀌었다. 소나무가 울창하고 학이 많이 날아든다 하여 '송학루'란 이름을 걸었다.

김시습은 관아 옆 객사에서 하룻밤 묵으며 「평창관에서 자다[宿平昌館]」를 짓는다.

홀로 세모에 객지에서 떠돌다가
외로운 평창 객관 가을에 오니
오동잎 난간 밖에서 흔들거리고
귀뚜라미 상머리에서 울어대네
강호를 두루 돌아다니다 보니
세월 빠름에 자주 놀라곤 하지만
나그네 회포 누구에게 말하리
창가에 비는 후두둑 내리는데

歲暮獨遠遊 세모독원유
平昌孤館秋 평창고관추

梧桐搖檻外　오동요함외
蟋蟀語床頭　실솔어상두
已歷江湖遍　이력강호편
頻驚歲月遒　빈경세월주
客懷誰與話　객회수여화
窓畔雨湫湫　창반우추추

아는 사람 하나 없는 평창에서 나그네 김시습은 그의 외로움을
이렇게 표현했다. 때는 가을밤, 비가 오동잎에 내리고 있었다.

매화마을 강가에서

평창읍에서 국도를 따라 천천히 내려가니 하리가 나온다. 나란
히 가던 길과 강은 유동리에서 잠시 멀어졌다가 약수리 느릅나무
앞에서 만난다. 보호수로 지정된 나무는 450년 이상으로 추정된
다. 마을 사람들은 옥황상제가 보낸 아들인 나무에 쌍그네를 매고
놀며 한 해 동안 마을의 평화를 빌었다고 한다. 그네를 타던 아가
씨는 할머니가 되어 느릅나무 그늘 밑에서 평창강을 바라보며 옛
날이야기를 들려준다. 약수리엔 예전에 약수역이 있었다. 영월 방
향에서 평창으로 향하는 길손들은 이곳을 거쳐야만 했다.

윤선거尹宣擧, 1610~1669는 저물녘에 마지리에서 배를 타고 도돈리
로 건너왔다. 도무지 길을 찾을 수 없어 마을 사람에게 물으니 고
개 넘어 강가 길을 따라 올라가면 평창이 나온다고 일러준다. 위험
한 강가 길을 따라 한참 올라가니 약수리가 보인다. 약수역에 딸린

정자와 나무를 보고서야 안심이 되었다. 평창강이 마을 앞으로 흐르고 북쪽으로 산이 높다. 산과 강 사이에 넓은 들판은 먹고 살기에 부족함이 없어 보인다. 그야말로 무릉도원 아닌가. 평창 객사에 딸린 환취루環翠樓에 오르니 퇴계 이황의 시가 보인다. 화답하여 시를 짓는다.

> 저물자 마지진에서 길을 읽어
> 밭가는 곳 보이지 않아 길을 묻네
> 멀리 약수역의 정자와 나무 보이니
> 황홀하게 무릉도원으로 들어가네

> 麻智津邊暮徑迷 마지진변모경미
> 耦耕無處問前蹊 우경무처문전혜
> 遙看藥水驛亭樹 요간약수역정수
> 怳入武陵漁子溪 황입무릉어자계

약수리와 도돈리를 연결하는 길은 악명이 높았다. 퇴계 이황은 이곳을 "걸음마다 졸이며 위태한 잔도를 지나고, 여울 보면서 어두운 시내 거슬러 가네"라고 하였다. 지금은 길이 넓어져 강을 바라보며 드라이브하기에 적당하지만, 여기에 만족을 하지 못하고 이곳저곳 다리를 놓고 천동리를 가로지르는 넓은 길을 넓게 뚫었다.

야트막한 고개를 넘자 '성필립보생태마을'이다. 오른편으로 넓은 노돈리 벌판이 보이고 매화마을로 들어가는 오솔길이 왼편 밭 사이로 굽이치며 사라진다. 따라가니 바로 소나무 숲길로 연결된다. 평지인 듯 언덕인 듯 깊은 산속에 들어선 듯. 조그마한 공터엔

'매화마을 녹색길' 안내판이 걷는 코스를 알려준다. 임진왜란 당시 권두문 군수와 응암굴에 얽힌 역사를 콘텐츠화 하여 만든 녹색길이 강변을 따라 이어진다.

　소나무 숲을 벗어난 길은 구불구불 논과 밭을 지나고 담장을 스치듯 지나간다. 강가에 서니 평창강은 천 길 절개산 자락 밑을 굽이쳐 흐른다. 김시습은 매화마을 강가에 서서 「응암굴鷹巖窟」을 짓는다.

　　오래된 굴 안개와 노을에 둘러있고
　　맑은 강에 고기와 자라 떠다니며
　　매는 푸른 이끼 절벽에 집 짓고
　　오리는 흰 마름 물가서 몸 씻네
　　외딴 곳이라 사람 자취 드물며
　　높은 바위에 나무는 휘어졌네
　　이곳에서 깃들일 수 있다면
　　사슴 갈매기와 친할 수 있겠지

　　古窟煙霞繞　고굴연하요
　　清江魚鼈浮　청강어별부
　　鶻巢蒼蘚壁　골소창선벽
　　鳧浴白蘋洲　부욕백빈주
　　地僻人蹤罕　지벽인종한
　　巖高樹木樛　암고수목규
　　可堪棲此地　가감서차지
　　伴鹿狎群鷗　반록압군구

평창에서 주천으로 향하던 김시습은 매화마을에 들린다. 임진
왜란 때 매 때문에 화를 입었다 하여 매화마을로 불리게 되었다
니 응암리에 온 것이다. 평창강에 뿌리박은 암벽과 깎아지른 암
벽에 있는 굴은 무척 인상적이었던 것 같다. 뿐만 아니라 한가하
게 노니는 물고기와 자라, 매와 오리를 보노라니 길 위에서 떠도
는 나그네의 마음이 따뜻해진다. 평화로운 이곳에서 머물고 싶을
정도였다.

평화롭던 응암리 강가에 슬픈 역사가 전해지게 되었다. 임진왜
란으로 인한 고통은 평창지역을 빗겨가지 않았다. 조선 선조 25년

(1592) 4월의 일이다. 왜군은 백복령을 넘어 정선 평창으로 쳐들어 왔다. 이때 평창군수 권두문이 낡고 허물어진 산성을 다시 고치고 훈련봉사로 있던 지사함 장군과 도총관 휘하의 이인서 우웅민 두 장군을 좌우 수비장으로 삼아 왜군과 싸울 태세를 갖추었다. 그러나 적의 병력이 워낙 강해 절벽 중턱에 있는 응암굴로 대피했다. 이때 군수는 관리들과 민간인들을 따로 피난시켰다. 윗굴을 관굴, 아랫굴을 민굴로 부른다. 군수는 백성들에게 방울을 단 새매를 이용해 교신을 보냈는데 오래가지 못하고, 적의 순시병에게 그만 들키고 말았다. 이 때문에 참극을 맞는다. 왜군이 칼을 휘두르자 측실 강씨康氏와 아들은 군수의 등을 에워싸며 자신을 죽이고 군수를 살려달라고 한다. 그러는 와중에 군수는 팔에 상처를 입고 사로잡히게 되었다. 강씨는 욕을 당하게 될 것을 알고 절개산 바위에서 몸을 던져 정절을 지켰다. 강씨의 일은 「강절부여각실록康節婦閭閣實錄」에서도 기록되어 있다. 군수는 그 후 탈출해 평창으로 되돌아와 사직 하였으나 곧 간성군수로 전임됐다. 그때 그는 절박한 순간을 「호구일록」에 남겼다.

절개를 지키고자 천 길 벼랑에서 투신한 강씨는 31세였다. 정렬을 가상히 여겨 1612년(광해군4) 절부節婦로 정려旌閭되었으며, 정려비가 경북 영주시 영주동 구성공원에 남아 있다. 홍여하洪汝河, 1620~1674는 권두문의 「호구일록」 뒤에 시를 첨가하여 애도하였다.

당웅(當熊)을 배운 듯 몸으로 선뜻 칼날에 맞서더니
만 길 높은 푸른 벼랑에 홀연 몸을 던졌네

옥 깨어지고 꽃잎 날리는 건 쉬운 일이지만
막아 지킴이 하늘의 도움인 줄 누가 알았으리오

身輕白刃學當熊 신경백인학당웅
忽墮蒼崖萬仞崇 홀타창애만인숭
玉碎花飛容易事 옥쇄화비용이사
誰知捍衛所天功 수지한위소천공

당웅當熊은 곰의 앞을 막아선다는 말로, 위태로움에 임하여 자신을 돌보지 않고 용감하게 앞에 나서는 여성을 뜻한다. 절개를 지키기 위해 목숨을 버리고 대신 절부節婦라 칭송받는 여인들의 이야기는 또 다른 슬픔이다. 당시 권력을 잡고 있던 남성들의 잘못으로 인해 죽을 수밖에 없었던 여인들을 알량한 정려비로 위로할 수 없다. 웅암리 강가에서 듣는 역사는 슬픈 역사가 아니다. 치욕의 역사요 반성을 해야만 하는 역사다.

소나무 숲길을 따라 무거운 마음으로 되돌아가는 길. '매화마을 녹색길' 안내판이 있는 공터에서 길은 아양정峨洋亭으로 향한다. 조선 선조 때 웅암리에 살던 선비 지대명이라는 분이 창건하였다. 아양정은 높은 기암절벽 위에 세웠는데 절벽이 중국 적벽과 같다고 하여 아래로 흐르는 평창강을 적벽강이라 부르고, 정자의 이름을 아양정이라 그대로 딴 것이라 한다. 6.25 전쟁 때 소실되었는데, 63년 8월에 지방 주민이 재건하였다. 아양정에 서니 강 건너 마지리와 그 뒤로 옥녀봉이 우뚝하다. 한참을 서 있어도 답답한 마음이 쉬 가시지 않는다.

나루에 사공 없고 바람만 가득

나루터는 연결보다는 단절이었고, 만남보다는 이별의 장소이곤
했다. 그래서 나루터를 배경으로 한 시는 슬픈 정조가 주를 이룬
다. 화려한 색보다는 무채색이고, 풍악소리보다는 눈물소리가 배
경으로 깔린다. 대부분 새벽이나 저물녘이고 비가 오거나 안개가
자욱하다.

김시습은 이제 강을 건너야 한다. 해가 지기 전에 나그네는 숙소
를 찾아야 한다. 도돈리 강가에 선 김시습은 마지리로 건너간 후
거슬갑산 옆 거슬갑치를 넘어야 한다. 대하리를 재빠르게 지난 후
주천에서 고단한 하루를 뉘어야 한다.

평창현 지도

도돈리에서 마지리를 가기 위해선 배를 타야한다. 나루터는 마지진麻池津.『신증동국여지승람』은 군의 서쪽 17리에 있다고 알려준다. 조선 후기의 지도들도 마지진을 표기해서 중요한 곳임을 보여준다. 한자가 조금씩 다르지만 이곳을 경유한 글들은 대부분 마지진이라 하였다. 김시습은 조금 다르게 마제진馬蹄津이라 기록한다. 나루터를 건넌 후 길은 나누어진다. 거슬갑치를 넘어 주천 방향으로 가는 길이 있고, 영월읍으로 볼 일이 있는 경우는 고덕치를 넘었다. 고덕현이라고도 했는데 지금의 원동재를 말한다.

　배를 타고 강을 건너며 「마제진을 건너며[渡馬蹄津]」란 시를 남긴다.

　　나루에 사공 없고 바람만 가득한데
　　흰 마름 붉은 여뀌 고깃배에 비치며
　　단풍 잠긴 강가에 물빛 차갑고
　　국화 핀 울타리에 들판 그윽하네
　　피리소리 관북에서의 한 자아내고
　　길 떠나는 기러기 영남 향해 우는데
　　두 언덕 푸른 벼랑 그림 같은데
　　열 폭 부들 돛 바위로 들어가네

　　野渡無人風滿洲　야도무인풍만주
　　白蘋紅蓼映漁舟　백빈홍료영어주
　　江楓湛處波光泠　강풍담처파광랭
　　籬菊開時野興幽　리국개시야흥유
　　牧笛剩生關北恨　목적잉생관북한
　　征鴻呌向嶺南秋　정홍규향령남추

蒼崖兩岸渾如畫 창애양안혼여화
十幅蒲帆入石頭 십폭포범입석두

　강을 건너기 위해 나루터에 섰으나 사공은 없고 바람만 분다.
때는 가을이라 바람은 점차 차가와진다. 무심히 주변을 바라보니
텅 빈 배는 흰 마름과 붉은 여뀌 사이에 있고, 강가 단풍은 강물을
붉게 물들인다. 뒤돌아보니 시골 농가의 울타리엔 국화가 한창이
다. 바람 속에 선 나그네의 마음으로 바람이 불어온다. 가을 풍광
속에서 피리 소리가 들려온다. 피리소리는 문득 관북지역에서 외
롭게 유랑하던 시절로 이끈다. 동시에 남쪽으로 울며 날아가는
기러기는 갈 길을 재촉한다. 아름다운 경치는 쓸쓸한 마음을 잠
시 만져주지만 길 위에 선 나그네는 기러기처럼 쉬지 않고 가야
한다.
　김세필金世弼, 1473~1533도「마지진麻池津」을 건너며 시를 남긴다.

가을바람 부는 나루터 말 멈추고
얕고 깊은 물 다니는 뱃사공에게
경치 가운데 시 읊을 곳 물으니
흐르는 푸른 물에 잠긴 붉은 절벽

立馬秋風古渡頭 입마추풍고도두
淺深游泳問方舟 천심유영문방주
箇中物色還堪賦 개중물색환감부
丹壁光沈碧玉流 단벽광침벽옥류

시를 읊을만한 곳이 어딜까. 흐르는 푸른 물에 잠긴 붉은 절벽은 아양정이 있는 곳이 아닐까. 아양정에서 섰을 때는 몰랐는데 도돈리 강가에서 아양정을 보니 기암절벽이 정자를 이고 있다. 절벽이 중국 적벽과 같다고 하여 마을 사람들은 아래 흐르는 강을 적벽강이라 불렀다고 하지 않았던가. 김세필의 시흥을 돋우던 적벽과 푸른 물은 인간의 욕망에 의해 훼손되었다. 붉은 절벽을 뚫어 터널을 만들었고, 터널과 연결된 긴 다리는 마을을 훌쩍 건너질러 공중으로 내달린다.

백두대간 오대산에서 시작해 평창읍의 삼방산을 지나 마지막으로 솟구쳐 오른 산이 옥녀봉이다. 그러나 옥녀봉을 포함해 승지봉 진바리까지 아울러서 산을 봐야한다 『세종실록지리지』는 이 산을 거슬갑산琚瑟岬山으로 보았다. 군의 서남쪽 20리, 원주의 주천현 경계에 있으며 고을 관원이 제사지낸다고 기록하고 있다. 세종 11년에는 예조에서 전국의 영험한 곳에서 제사 드리는 것을 국가에서 행하는 예에 따를 것을 건의하였는데, 거슬갑산이 포함되었다. 세종 19년에는 악嶽·해海·독瀆·산천의 단묘壇廟와 신패神牌의 제도를 상정했는데 거슬갑산은 사묘가 고을 안의 평지에 있고, 위판에 거슬갑산지신위琚瑟岬山之神位라고 썼는데, '위位' 자는 삭제하고, 다시 산기슭에 땅을 가려서 단을 설치할 것을 올리기도 하였다.

거슬갑산을 넘어 주천 방향으로 가기 위해선 거슬치琚瑟峙를 넘어야 한다. 이 길은 나그네뿐만 아니라 장돌뱅이들이 당나귀와 함께 넘나들던 길이기도 하다. 사람들의 희노애락 삶이 고스란히 배어 있는 고개 정상에는 성황당이 복원되어 길손의 안녕을 빌어준다.

사자암

사자암으로 가는 길은 가파르고 거칠다. 힘들다고 생각할 즈음에 사자암이 느닷없이 나타난다. 비탈진 산 속에 지붕이 다섯인 건물을 보고 모두 놀란다. 적멸보궁을 수호하는 암자인 사자암이 있는 곳은 중대다. 보천과 효명 태자가 비로자나불을 중심으로 일만의 문수보살을 친견한 곳이다.

4

산자락 한 자리
차지하다

4

산자락 한 자리
차지하다

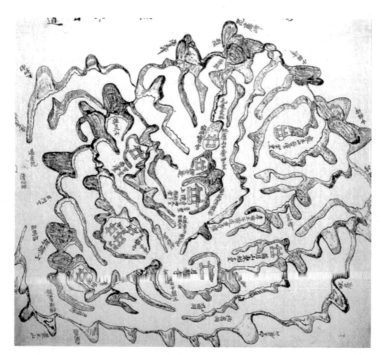

강릉 오대산 지도 일부

파리한 몸 진부역을 지나다

대화역을 출발한 김시습은 모릿재를 넘어 진부역에 도착한다. 조선시대에 관동로는 서울에서 동해안 평해까지 연결하는 교통로를 말한다. 서울에서 원주를 통과한 길은 진부에서 잠깐 쉰 뒤 대관령을 넘어 강릉에 도착한 후 평해로 내려간다. 김시습은 관동로를 이용하여 걷는 중이다. 진부역은 아랫진부에 있었다.

교통의 요지라 이곳을 지나는 시인묵객들은 여행의 고단함을 여행기에 적거나 시로 남겼다. 고려시대의 권적權適, 1094~1147은 진부

珍富라는 이름으로 장난삼아 시를 지었다고 실토했지만, 진부의 특징을 잘 보여준다.

> 오래된 역참 이름은 진부
> 진부(珍富)의 뜻은 무얼까
> 눈 쌓이니 산에 가득한 옥
> 버들 흔들리니 길에 온통 금
> 개울 잉어는 뛰는 붉은 비단
> 마을 연기는 펼친 푸른 비단
> 앞에 있는 두 호장(戶長)의
> 희끗한 귀밑머리는 은실

古驛名珍富　고역명진부
名珍富意何　명진부의하
雪堆山玉滿　설퇴산옥만
柳拂路金多　류불로금다
溪鯉跳紅錦　계리도홍금
村煙散碧羅　촌연산벽라
眼前雙戶長　안전쌍호장
銀縷鬢毛華　은루빈모화

　진부珍富는 보배 진珍자와 부유할 부(富)자로 이루어졌다. 권적은 진부를 글자 그대로 '보배스럽고 부유한 곳'으로 보고 시를 지은 것이다. 함련에서 '가득한 옥'과 '온통 금', 경련에서 '붉은 비단'과 '푸른 비단'으로 역의 이름을 설명해주면서 대우를 만든다. 또한 눈, 버들, 잉어, 연기도 색채어와 연결되면서 모두 공교로운 대우가 되었다.

권적은 장난삼아 지었다고 말했지만 시처럼 진부는 변해가고 있
는 중이다. 조선시대의 진부역은 오대천 건너 송정리로 건너가 진
부역으로 새롭게 탄생했다. 평창동계올림픽을 지원하기 위해 고속
철도가 이곳을 지나가게 된 것이다. 이렇게 되면 서울 청량리역에
서 강릉까지 시속 250km급 고속열차로 70여분이면 갈 수 있게 된
다고 한다. 서울에서 동해안의 평해까지 연결하는 신관동로가 21
세기에 다시 부활했다.

김시습은 진부역을 지나다가 시를 한 수 짓는다.

가도 가도 봄 산 속
봄산에 꽃 성발로 짙은데
병 하나 바리 하나 들고
파리한 몸 마른 지팡이 들었네
민가엔 연기 아스라하고
역로(驛路)엔 풀 무성하네
어디서 참된 은거 할까
푸른 산 천만 겹 둘렀는데

去去春山裏　거거춘산리
春山花正濃　춘산화정농
一瓶擎一鉢　일병경일발
瘦影荷瘦筇　수영하수공
人家煙渺渺　인가연묘묘
驛路草茸茸　역로초용용
何處堪眞隱　하처감진은
碧峯千萬重　벽봉천만중

우뚝 솟은 오대산이 보이네

진부역에서 김시습은 오대산으로 향한다. 오대산 월정사 앞 금강연에서 시를 읊고 월정사 경내에 들어가 또 시를 짓는다. 그런데 진부역과 금강연 사이에서 「성원省原」이란 시를 짓는다. 성원省原은 어디를 가리키는 것일까? 오대산과 관련된 자료를 찾으니 『삼국유사』에 보천태자와 관련된 글이 보인다.

신라 신문왕의 아들 보천태자는 아우 효명과 저마다 일천 명을 거느리고 성오평(省烏坪)에 이르러 여러 날 놀다가 태화(太和) 원년인 477년에 형제가 함께 오대산으로 들어갔다.

성오평省烏坪과 성원省原은 동일한 곳이 아닐까? 자료를 찾다보니 약간 표기를 달리한 기록이 보인다. 신익성申翊聖, 1588~1644의 「유금강소기遊金剛小記」에 이런 문장이 눈길을 끈다. "오대산 앞에 있는 들판을 성평省坪이라 부른다" 성평은 성오평과 같은 장소를 일컫는 것 아닐까? 김창흡金昌翕, 1653~1722의 「오대산기五臺山記」에 '성오평'이 등장한다. "여기서부터 진부로 이어진 큰 길을 벗어나 북쪽으로 월정사로 향했다. 이곳은 성오평省烏坪인데 벌판의 빛깔이 푸르다." 강재항姜再恒, 1689~1756의 「오대산기」에서도 비슷한 표현을 볼 수 있다. "성조평省烏坪에 이르니 들판 빛이 푸르다. 서남쪽에 네댓 봉우리가 자욱한 구름 사이로 솟았는데, 수려한 자태를 손으로 잡을 듯하다." 강재황이 기록한 성조평은 성오평의 오기인 것 같다.

김시습의 「성원省原」이란 시다.

불난 흔적에 방초(芳草) 파랗게 번지자
수많은 명산(名山)들 눈에 새롭네
푸른 덩굴 얽힌 고목에서 신선 찾고
꽃 흐르는 물에서 진나라 사람 묻는데
시냇가 검은 흙엔 홍목(紅木) 자라고
계곡 바닥 진흙에는 붉은 순채 뻗었네
산 속 못 닿아도 마음 먼저 흐뭇하니
오대산 안개 속에 우뚝 솟아올랐네

燒痕芳草綠初均 소흔방초록초균
無數名山眼底新 무수명산안저신
古木蒼藤尋羽客 고목창등심우객
落花流水問秦人 락화류수문진인
溪邊黑壤生紅木 계변흑양생홍목
澗底靑泥迸紫蓴 간저청니迸자순
未到山中先滿意 미도산중선만의
五峯煙抹聳嶙峋 오봉연말용린순

김시습에게 오대산은 신선이 사는 곳이며, 진나라 사람들이 전쟁을 피해서 사는 무릉도원으로 비쳐졌다. 그곳으로 가는 도중에 홍목紅木과 붉은 순채가 보인다. 고개를 드니 멀리 안개 속에 우뚝 솟은 오대산이 보인다. 성원에서 멀리 보이는 오대산을 바라보며 기쁜 마음으로 지은 시다.

월정삼거리에 서니 오대산이 보인다. 마을 이름은 건평리다. 무슨 이유로 이름이 바뀠는지 알 수 없으나 여러 정황상 이곳이 성오평이며 성원이고, 성평이다. 신익성의 「유금강소기」는 자세한 정보를 제공해준다.

오대산 앞에 있는 들판을 성평(省坪)이라 부르는데 어림대(御林臺)가 있
다. 어림대는 조그만 언덕인데 민간에 전해지길 세조가 오대산에 행차했을
때 이곳에서 머무르며 문사(文士)와 무사(武士)를 뽑았다고 한다.

어림대御林臺는 널리 알려진 만과봉萬科峰을 가리킨다. 만과봉은
월정삼거리 뒤 밭 가운데 있다. 그렇다면 만과봉이 있는 지역이 성
평이다. 만과봉은 세조와 관련된 이야기를 들려준다. 세조가 왕위
에 오른 뒤 어느 날 꿈속에서 단종의 어머니가 나타나 세조의 얼굴
에 침을 뱉었는데, 그 후로 세조는 심하게 종기를 앓게 되었다. 종
기가 낫지 않자 오대산 상원사에서 기도를 하며 요양을 하였다. 하
루는 상원사 앞 맑은 물에서 목욕을 하다가 어린 동자가 등을 민
후 종기가 씻은 듯이 낫게 되었다. 병을 고치게 되자 월정삼거리

만과봉

뒤에 있던 조그마한 봉우리 위에 자리를 잡고 과거시험을 보았다. 이때 시험을 보러 오는 사람들에게 흙 한 줌과 돌을 하나씩 가져오게 하여 쌓은 것이 지금의 만과봉이 되었다고 한다.

『신증동국여지승람』은 "세조대왕께서 12년에 관동에 행차하다가 오대산 동구에 수레를 머물게 하고, 과거를 베풀어 진지陳祉 등 18명을 뽑았다."고 기록한다. 『연려실기술』은 "12년에 강릉 오대산에 행차하여 어림대御林臺에 행차를 멈추고 무사를 시험하여 급제를 주었다."고 적고 있다. 또 "12년 병술 봄에 임금이 오대산에 행차하여 시험을 보여 18명을 뽑았다."는 기록도 보인다.

『조선왕조실록』을 살펴보니 세조 12년(1466) 윤 3월 17일에 상원사에 행차했다가 행궁으로 돌아와서 신숙주, 한계희, 노사신에게 명하여 문과시장文科試場에 나아가서 참시參試하게 하고, 다음날 문과文科에 진지陳趾 등 18인을 뽑고, 무과武科에 이길선李吉善 등 37인을 뽑았다는 기록이 보인다. 여러 기록들과 설화는 약간의 차이가 있지만 만과봉 일대에서 시험이 있었다는 것이 사실임을 알려준다.

밭 가운데 소나무 섬처럼 보이는 만과봉을 보니 만감이 교차한다. 세조 때문에 예상치 못한 유랑길로 접어든 김시습이 이곳을 지난 때는 1460년이었다. 세조는 1466년에 행차하였으니 월정삼거리에서 두 사람이 시차를 두고 빗겨갔다. 만약에 김시습보다 세조가 먼저 왔더라면 김시습은 만과봉을 보며 회한에 찬 시를 남겼을 것이다.

오대산 제일의 명소

월정삼거리에서 매표소로 연결되는 길은 전나무 사이로 곧게 달린다. 일주문부터 월정사까지 늠름하게 서 있는 전나무보다 아직 어리지만 이 나무들은 훗날 이 길을 늠름하게 지킬 것이다. 휴가 기간이어서인지 평일인데도 꼬리를 무는 자동차로 길은 붐빈다.

오대산은 예전부터 유명하여 누구나 한번쯤은 오고 싶어 했다. 김창흡은 강원도 명산을 두루 유람하였으나, 오대산은 50년 동안 마음속으로만 부지런히 왕래할 뿐이었다고 아쉬워했다. 숙종 44년인 1718년 윤8월 7일에 인연이 닿아 오대산을 구경하고. 「오대산기五臺山記」를 남긴다.

> 들판이 끝나고 골짝 어귀로 들어섰다. 오래된 전나무 수천 그루가 길 양쪽에 늘어섰는데 모두 한 아름은 된다. 붉게 물든 단풍나무가 전나무 사이에 뒤섞여 있다. 사미대(沙彌臺)에서 잠시 쉬었다. 흐르는 시내를 보면서 시를 읊조리며 신택지(辛澤之)가 뒤따라 도착하길 기다렸다.

김창흡은 매표소를 지나 일주문을 통과하는 길을 걸었다. 300여 년 전이다. 그때도 아름드리 전나무가 빽빽하였다. 길 옆 밑동만 남은 고사목은 몇 사람이 안아야 할 정도이니 김창흡의 유람을 목격했을 것이다. 그 옆에 고목은 길게 누워 있다. 후계목들이 서늘하게 길 양쪽에 서있다. 수많은 고승대덕들과 수행자들이 걷던 길을 시인묵객들이 걸었다. 요즘은 전국적인 명소가 되어 누구나 걷는다. 맨발로 걸으며 평온을 얻는다. 유모차를 밀고 해맑게 웃기도 한다. 여기저기서 튀어나오는 다람쥐는 어른까지도 아이의 마음으

월정사 전나무 숲길

사이대

로 만든다. 휴가철이라 도시의 거리처럼 오가는 사람들이 많지만 모두 느긋하게 이완된 표정으로 소요한다. 이 길이 끝나면 도시 삶의 허허로움이 어느 정도 치유될 것이다.

　길옆 조그만 건물의 문이 열려있다. 현판을 보니 성황각이다. 성황당이 보편적인데 이곳은 독특하게 성황각이다. 성황당은 대부분 동네 어귀나 고갯마루에 있다. 커다란 나무가 있고 돌이 제법 쌓여있다. 조그마한 사당을 세운 곳도 있다. 바람에 날리는 오색 천은 전설의 고향을 떠올리게 한다. 성황당은 무속신앙에서 신을 모시는 사당이니 불교와는 다른 신앙인데 경내에 있다는 것이 놀랍다. 불교의 넉넉한 품을 느낄 수 있다. 성황각 옆 작은 바위는 오대동문 五臺洞門이란 글씨가 새겨져 있다. 오대산의 입구라는 뜻이다.

　전나무 숲길을 따라 월정사로 향하다가 잠시 쉬어가는 곳이 사미대沙彌臺다. 출가하여 십계를 받은 어린 남자 승려를 사미승이라고 한다. 사미대는 사미승과 밀접하다. 사미승이 앉는 곳이란 의미일 것이다. 수행을 하던 사미승은 가끔 고향이 그리우면 이곳에 앉아서 고향을 생각하였을 것이다. 그래서인지 사미대는 절과 멀리 떨어져있지 않다. 설악산 수렴동에 있는 사미대도 심원사와 멀지 않은 곳에 있다. 숲길에서 벗어나 계곡으로 향하니 너럭바위가 깊은 못을 만들고, 나무는 그늘을 만들어 쉬어가기 적당하다. 사미승이 앉았던 자리에 나그네가 앉아서 땀을 식힌다. 김창흡뿐만 아니라 오대산을 찾은 강재항姜再恒, 1689~1756과 송광연宋光淵, 1638~1695도 이곳에서 땀을 식히며 목을 축이고 유산기에 기록해 놓았다.

전나무숲길에서 나온 사람들은 금강교를 건너 주차장으로 가거
나 월정사 경내로 들어간다. 금강교를 건너다가 다리 아래 깊은 연
못을 힐끔 쳐다보고만 간다면 오대산 최고의 승경처를 놓치는 것
이다. 『신증동국여지승람』은 금강연金剛淵을 이렇게 설명한다. "네
면이 모두 너럭바위고 폭포는 높이가 열 자다. 물이 휘돌아 모여서
못이 되었는데, 용이 숨어 있다는 말이 전해온다. 봄이면 열목어가

금강연

천 마리, 백 마리씩 무리지어서 물을 거슬러 올라오다가, 이 못에 와서 이리저리 돌아다니며 자맥질한다. 힘을 내어 폭포로 뛰어오르는데, 혹 오르는 것도 있으나 어떤 것은 반쯤 오르다가 도로 떨어지기도 한다." 고려 말에 정추鄭樞, 1333~1382는 "금강연 물이 푸르게 일렁거리며, 갓 위에 묵은 먼지를 씻어내네"라고 읊조렸다.

정추뿐만 아니라 오대산을 찾은 사람들은 금강연을 찾은 것을 기념하기 위해 폭포 옆 너럭바위 여기저기에 자신의 이름을 새겨 놓았다. 영감을 받은 시인들은 이름 대신 시를 남겼다. 김시습은 「금광연金光淵」이란 시를 남긴다.

백 길 물결치는 낭떠러지에 물 돌다가
복사꽃 뜬 노한 물결 우레처럼 부딪치고
산 가득 철쭉꽃 불꽃보다 더 붉은데
용문 같은 이곳서 물고기 뛰어오르네

百丈砑崖水又洄 백장빙애수우회
桃花怒浪激如雷 도화노랑격여뢰
滿山躑躅紅於燒 만산척촉홍어소
正是禹門魚曝腮 정시우문어폭시

김시습은 진부역에서 오대산을 무릉도원으로 여겼다. 금강연 바위에 앉아서 못을 바라보니 물 위에 복사꽃이 둥둥 떠다닌다. 중국 진나라 무릉 사람이 시내를 따라 가다가 길을 잃었을 때 만난 것이 복숭아나무였고, 계속 따라 올라가서 무릉도원을 만나게 되었으니 봉숭아꽃은 희망의 징표다. 산을 붉게 물들인 철쭉꽃은

실경이기도 하지만 김시습의 고양된 마음이기도 하다.

　김시습이 다녀간 후 율곡은 너럭바위에 기대서 금강연을 바라보았다. "찬 바위에 기대자 깊은 시름 서리는데, 두어 가닥 폭포수 저녁 못에 떨어지네." 율곡은 무슨 근심거리가 있었던가. 폭포를 보면 대부분 장쾌함을 느끼며 탄성을 질렀으나 저물녘 폭포는 율곡을 근심에 젖게 했다. 후에 김창흡도 금강연 옆 너럭바위에 앉았다.

> 다시 3~4리를 가서 금강연(金剛淵)에 도착하였다. 금강연은 폭이 백 칸쯤 되고, 좌우로 늘어선 바위는 편안히 앉기에 적당하다. 연못 속에는 물고기가 술시어 헤엄치는데, 봄철에는 열목어가 나투어 뛰어오르는 것이 용문(龍門)을 오르는듯하여 참으로 기이한 볼거리라 한다.

　송광연은 오대산에서 금강연이 단연 절경이며, 너럭바위는 갈아 놓은 듯이 매끈하고 은빛 폭포는 빗겨 흐른다고 묘사한다. 말에서 내려 산보하니 속세의 잡념이 말끔히 사라진다고도 한다. 강재항은 연못 아래에 신룡神龍이 숨어 있다고 하는데, 물이 맑고 얕으니 어찌 신룡을 볼 수 있겠냐고 반문한다. 허목은 금강연이 한강의 근원지라고 보았다. 선인들의 자취는 바위에도 남아있고 문집에도 남아서 금강연을 명소로 만들었다.

마음의 달이 아름다운 곳

나라 안의 명산 중에서도 가장 좋은 곳이어서 불법이 길이 번창할 곳에 세워진 월정사의 역사는 신라 선덕여왕 12년(643)에 자장율사부터 시작된다. 자장율사는 중국 오대산에서 문수보살을 친견하게 되는데, 이때 문수보살이 부처님의 사리와 가사를 전해주며 신라에서 오대산을 찾으라는 가르침을 준다. 귀국한 자장율사는 강원도 오대산에 도착하여 중대에 진신사리를 묻고 문수보살을 친견하고자 지금의 월정사터에 움막을 짓고 기도를 한다.『삼국유사』에 월정사의 역사가 자세하다. "월정사는 처음에 자장법사가 모옥을 지었으며, 그 다음에는 신효거사信孝居士가 와서 살았다. 그 다음에는 범일梵日의 제자인 신의두타信義頭陀가 와서 암자를 세우고 살았으며, 뒤에 수다사水多寺 장로 유연有緣이 와서 살면서 점점 큰 절이 되었다."

고려시대에 들어와 왕건은 월정사에 매년 봄·가을로 백미 200석과 소금 50석을 공양하고, 이러한 원칙이 계승되도록 하였다. 고려 충렬왕 33년(1377)에 화재로 모두 타버린 것을 이일스님이 중창했지만, 조선 순조 33년(1833)에 또다시 큰 화재를 입었다. 헌종 10년(1844) 영담, 정암 스님 등이 중건해서 대찰의 모습을 회복했다.

1950년 한국전쟁을 맞아 칠불보전을 비롯한 21동의 건물과 성보문화재가 모두 잿더미가 됐다. 현대 월정사 중창주는 만화당 희찬 스님이다. 스님은 한국 전쟁 때 아군에 의해 전소된 적광전을 1968년에 중건한 것을 시작으로 월정사 주요 전각 대부분을 중건했다.

월정사

매월당 김시습도 월정사 역사에서 빠질 수 없다. 금강연에서 시를 지은 후 월정사에서 시를 짓는다.

오래된 전각 향에 묻히고 봄날도 기니
겹겹이 꽃 그림자 동쪽 행랑에 비치고
스님 왔으나 주지는 소나무처럼 누웠고
구름만 담을 넘니 선실에 나그네 적으며
구슬 휘장 영롱하게 나무 감싸고 있는데
하늘 꽃 아스라이 예상(猊床)에 떨어지네
신선 사는 산 속세와 멀리 떨어졌으니
청낭(靑囊) 속 옥 먹는 법 익히고 싶네

古殿香銷春晝長 고전향소춘주장
重重花影在東廊 중중화영재동랑
上方松偃僧來寺 상방송언승래사
禪室客稀雲度墻 선실객희운도장
珠網玲瓏裝寶樹 주망령롱장보수
天花縹緲落猊床 천화표묘락예상
仙山迥與人寰隔 선산형여인환격
願學靑囊飡玉方 원학청낭손옥방

김시습 눈에 비친 월정사는 한가로움이다. 아름다움이다. 봄날에 월정사에 드니 향냄새가 에워싸고 만발한 꽃이 반긴다. 봄날 춘곤증 때문인지 주지스님은 소나무처럼 누워 낮잠을 잔다. 깊은 산속이라 찾는 이는 드물고, 구름만 담을 슬그머니 넘는다. 자연과 하나가 된 고즈넉한 월정사다. 주망珠網은 제석천帝釋天의 궁전 위에 설치하는 구슬로 만든 그물을 가리킨다. 보주들은 숫자를 셀 수 없고 빛이 영롱하여 이중 삼중으로 서로서로 비추어 막힘이 없이 광명을 나타낸다. 주망이 극락세계에 있다는 칠보수림七寶樹林을 감싸는 듯 하니 월정사는 극락세계다. 부처가 설법할 때 하늘에서 연꽃 모양의 각종 만다라화曼陀羅花가 비처럼 쏟아졌다고 하는데, 부처를 모신 평상인 예상猊床에 쏟아진다. 월정사는 극락세계며 신선이 사는 세계. 청낭靑囊은 비결이 들어 있는 도가의 책이다. 옥을 먹는 법이란 선가仙家에서 옥을 조제하여 복용하는 법을 말한다. 김시습은 문득 비결을 배워서 속세를 떠나고 싶어진다.

후대에 이곳을 찾은 사람들의 눈길을 끈 것은 석탑이다, 김창흡의 「오대산기」에 이런 대목이 보인다.

> 월정사로 들어가 법당을 살펴보니, 널찍하고 화려하여 견줄 곳이 없을 듯하다. 법당 앞에 12층 석탑이 있는데, 옆에 풍경이 매달려 있고 위에는 금경(金莖)이 꽂혀 있다. 석탑을 만든 솜씨가 매우 뛰어나다. 중이 말하기를, "이 탑은 경천대사(擎天大寺) 탑과 함께 첫째를 다툽니다."라고 한다.

경천대사탑은 고려 충목왕 4년인 1348년 경천사에 세워진 석탑을 가리킨다. 경천사 석탑은 목조건축의 기둥과 공포, 난간과 현판이 잘 표현되어 있다. 특히 기와가 정교하게 표현된 옥개석은 마치 고려시대 목조건축의 생생한 모습을 반영한 듯하다는 평가를 받고, 새겨진 불보살은 탑의 백미로 꼽힌다. 경천사 석탑은 전통과 외래적 요소를 조화롭게 만들어 새로운 양식을 만든 우리 문화사의 기념비적 석탑이다.

송광연은 불상이 인상적이었다.

> 칠불보전(七佛寶殿)에는 금불상 일곱이 있다. 그 밖에 시왕전(十王殿)과
> 나한당(羅漢堂)등에는 불상이 셀 수 없을 정도로 많다. 경내의 건물들이 모
> 두 신라시대에 창건한 것인데, 사치스러울 정도로 심히 화려하니 당시의
> 경제력을 짐작해 볼 수 있다.

칠불보전은 일곱 분의 불보살을 모신 전각이다. 비로자나불, 석가모니불, 문수보살, 보현보살, 관세음보살, 대세지보살, 지장보살이 모셔져 있었다. 오대 오만 불보살 신앙과 관련된 곳임을 알 수 있다. 월정사는 오대산 일대의 사찰을 총괄하는 사찰로 오대산 신앙의 모든 보살을 칠불보전에 모셨다. 그러나 전쟁 통에 군사작전상의 이유로 칠불보전을 비롯하여 10여 채의 건물이 전소되었다.

지장보살의 도량

월정사에서 오대천을 따라 잠깐 걷다보면 남대 지장암을 알리는 이정표가 보인다. 다리를 건너자 길은 바로 숲 속으로 들어간다. 초입새 오른쪽 언덕에 부도가 자연스럽게 여기저기 서있다. 최근에 세워진 것도 있지만 뒤에 조용히 서 있는 부도는 제법 오래된 것인데 정확한 연대를 알 수 없다. 거대한 나무 사이로 굽어지는 길은 지장암으로 이어진다.

지장암이 위치한 남대南臺는 『삼국유사』에 처음 등장한다. 신라

지장암

의 왕자인 보천과 효명 태자가 예불과 염불로 수행하면서 오대五臺
에 공경히 예배를 드렸다. 남대의 기린산에는 여덟 보살을 우두머
리로 한 1만의 지장보살이 나타나서 예를 드렸다. 후에 보천이 임
종에 앞서 후일에 산 속에서 행할 일을 기록했는데 "남대 남쪽에
지장방地藏房을 두어 여덟 보살을 우두머리로 1만 지장보살의 모습
을 그려 모시고, 낮에는 지장경과 금강반야경을 읽고, 밤에는 점찰

경占察經과 예참禮懺을 염송하되, 이곳을 금강사金剛社라 하여라"라고 하였다. 보천의 명령대로 금강사金剛社가 세워졌는지 알 수 없다. 강릉 굴산사 터에 대한 발굴조사가 2011년에 있었다. 결과 '굴산사崛山寺' '오대산五臺山'이라는 글자가 적힌 기와 외에도 '오대산금강사五臺山金剛社'라는 글자가 있는 12세기 무렵 고려시대 기와가 확인되었다. 『삼국유사』에 나오는 금강사와 강릉 굴산사터의 관계를 밝히는 것이 과제로 남아 있다.

이뿐만 아니라 남대南臺의 위치에 대해서도 논의가 분분하다. 허목許穆, 1595~1682은 「오대산기」에서 "장령봉 동남쪽이 기린봉이고, 그 정상이 남대다. 남쪽 기슭에 영감사靈鑑寺가 있고, 이곳에 사서史書를 소장하고 있다"고 한 것으로 보아 현재 영감사와 사각을 재건한 사고지의 배후봉을 남대로 보고 있음을 알 수 있다. 송광연宋光淵, 1638~1695도 허목과 같은 시각이다. 「오대산기」에 "서대에서 남쪽으로 내달리면 남대南臺인데, 이름을 기린대麒麟臺라 한다. 그 아래에 사각史閣이 있고, 그 옆은 영감사靈鑑寺다. 그리고 남관음암南觀音庵 지장암地藏庵 보현암普賢庵 금강암金剛庵 등 여러 암자가 사각의 위아래로 바둑돌처럼 포진해 있다."고 기록했다. 이 기록은 남대의 위치뿐만 아니라 지장암의 존재 여부도 알려준다.

1832년도에 작성된 〈강릉오대산지도〉를 펼쳐보니 허목과 송광연의 기록과 다른 곳에 남대를 표시했다. 영감사를 품은 산줄기가 아니라 현재의 지장암이 위치한 산줄기에 남대를 표시한 것이다. '남대 기린봉은 지장보살의 도량이다'란 구절이 지도 윗 편에 기록되어 있으니 지도에 표기된 남대의 암자는 지장보살을 모시는 암자임을 보여준다.

기린산 정상 부근에 있던 지장암은 '중부리'로 옮겼다가 조선조 말에 지금 자리에 터를 잡았다고 한다. 이후 1975년에 북방 최초 비구니 선원인 기린선원을 열어 명성을 떨치게 되었고, 1995년에는 기린선원을 새롭게 중창했다.

유구한 역사를 지닌 남대에 매월당은 들러 시를 짓는다.

푸른 기린봉 하늘에 닿았고
높은 보살봉 정상이 둥근데
뚜렷한 금강저 달 아래서 흔들리고
너풀너풀 법의는 구름 가에 날리네
꽃 번진 절에 향기로운 비 내리고
구름 번진 모래밭에 공양 올리니
저녁 큰 발원에 기쁘게 참여하여
감실 등잔 밑에 앉아 참선 보리라

麒麟峯色碧摩天　기린봉색벽마천
菩薩巍巍頂相圓　보살외외정상원
歷歷金鈷搖月下　력력금고요월하
飄飄毳服颺雲邊　표표취복양운변
花敷蓮界香成雨　화부련계향성우
雲布金沙福有田　운포금사복유전
今夕喜參弘願海　금석희참홍원해
一龕燈下坐觀禪　일감등하좌관선

금강저는 번뇌를 깨뜨려서 보리심을 성취시켜 주는 기능을 한다. 누적된 악업과 온갖 번뇌 망상에 대적하기 위해서 지녀야 하는 법구이다. 그는 부처님에게 기쁘게 발원하겠다고 했는데 어떤 소원을 빌었을까 궁금하다.

지장전 뒤쪽으로 오솔길이 이어진다. 전나무 사이로 걸어가니 새롭게 단장한 샘물터다. 오대마다 샘솟는 유명한 물이 있는데 남대는 총명수聰明水가 예로부터 유명하다. 옆에 앉아 쉴 수 있도록 나무 등걸이 있고 꽃이 여기저기 피어 있다.

달뜨는 모습이 천하제일

길옆 이정표에 동대 관음암과 나무아미타불이 선명하다. 상원사로 이어진 길에서 벗어나 오솔길로 접어든다. 관음암으로 향하는 길 입구는 전나무가 사천왕이다. 위풍당당한 모습은 여기가 오대산이라는 것을 깨우쳐준다. 시작부터 가파른 길은 시멘트길이라 고행길이다. 한참 가다보니 시멘트에 돌이 박혀있다. '참 좋은 인연입니다' 위에는 기와로 만든 연꽃이 활짝 피었다. 무슨 인연으로 이곳을 걷게 되었을까?

따가운 햇살을 피해 그늘을 찾아 걷다보니 길 가운데 '만卍'자가 기다린다. 불교를 상징하는 만卍자는 상서로운 조짐 또는 길상을 나타내는 덕의 모임을 의미한다. 부처의 마음, 대자비의 마음, 중생들의 마음속에 잠재해 있는 불성의 근본적인 마음자리 등의 뜻도 있다.

또 걷는다. 이번엔 '시심마_{是甚麼}'가 나그네를 붙잡는다. '이것이 무엇인가?' 어느 날 한 납자가 하늘을 찌를 듯한 기상으로 설봉선 사를 찾아갔다. 그 때 설봉선사는 몸을 앞으로 쑥 내밀면서 '시심 마_{是甚麼}'라고 물었다. 이 말은 '무엇이 부처인가?' '그대의 본래면 목은 무엇인가'라는 화두이며, '너는, 나는 누구인가?'이고, 나아가 문제의식을 가리키는 철학적인 주제다. 동대 관음암을 찾아가는 자는 과연 누구인가?

화두에 골몰하다보니 관음암 지붕이 높은 축대 위에서 파랗게 빛난다. 관음암이라고 부르는 것은 오대산의 동대에 일만의 관세음보살이 머물러 계신 곳이기 때문이다. 신라의 왕자 보천은 임종 직전에 '동대에 관음방을 두어 일만 관음상을 그려 봉안하고, 금강경, 인왕반야경 등을 외우게 하고 원통사圓通社라 하라'고 일렀다는 기록을 『삼국유사』에서 읽을 수 있다. 관음암이 자리한 산은 만월산滿月山이다. 달뜨는 모습이 천하제일이라지만 만월산 위 하얀 구름도 일품이고, 서쪽에 펼쳐진 보일 듯 말 듯한 시원한 산줄기도 일품이다.

관음암은 구정선사가 출가하여 공부했던 곳으로 널리 알려졌다. 비단 행상으로 홀어머니를 모시고 살아가던 청년이 대관령을 넘다가 노스님이 길 옆에 한참 서 계신 것을 보고 묻는다. "스님, 무엇을 하고 계신지요?" 노스님은 "옷 속에 있는 이와 벼룩에게 피를 먹이고 있다네, 내가 움직이면 피를 빨아 먹는데 불편할 것이 아닌가" 청년은 비단 장수를 그만 두고 제자가 되고자 따라갔다. 절에 도착하자 스님은 밖에 있는 큰 가마솥을 부뚜막에 걸라고 해서 반나절 일을 하여 일을 마쳤다. 스님께 보여드렸더니 왼쪽으로 옮기라 하여 옮기어 놓았다. 다음날 아침 스님은 가마솥이 기울어졌다고 부뚜막을 헐고 다시 솥을 걸으라 한다. 청년은 스님이 하라는 대로 다시 걸었다. 마지막 아홉 번째 일을 마치자 노스님은 제자로 받아들이며 구정九鼎이란 법명을 주었다. 청년은 정진하여 훗날 구정선사가 되었다. 요사채에 걸려있는 '자실인의慈室忍衣'는 자비로움으로 집을 삼고 참을 인자로 옷을 만들라는 뜻이니, 욕되는 것을 참은忍辱 구정선사의 뜻이 이어지고 있다.

송광연宋光淵, 1638~1695은 「오대산기」에 짤막하게 이곳을 언급한다. "북대에서 동쪽으로 내달리면 동대인데, 이름을 만월대滿月臺라 한다. 그 아래에 동관음암東觀音庵이 있는데, 수좌승 종택宗擇이거처한다. 동대 남쪽에 있는 것이 월정사다." 권근權近, 1352~1409은지원志元 스님이 동대에 관음암觀音庵을 중창하고 기문을 지어 달라요청하자 「오대산관음암중창기五臺山觀音庵重創記」를 짓는다. 그 중일부분은 이렇다.

아, 사람이 누군들 처음 먹은 마음이 없겠는가마는, 변함없이 부지런히함으로써 성공하게 된 사람은 드물다. 선사께서 젊었을 때 먹은 마음을 중간에 변하지 아니하여 설치하는 비기 많았으며, 핑빙도록 누시닌하고 늙어서도 게을리 하지 않았으니, 그 부지런함이 지극하다고 하겠다. 이 암자에있는 사람들이 모두 선사께서 뜻한 바를 변하지 아니하였으므로 마침내성공하였음을 알게 된다면, 좌선 공부하는 사람은 더욱더 정진하여 반드시얻는 바가 있을 것이요, 일을 관장하는 사람은 언제나 더 수리하여 영구히없어지지 않게 될 것이다.

구정선사의 전통은 「오대산관음암중창기」에서도 찾아볼 수 있으니 전통이란 것은 쉽게 볼 일이 아니다.
김시습은 이곳에 올라 「동대東臺」를 짓는다.

대나무 우거진 곳의 커다란 불상
원래부터 보타산에 있지 않았네
사비심은 늘 작은 티끌의 누 구제하고
원력은 몇 번이나 생사의 관문 돌렸던가

노을 약간 비춘 것처럼 두 뺨 붉고
초승달처럼 두 눈썹 굽었네
원통문을 어찌해서 일찍 닫았나
단지 드리는 정성 생각할 뿐이라네

雙竹叢邊大士身　쌍죽총변대사신
元來不住寶陁山　원래부주보타산
悲心長救微塵累　비심장구미진루
願力幾回生死關　원력기회생사관
兩臉丹如霞半點　량검단여하반점
雙眉曲似月初彎　쌍미곡사월초만
圓通門戶何曾閉　원통문호하증폐
只在輸誠一念間　지재수성일념간

　구원을 바라는 중생들에게 자비를 베푸는 관세음보살이 머무는
보타산은 보타낙가산寶陁洛伽山을 가리킨다. 『화엄경』에 선재동자
善財童子가 구도를 위해 세상을 돌아다니던 중 도착한 곳이기도 하
다. 동대 관음암엔 청계수靑溪水가 유명하다. 공양간 옆에 있는 청
계수를 마시니 답답한 마음이 시원해진다.

문수동자를 만났다는 말을 하지 마십시오

1466년 윤 3월 17일에 세조는 상원사에 행차한다. 행궁으로 돌아와 과거시험을 보고 문과 18명 무과 37명을 뽑는다. 윤 3월 28일에 일본 왕에게 보내는 글에 이런 내용이 보인다. 금강산에 들어서자 서기가 뻗치고 상서로운 구름이 둘러싸며, 하늘에서 네 가지 꽃이 내리고 감로수가 뿌려졌다. 눈에 보이는 곳은 모두 금빛을 이루었고, 이상한 향기가 퍼지고 산과 골짜기가 빛나며, 두루미가 쌍으로 날아 구름 가를 돌고 산중의 여러 절에 사리가 나눠져 오색 빛을 낸다. 돌아올 때 오대산 상원사에서 금강산과 같은 상서로움이 있어서 부처의 시투려을 지점 늠ㅇㄷㄹ ㅂ□ㄱ 건험히어 기쁘이 있니.

상원사로 향하던 세조는 계곡물을 만나자 지나던 동자승에게 등을 밀게 했고, 임금의 옥체를 본 사실을 말하지 말라 한다. 동자승은 문수보살을 친견했다 말하지 말라고 답한 후 사라졌고 병은 씻은 듯 사라졌다. 이 일화는 1466년의 일을 근거로 하였을 것 같다. 일화를 뒷받침하는 관대걸이가 상원사 입구에 세워졌다.

의관을 걸어 놓았던 관대걸이 뒤 계곡에서 몸을 씻었을 터이지만 상가가 바로 옆에 있어서 시끌벅적한 소리가 바로 들린다. 문수동자를 만나고 싶어도 만날 수 없는 계곡이 되었다. 그래서인지 순례자들은 상원사로, 적멸보궁으로 바삐 걸음을 재촉한다.

상원사로 향하는 계단을 오르기 전에 잠시 발길을 오른쪽으로 돌려야한다. 그곳에 오대산의 근현대를 지켜온 선사들의 부도가 있다. 삼국시대부터 시작된 역사가 끊이지 않고 오늘에 이어지도록 애쓴 분들의 부도로 한암 스님과 탄허 스님 그리고 만화 스님이

관대걸이

주인공이다.

　한암 스님은 한국전쟁 때 상원사를 지켜낸 일화로 유명하다. 퇴
각하던 국군이 월정사를 불태우고 다시 상원사를 태우러 올라오자
가사와 장삼을 단정히 갖추고 법당에 들어가 정좌한 뒤 '이제 불을
지르라'고 한다. 군인들은 결국 법당 문짝을 떼어내 태우고 산을
내려갔다고 한다. 탄허 스님은 한암 스님의 제자로 본래 유학을 공
부한 유학자다. 한암 스님과 편지를 나누다가 한암 스님에게 감복
하여 제자가 된다. 그 후 탄허 스님은 불경 번역과 승려 교육에 힘
을 쏟는다. 만화 스님은 전쟁 때 한암 스님을 모시고 상원사에 남
았으며 스님의 입적을 홀로 지켜보았던 유일한 스님이다. 만화 스
님은 후에 월정사 주지가 되어 월정사를 다시 일으킨다. 세 선사의
영정이 문수전 옆 공간에 모셔져있다.

계단은 누대 밑을 지나 다시 문수전 앞으로 향한다. 오를 때마다 하얀 대리석 탑이 조금씩 드러난다. 문수전을 오르기 전 계단 왼쪽을 보니 두 마리 고양이 석상이 세조의 이야기를 전해준다. 세조가 법당에 들어가려 하자 갑자기 고양이가 나타나 들어가지 못하도록 옷소매를 물고 늘어졌다. 이상하게 여긴 세조는 사람을 시켜 법당 안을 뒤지게 했는데, 법당 안에서 세조를 암살하려던 자객이 붙잡혔다고 한다. 세조는 이를 기특하게 여겨 상원사에 묘전猫田을 하사한다. 문수전에 들어가니 문수동자상이 모셔져 있다. 오대산에 문수보살이 머무는 곳임을 가리키는 동자상이다.

김시습의 시「상원사上院寺」를 펼쳐본다

첩첩 산 중에 물은 구비 도는 곳
가운데 정사 생겨 절 세워졌는데
하늘 깨끗하여 상서로운 구름 붉고
땅 신령스러워 좋은 풀 자라네
향기 나는 법당 얼룩덜룩 벗겨지고
샘물 흐르는 곳 붉은 이끼 자라며
다리 위 누각의 밝은 달 사랑스럽지만

數層峯裏杜鵑哀　수층봉리두견애
亂山疊疊水洄洄　난산첩첩수회회
中有祇園紺宇開　중유지원감우개
天淨瑞雲騰燀赫　천정서운등전혁
地靈嘉草孕胚胎　지령가초잉배태
香媒斑剝薰金殿　향매반박훈금전
泉液淋漓釀紫苔　천액림리양자태

最愛橋樓明月夜 최애교루명월야
數層峯裏杜鵑哀 수층봉리두건애

상원사는 일찍이 『삼국유사』에 기록되었다. 신라 신문왕의 아들 보천과 효명은 오대산으로 들어와, 보천은 오대산 중대 남쪽 밑 진여원 터 아래 푸른 연꽃이 핀 것을 보고 그 곳에 풀로 암자를 짓고 살았으며, 아우 효명은 북대 남쪽 산 끝에 푸른 연꽃이 핀 것을 보고 그 곳에 풀로 암자를 짓고 살았다. 두 사람은 함께 예배하고 염불하면서 수행하였으며 오대에 나아가 공경하며 참배하던 중 오만의 보살을 친견한 뒤로, 날마다 이른 아침에 차를 달여 일만의 문수보살에

상원사

게 공양했다. 후에 왕이 된 효명태자는 진여원眞如院을 개창하면서 상원사의 역사가 시작되었다.

김시습이 상원사를 찾았을 때 법당은 적멸보궁 아래 기가 모인 곳으로 중대의 정맥正脈에 위치하였지만 시간의 흐름 속에서 퇴락해 있었다. 하룻밤 묵었는가. 밤에 누대에 오르니 동대 만월산 위로 둥근 달이 떠오른다. 한밤에 오대산을 비치는 달빛을 누가 사랑하지 않을 수 있겠는가. 망연히 달구경하고 있는데 두견새 우는 소리가 적막을 깨뜨린다.

신하에게 나라를 빼앗기고 타국으로 쫓겨난 촉나라 망제는 돌아가지 못하는 자기의 신세를 한탄하며 울기만 했다. 마침내 울다가 지쳐서 죽었는데, 한 맺힌 그의 영혼은 두견새가 되어 밤마다 목에서 피가 나도록 울었다. 단종이 영월에 유폐되어 두견새 울음소리를 듣고 자기 신세를 두견새 울음에 비겨 원한에 찬 삶을 호소했다. 단종이 생각났을 것이고, 떠도는 자신의 신세가 오버랩되었을 것이다.

우통수 맑은 물 옥처럼 흐르네

상원사에서 사자암을 거쳐 적멸보궁으로 갈 때는 산길을 걷고, 내려올 때는 계곡물을 따라 걷는다. 여기저기에 주차된 차들이 보인다. 요즘 사람들은 힘들게 걷는 것을 싫어한다. 비로봉 꼭대기까지 케이블카를 놓자고 할지도 모르겠다. 산은 본래 그대로 놓아두어야 한다. 자동차가 들어오기 시작하면 산은 신성성을 잃어버린다. 유원지로 전락될 것이 뻔하다. 중간쯤에 오른쪽으로 자그마한 길이 보인다. 출입을 금하기 때문에 사전에 허락을 받아야한다. 토끼길 같은 길은 산을 타고 올라간다. 자그마한 계곡물을 건너기도 하고 길게 누운 등걸을 넘기도 한다. 산줄기를 따라 돌다보니 나무 사이로 사자암이 보인다. 그 위로 둥근 산이 보인다. 적멸보궁이 있는 곳이다. 계속 산을 오르다가 산모퉁이를 두 번 돌자 느닷없이 우통수가 보이고 숲 사이로 수정암水精菴이 보인다. 가만히 나직막한 암자는 명상 중인 듯 고요하다.

서대西臺에 위치한 수정암은 보천, 효명 태자가 이곳에서 수도하며 날마다 우통수의 물을 길어 부처님께 공양을 올린 곳이고, 무량

서대 수정암

수불을 주불로 하여 일만의 대세지보살님이 계신다는 곳이다. 조
선시대에 김창흡도 서대를 향해 등나무넝쿨 가운데로 들어선다.
돌을 밟고 계곡물을 힘들게 건너서 굽이굽이 산등성이를 오른다.
말라 죽은 나무가 길을 막아 여러 번 가마에서 내려 쉰다. 숲 속의
나뭇가지 끝이 보였다 안보였다 한다. 적멸보궁이 멀리 눈에 들어
온다. 얼마 되지 않아 암자에 도착한다. 암자는 몇 년 전에 화재를
당하여 널집을 새로 지었는데, 매우 꼼꼼하게 단장해 놓았다. 위치
가 알맞고 바람이 깊숙이 들어 잠시 쉬니 정신이 안정된다. 김창흡
이전에 김시습은 이곳에 올라「서대西臺」를 짓는다.

길고 넓은 혀는 본래 몸 아니니
금빛 여래상 거짓인가 참인가
산 빛에 대해 소식(蘇軾)이 게를 지었고
소나무는 위언(韋偃)이 신비함 전했네
우통수 맑은 물 옥처럼 흐르고
상서롭고 향기로운 꽃 바퀴처럼 큰데
보일 듯 말 듯 구름에 가린 봉우리들
천사가 옷깃 여미고 새벽 공양하는 듯

廣長舌相本非身　광장설상본비신
金色如來假也眞　금색여래가야진
山色蘇仙曾有偈　산색소선증유게
松柯韋偃已傳神　송가위언이전신
于筒淨水涓如玉　우통정수연여옥
瑞應香花大似輪　서응향화대사륜
髣髴衆峯雲影裏　방불중봉운영리
天姝衣械供淸晨　천주의계공청신

소식蘇軾은 자신이 수행을 통해서 얻은 깨달음의 경계를 시로 표현했다. "시냇물 소리가 그대로 부처님의 장광설이요[溪聲便是長廣舌], 산 빛이 어찌 그대로 청정법신이 아니겠느냐[山色豈非淸淨身]. 밤새 들은 팔만사천 법문의 그 소식을[夜來八萬四千偈], 뒷날 어떻게 사람들에게 보여 줄 수 있을까[他日如何擧似人]" 소동파는 이 시를 통해 전등선맥의 족보에 오르게 되었다고 한다. 시냇물 소리는 부처님의 가르침의 내용과 다르지 않다. 시냇물 소리는 산에서 흘러 내려오기 때문에 산은 그대로 부처님의 청정한 몸이다. 산천초목이 바로 청정법신 비로자나불이다. 하루 동안 시냇물 소리가 밤이 되니 팔만 사천 게송이 되고, 이것은 곧 부처님의 팔만대장경에 담긴 가르침이 온종일 흘러간 시냇물소리와 같다. 그 도리를 깨닫고 너무나 기뻐서 모든 사람과 나누고 싶었던 것이다. 부처님의 깨달음을 그대로 표현한 노래다. 온갖 삼라만상이 그대로 진리며 부처님의 참 모습이다. 김시습도 소동파와 같은 경계에서 수정암 앞에 펼쳐진 산들을 바라보고 있었다.

서대는 우통수于筒水로 유명하다. 『삼국유사』에 처음으로 언급된 이후에 수많은 시와 기문이 한강의 발원지로 꼽아왔다. 권근은 「오대산서대수정암중창기五臺山西臺水精庵重創記」에서 "서대 밑에서 샘이 솟아나서, 빛깔과 맛이 보통 우물물보다 낫고 물의 무게 또한 무거운데 우통수于筒水라고 한다. 서쪽으로 수백 리를 흘러가다 한강이 되어 바다로 들어가는데, 한강이 비록 여러 군데서 흐르는 물을 받아 모인 것이지만 우통수가 중령中泠이 되어 빛깔과 맛이 변하지 아니하여, 마치 중국의 양자강과 같으므로 한강이라 이름 짓

게 된 것도 이 때문이다. 우통수의 근원에 수정암이란 암자가 있는데, 옛날 신라 때 두 왕자가 이곳에 은둔하여 선禪을 닦아 도를 깨쳤기에, 지금도 중으로서 증과證果를 닦고자 하는 사람들이 모두 거처하기를 즐겁게 여긴다.”라고 했다. 『신증동국여지승람』도 권근의 기문을 인용하며 오대산 서대 밑에 솟아나는 샘물이 있는데, 곧 한강의 근원이라 기록하고 있다.

　이민구李敏求, 1589~1670가 이곳에 왔을 때 암자의 명칭은 백련암이었다. 우통수는 서대 백련암 동북쪽 백보 지점에 있으며, 돌을 쪼아 우물을 만들었는데 등나무 덩굴로 덮여져 산승 중에도 아는 자가 드물다. 백련암 동쪽에 샘이 있어 또한 우통수라고 부르는데 진짜가 아니라고 설명한 뒤 시를 짓는다.

한 줄기 찬 샘물 마시니 입안에 향기 돌고
해맑은 돌우물에 하늘빛 어른댄다
어여쁘다 도랑물이 조종의 뜻 사라지지 않아
밤낮 서쪽으로 흘러 한양을 감싸네

一脈寒泉醺齒香 일맥한천초치향
虛明石甃澹天光 허명석추담천광
憐渠不盡朝宗意 련거부진조종의
日夜西流繞漢陽 일야서류요한양

조종朝宗은 제후와 백관이 제왕에게 조회하는 것을 말하는데, 보통 온갖 물줄기가 바다로 흐르는 것을 표현하는 말로도 쓰인다. 이민구는 우통수 물을 길어서 차를 끓였는데, 옆에 있던 이가 "이 물을 마시면 총명해진다."라고 해서 웃었다는 기록도 보인다.

바람 스치니 부처님 말씀인 듯

상원사 화장실 앞 계단은 산길로 이어진다. 중간 중간 세워진 석등에서 염불소리가 울려 퍼진다. 사자암으로 가는 길은 가파르고 거칠다. 힘들다고 생각할 즈음에 사자암이 느닷없이 나타난다. 비탈진 산 속에 지붕이 다섯인 건물을 보고 모두 놀란다. 적멸보궁을 수호하는 암자인 사자암이 있는 곳은 중대다. 보천과 효명 태자가 비로자나불을 중심으로 일만의 문수보살을 친견한곳이다. 사자암의 법당인 비로전은 화엄경의 주불이신 비로자나부처님을 모셨으며 문수보살과 보현보살을 협시로 조성했다. 사

자암은 『삼국유사』에 등장한 이래 조선 초 권근의 「오대산사자
암중창기五臺山獅子庵重創記」에 언급된다. 세운 지 오래되어 빈터만
남은 곳에 다시 암자를 짓게 내력을 기록하였다. 허목은 태조가
죽거하고 권근이 기문을 지은 사실을 「오대산기五臺山記」에서 재
차 밝혔다.

　비로전에서 바라보니 서대 수정암이 있는 산자락이 길게 뻗어있
다. 바람이 부는지 비로전 처마에 달린 풍경이 땡그렁 울린다. 법

당 안으로 들어가니 문수보살상과 보현보살상이 좌우에서 비로자
나부처님을 모시고, 벽체 사방 8면에 각각 다섯 사자좌의 문수보살
을 중심으로 상계에 500문수보살상과 하계에 500문수동자상 세계
가 펼쳐져 있다.

사자암을 지난 길은 적멸보궁을 향해 올라간다. 김창흡은 사자
암을 지나 금몽암金夢菴에 이르러서 이름난 샘물을 떠서 마신다. 아
주 시원하지는 않았으나 달고 부드러웠다. 길 옆에 있는 용안수를
마신 것 같다. 발길은 암자 뒤 돌계단을 밟고 수십 보 올라가서 사
리각舍利閣에 이른다. 고개를 들어 바라보니 구름 낀 산이 수백 리에
걸쳐 있으며, 봉우리들이 신처럼 호위하고 있는 것을 보고 천하제
일의 풍수라 여긴다. 어사 박문수가 오대산에 올라와 이곳을 보고

적멸보궁

"승도들이 좋은 기와집에서 일도 않고 남의 공양만 편히 받아먹고 사는 이유를 이제야 알겠다."며 감탄했다는 일화는 실화일 것이다.

이곳에 오른 송광연은 「오대산기」에서 이렇게 적는다. "적멸보궁에 앉았으니 오대산의 진면목이 바로 눈앞에 있는 듯 역력하다. 태백산과 소백산이 구름 사이로 점을 찍어 놓은 것처럼 보인다. 이곳저곳을 자유롭게 보며 회포를 펼치니 속세를 벗어나고 싶다. 얼마 지나 비가 오려는 조짐이 있더니 눈꽃이 날린다. 아무 시름없이 이를 바라보다가 산을 내려와 상원사로 돌아왔다." 마침 적멸보궁을 찾았을 때는 휴일이라 불공을 드리러 온 사람들로 인산인해다. 너나할 것 없이 적멸보궁 주변에 좌복을 깔고 명상에 잠기거나 염불을 하거나 절을 한다.

김시습은 「중대中臺」를 짓는다.

자줏빛 구름 끼자 빈 전각 영롱하고
초목이 무성하니 뜰엔 꽃 만발한데
우담발화 상서로운 꽃 삼계에 피고
끝없는 상서로운 빛 구천에 뻗쳤네
거문고에 바람 스치니 부처님 말씀인 듯
금항아리에 구름 걸리니 신선 내려오는 듯
풍경소리 아득히 소나무 소리에 섞이니
여래의 오묘한 불법 말씀하시는 듯

虛閣玲瓏鎖紫煙 허각영롱쇄자연
庭花爛熳草芊綿 정화난만초천면
優曇瑞萼敷三界 우담서악부삼계
無頂祥光射九天 무정상광사구천

風過焦桐聞梵語 풍과초동문범어
雲低金甕降眞仙 운저금옹강진선
磬聲遙與松聲合 경성요여송성합
宣說如來不二禪 선설여래불이선

　자줏빛 구름은 인간의 세계가 아니다. 그곳에 우담발화가 피었다. 3천 년에 한 번 핀다는 꽃은 부처가 세상에 출현하여 설법하는 것을 비유하는 말로도 쓰인다. 이 꽃이 욕계欲界뿐만 아니라 색계色界와 무색계無色界까지 폈다. 상서로운 빛은 천제가 살고 있는 곳까지 비추니 이곳은 바로 적멸寂滅의 세계다. 바람소리뿐만 아니라 풍경소리와 솔바람소리도 부처님 말씀처럼 들린다. 중생이 거주하는 욕계에서 상처를 입은 김시습은 길을 걸으며 상처를 치유하곤 했다. 다시 상처를 입으면 또 길을 나서곤 했다. 인연을 따라 오대산에 들게 되었고, 중대 적멸보궁에 이르러 자신을 잊는다.

높고 탁 트인 아름다움

임도를 따라 걷는다. 며칠 동안 내린 비 때문에 물소리가 깊은 산 속에 울려 퍼진다. 곧게 뻗은 길은 한번 크게 꺾이더니 얼마 후 소명골을 지나친다. 예전에 미륵암으로 가던 길이다. 김창흡은 소명골을 거슬러 올라가 환희령歡喜嶺을 넘었다. 임도는 환희령 길과 만나더니 바로 상왕봉 가는 등산로와 헤어진다. 잠시 후에 북대 미륵암이다. 길은 끝나지 않는다. 홍천 내면으로 넘어가는 두로령과 연결된다. 두로령에 서니 백두대간을 표시한 거대한 이정표 뒤로 산들이 첩첩하다.

다시 미륵암으로 돌아온다. 현대식으로 중건에서 예신의 고스닉함을 찾을 길 없다. 신축 건물에 걸린 옛 현판만이 향수를 달래준다. 현대식 건물 앞에 장엄하게 펼쳐진 산은 그대로다. 김창흡은 앞에 펼쳐진 파노라마를 이렇게 묘사한다. "높고 탁 트였으며 여러 승경을 갖추고 있다, 중대中臺에 비하면 두터운 맛은 못하지만 트인 맛은 그보다 낫다. 암자에 들어가 먼 산을 바라보니 산의 푸른 빛이 하늘에 닿았는데 태백太白과 가까운 곳인 듯하다." 미륵암의 첫 번째 승경이다. 또 하나의 승경은 온 산을 뒤덮는 안개다. 이곳을 찾은 이들은 선실禪室로 밀려드는 안개 속에서 황홀해했다. 밤이 깊어지자 안개가 갑자기 걷히고 초승달이 하늘에 떠올라 밝게 비춘다. 김창흡은 새벽이 되어 산보하는데 스님이 좇아 나섰고 여기에 달그림자가 참여하여 삼소三笑를 이룰 만하였다고 적는다. 삼소三笑는 호계삼소虎溪三笑를 말한다. 혜원 스님이 하루는 친구 도연명과 육수정의 방문을 받고 함께 놀다가, 두 사람이 돌아갈 때 그

북대 미륵암

들을 전송했다. 서로 이야기를 나누며 걷다가 자기도 모르게 '다시
는 이 다리를 건너 산 밖으로 나가지 아니하리라'고 맹서했던 호계
의 다리를 지나쳐 버렸다. 그가 이 사실을 두 벗에게 말하자, 세 사
람이 손뼉을 치면서 크게 웃었다고 한다. 김창흡은 미륵암의 달그
림자를 또 하나의 승경으로 사랑했다.

　『삼국유사』는 북대 상왕산에 석가여래를 우두머리로 한 오백 나
한이 늘 있었다고 알려준다.

　북대에는 암자가 몇 채 있었다. 송광연은 북대인 상왕대象王臺 아
래에 고운암孤雲庵이 있었고, 그 아래에 상두암象頭庵과 자시암慈施

庵이 있었다고 「오대산기」에 기록하였다. 미륵암의 명물은 감로수다. 감로수가 나무통으로 콸콸 흘러드는데 맛은 옥계수와 비슷하다고 김창흡은 알려준다.

김시습은 이곳에서 「북대北臺」를 짓는다.

> 상왕산 하늘로 솟아 푸르고
> 첩첩 깊은 산 기운 가득 서렸는데
> 구름 흩어지는 불계에 홀로 머물러
> 둥근 달 뜨는데 작은 수레 홀로 왔네
> 평평한 돌 평상은 이끼로 얼룩얼룩
> 바위에 물 떨어지니 물방울 차갑네
> 세상살이에 모진 풍랑 몇 번이었던가
> 산자락 한 자리 차지함만 못하리

> 象王山色倚天端　상왕산색의천단
> 繚曲幽深氣鬱盤　료곡유심기울반
> 麟部獨棲雲片片　린부독서운편편
> 羊車單駕月團團　양거단가월단단
> 石床平處苔花點　석상평처태화점
> 巖溜飛時瓊屑寒　암류비시경설한
> 人世幾回風浪惡　인세기회풍랑악
> 不如來占一層巒　불여래점일층만

그가 찾았을 때는 암자가 퇴락했던 것 같다. 돌 평상은 이끼로 얼룩덜룩 하였으니 빈 절이었는지도 모른다. 감로수만이 변치 않고 차갑게 떨어진다. 마지막 연이 가슴을 먹먹하게 만든다. 짧은 세상살이에서 그는 벌써 거친 풍랑을 몇 번이나 경험해야만 했다.

이곳에 오자 오대산 산자락을 차지하고 싶었다.

『매월당집』에 또 다른 「북대北臺」가 실려 있다.

북대엔 사월에도 눈이 쌓였는데
푸성귀 구릿대 흙을 이고 나오네
나옹대懶翁臺 가에 구름 높이 있어
높고 깊고 아득하여 헤아리기 어렵네

北臺四月積殘雪　북대사월적잔설
青蔬白芷戴土出　청소백지대토출
懶翁臺畔有高雲　나옹대반유고운
岑崟幽遠杳難測　잠음유수묘난측

사월인데도 잔설이 쌓여있어 봄이 늦게 찾아온다는 것은 북대가
높은 곳에 있다는 것을 알려준다. 또한 북대에 나옹대懶翁臺가 있다
는 것도 보여준다. 북대엔 나옹화상과 관련된 것들이 많다. 미륵암
앞 산자락엔 나옹선사가 적멸보궁을 바라보며 수행했다는 나옹대
가 있으며, 미륵암에는 조선 중기까지 나옹의 진영이 모셔져 있었
다. 「보각국사비명普覺國師碑銘」에는 "나옹懶翁 혜근화상惠勤和尙 또
한 고운암孤雲菴에 있었기 때문에 자주 접견하여 도道의 요지를 질
의하였는데, 나옹은 뒤에 금란가사金襴袈裟 · 상아불象牙拂 · 산형장
山形杖을 선사에게 주어 표신을 삼았다."는 기록이 보인다. 일화도
전해온다. 북대에 머물던 나옹선사가 오백 나한에게 상원사로 가
라고 한 뒤 상원사에서 기다렸다. 그런데 두 나한이 안 보여 찾아
보니 칡덩굴에 걸려 못 오고 있었다. 나옹선사는 오대산에서 칡을

나옹대

쫓아내 지금도 칡을 찾아보기 어렵다고 한다.

　나옹懶翁은 고려 말의 고승 혜근惠勤, 1320~1376의 호다. 양주 회암사
檜巖寺에서 좌선하며 깨달음을 얻고, 이후 원나라로 건너가 인도 승
려 지공指空에게 배우고, 광제사廣濟寺의 주지가 되기도 하였다. 귀국
해서는 오대산 상두암象頭庵에 은거하다가 신광사, 회암사의 주지를
역임했다. 공민왕의 왕사王師로서 왕명에 의해 밀양 영원사로 거처
를 옮기던 중 여주 신륵사에서 입적하였다.

　김시습이 북대에 와서 나옹선사이 유품 중 분향할 때 사용하는
향반香槃을 보고 시를 짓는다.

나옹스님 연대(燕代)로 들어가
머나먼 산 넘고 물 건너
석장 들고 강남으로 건너가
오랜 세월 나그네 되어
불법 위해 먼 길 꺼리지 않고
사람 마음 움직여 강호 속에서 안았네
빽빽이 모여든 사람들
생노병사 몹시 생각해
밤과 낮 열두 시간
그침 없이 생각하고 생각했네
향반(香槃)을 만든 이유는
고요함과 흩어짐을 점검하기 위해서
물가든 숲 아래에 있든
오랫동안 이것을 짝 삼았네
아득히 짙어지는 밤 길기만 한데
쓸쓸히 새와 원숭이 우니
이것 보고 옛 사람 사모하며
내 마음의 티끌 씻는다

勤師入燕代　근사입연대
跋涉千萬里　발섭천만리
飛錫渡江南　비석도강남
長年作行李　장년작행리
爲法不憚遠　위법불탄원
挑包江湖裏　도포강호리
參箇本色人　삼개본색인
痛念生老死　통념생로사
晝夜十二時　주야십이시

念念無間斷 염념무간단
所以製香槃 소이제향반
點檢寂與散 점검적여산
水邊或林下 수변혹림하
以此長爲伴 이차장위반
遙遙淸夜長 요요청야장
寂寂啼禽猿 적적제금원
覩此慕古人 도차모고인
蕩我心塵昏 탕아심진혼

향반香槃뿐만 아니라 노끈을 얽어매어 만든 의자나 침상을 뜻하는 승상繩牀도 있었다. 부처님은 나무와 나무 사이에 침상을 끼어 잠을 자도 좋다고 한 걸로 보아 노상에서 잠자리 역할을 하는 물품으로 보인다. "나옹화상은 지공화상에게서 공부한 뒤 다시 허리에 승상繩牀을 매고 절강성으로 가 평산平山에게서 법의를 받았다"는 구절이 보인다.

고목으로 만든 작은 선상(禪牀)
겨우 무릎만 넣을 수 있네
옛날에 강월옹(江月翁)
허리에 차고 강절(江浙)에 가서
평산(平山) 노스님 찾아뵙고
당에 오른 뒤 방에 들었네
동해바다 물가로 돌아와
산 속 구름 속에 높이 눕고
암자 벽에 걸어두니
지팡이와 떠돌던 공적

이때부터 아름다운 장막 비어
내버리니 누가 돌보랴
쥐가 쏠아 노끈 끊어지고
좀먹어 다리 성하지 않네
내 본래 옛 것 좋아하나
만져보며 우러러 사모할 뿐
울리는 소리 아득히 머나
그리움 감당나무보다 더하네

古木小禪牀 고목소선상
僅可容倦膝 근가용권슬
伊昔江月翁 이석강월옹
腰懸向江浙 요현향강절
參見平山老 참견평산로
升堂入其室 승당입기실
褐來海東濱 걸래해동빈
高臥山中雲 고와산중운
掛之菴壁間 괘지암벽간
用策同遊動 용책동유훈
自從蕙帳空 자종혜장공
抛擲誰人顧 포척수인고
繩斷齧於鼠 승단설어서
脚敗侵於蠹 각패침어두
我本癖好古 아본벽호고
撫摩徒仰慕 무마도앙모
音響邈以遠 음향막이원
追戀逾棠樹 추련유당수

오대산에 작은 집을 짓다

1460년 9월에 김시습은 강원도 일대를 유람하고 『유관동록逾關東錄』을 엮는다. 중국 사람들이 고려에 태어나 금강산을 보길 원한 것은 경치가 비루하고 인색한 마음을 씻어낼 수 있기 때문이라며, 관동과 관서의 명승지가 마음과 눈을 씻을 만하다고 평한다. 아울러 관동에서 질탕하게 놀았다면서 골짜기가 깊고 나무가 울창하여 속세 사람이 드물게 오는 곳은 오대산이 으뜸이라고 꼽는다. 오대산은 탐욕의 공간에서 멀리 떨어진 탈속의 공간인 것이다.

오대산을 출발하여 대관령을 넘은 김시습은 강릉에서 노닐다가 다시 대관령을 넘어 오대산을 찾는다 「밤이 깊에 오대산에서 노닐다[淸夜遊五臺]」를 이때 지었다.

오대산에 밤이 깊어지자
찬이슬 옷깃을 파고드니
자던 새 꿈꾸다 놀라 깨고
반딧불 낮은 담 넘어가며
안개 걷힌 골짜기 고요하고
달 밝은 오대산 서늘하네
어디서 참으로 은거할 수 있나
소나무 전나무 십리에 향기롭네

山中夜將半 산중야장반
寒露襲衣裳 한로습의상
宿鳥驚殘夢 숙조경잔몽
流螢過短墻 유형과단장

煙收萬壑靜 연수만학정
月白五峯涼 월백오봉량
何處堪眞隱 하처감진은
松杉十里香 송삼십리향

　여름이 막 지나갈 무렵이었을 것이
다. 한여름 밤에도 서늘한 오대산은 여
름이 지나면서 찬이슬이 내릴 정도로
청량하다. 기온도 그러하지만 잡스러
움이 도달하지 못하는 이곳이 청정도
량임을 나타내는 것이기도 하다. 자던
새가 놀랄 정도니 시리도록 서늘하며
깨끗한 오대산이다. 동대 만월산 위로
달이 뜨니 적막강산인데 주변은 온통
은은한 소나무와 전나무 향기다. 은거
할 곳은 바로 이런 곳이 아닐까?
　김시습은 청량도량인 오대산에 집을
짓고 한동안 은거한다. 「처음으로 조
그만 집을 짓다[初構小堂]」에서 확인 할
수 있다.

　처음 작은 집 터를 잡으니
　뜨락 나무에 새소리 들리네
　제사 올리고 삼생의 소원 빌며
　일찍이 한마음[一心] 찾기를

비로봉에서 바라 본 주변 산

골짜기 구름 첩첩 산에 비끼고
빈숲에 비 개이기 시작하는데
일 없어 자유롭게 거니노라니
남쪽 창에 해가 저물려고 하네

小堂初卜築　소당초복축
庭樹聽鳴禽　정수청명금
己賽三生願　이새삼생원
曾參一箇心　증참일개심
洞雲橫疊巘　동운횡첩헌
山雨霽空林　산우제공림
嘯傲無餘事　소오무여사
南窓日欲陰　남창일욕음

　　매월당이 오대산에 터를 잡으면서 소원한 것은 한마음(一心)을 찾는 것이다. 만유의 실체라고 보는 한마음은 우주의 근본원리이며, 절대의 심성을 가리킨다. 탐진치 삼독이 소멸된 상태이기도 하다. 일심은 온전하고 참될 수 있는 씨앗인 여래장(如來藏: 본래부터 중생의 마음속에 간직되어 있는 여래의 청정한 성품)이기도 하다. 일심의 덕성은 큰 지혜요 광명이며, 세상의 모든 사물을 두루 남김없이 비춰주듯이 환하게 모든 것을 다 알게 한다. 있는 그대로 참되게 아는 힘을 간직하고 있으며, 영원하고 자유자재하고 번뇌가 없으며 어떤 인과의 법칙에 따라 변동하는 것이 아니다. 스스로 존재하는 것이다. 매월당은 오대산에서 일심을 찾길 원하였고 바라던 대로 얻은 것 같다. 소오(嘯傲)는 속세의 일에서 초월한 모양을 나타내는 표현인데, 오대산에서 자유롭게 노닐었다고 노래한다.

매월당이 거처하던 작은 집의 위치를 짐작할 수 있는 것이 「나물을 캐다」란 시다. 시 속에 "잠깐 북령北嶺에 올라가 / 캐고 캐니 광주리 넘치네"란 구절이 알려줄 단서가 되지 않을까? 그렇다면 북령北嶺은 어디에 있을까. 아무리 찾아봐도 알 수 없다. 다만 오대산의 북쪽에 있는 고개라고 한다면 북대北臺 주변에 있는 고개를 가리키는 것은 아닐까? 매월당은 이미 「북대」에서 "세상살이에 모진 풍랑 몇 번이었던가 / 산자락 한 자리 차지함만 못하리"라고 노래한 적이 있었다. 그리고 그는 「나물을 캐다」에서 이렇게 마무리 짓는다. "누가 알리 흰 구름 속에 / 절로 청허한 복이 있는 줄을"

경포대

경포대는 호수 옆에 있는 주변보다 높은 야트막한 산을 가리키다가 정자가 세워지면서 정자의 이름이 되었다. 정자는 방해정 뒷산에 세웠다가 중종 3년인 1508년에 강릉부사 한급이 지금의 자리에 옮겼고, 여러 차례의 중수 끝에 현재의 모습을 갖추었다.

5

술잔 잡고
동해를
바라보다

5

술잔 잡고
동해를 바라보다

높이 오르자 시를 지을만하구나

세월은 괴롭게도 빨리 흐르네

누각에 기대 맑은 하루 보낸다

강릉대도호부관아에서

다섯 개의 달이 뜨는 경포대

모래 곱고 바람 가볍구나

동해 푸른 물결 엄 몸수님

신선이 노닐던 곳에 솔바람 소리만

높이 오르자 시를 지을만하구나

강릉으로 향하던 버스는 대관령 정상에 있는 휴게소에서 잠시 숨을 고르곤 했다. 가파른 대관령을 올라온 버스가 쉬던 휴게소는 이제 옛날 대관령휴게소가 되었다. 아흔아홉 구비를 빙글빙글 돌던 길은 이따금 향수에 젖은 차만이 천천히 달리고, 대부분의 차들은 고개를 관통하는 터널로 질주한다.

이천과 강릉을 잇는 도로 확장 공사가 준공되어 대관령이 도로의 모습을 갖춘 시기는 일제강점기 때다. 1913년에 착공하여 1917년에 완공된 대관령구간을 기념하기 위한 기념비가 옛 영동고속도로 옆에 새겨졌다. 신라시대에는 대령大嶺, 고려시대에는 대현大峴, 또는 굴령堀嶺이라 했다. 1530년에 편찬된 『신증동국여지승람』에

대관령 기념비

"대관령은 강릉부 서쪽 45리에 있으며 이 주州의 진산이다. 여진 지역인 장백산에서 산맥이 구불구불 비틀비틀 남쪽으로 뻗어 내리면서 동해의 가장자리를 차지한 것이 몇 곳인지 모르나 이 고개가 가장 높다. 산허리에 옆으로 뻗은 길이 아흔아홉 굽이인데 서쪽으로 서울과 통하는 큰 길이 있다. 부의 치소에서 50리 거리이며 '대령'이라 부르기도 한다"라고 기록되어 있다.

김창흡이 강릉에서 출발하여 오대산으로 가기 위해 대관령을 넘은 것은 1718년이었다. "조금 조금 힘들게 5~6리를 나아가자 고갯길이 끝나고 바다가 보이는데, 망망대해가 끝없이 탁 트였다. 경포호를 굽어보니 잔속의 물과 같다. 어제 뱃길로 거슬러 온 곳이 얼마나 좁은지 알게 되었다. 이른바 대관령이란 곳은 여기가 꼭대기인데, 서쪽은 길이 비로소 평탄해지고 바위가 없이 순전히 흙뿐이다. 미시령과 비교해 보면, 도회지의 번화한 길과 다를 바가 없다. 처음에는 도달하기 어렵겠거니 걱정하였으나, 지나는 길이 편한 듯하여 종들을 돌아보며 상쾌하다고 외쳤다."

김시습이 고개를 넘을 때는 대령大嶺이라고 불렀던 것 같다. 시 제목이 「대령大嶺」이다.

대관령 구름이 차츰 걷히니
가파른 산마루에 눈 남아있고
양 창자처럼 산길은 험하며
새만 다니는 역 가는 길 머네
늙은 나무 신당을 에워싸고
맑은 안개 바다 산에 이어져서

높이 오르자 시를 지을만하고
풍경이 시흥을 일으키는구나

大嶺雲初捲 대령운초권
危巓雪未消 위전설미소
羊腸山路險 양장산로험
鳥道驛程遙 조도역정요
老樹圍神廟 노수위신묘
晴煙接海嶠 청연접해교
登高堪作賦 등고감작부
風景使人撩 풍경사인료

김시습이 넘던 대관령은 옛 영동고속도로가 아니었다. 길옆에
늙은 나무가 신당을 에워싸고 있는 길이었다. 강릉에서 산길을 따
라 계속 오르면 반정半程에 도착한다. 강릉 쪽 구산역과 서울 쪽 횡
계역의 중간 지점이어서 반정이다. 옛 고속도로 옆에 위치한 반정
을 통과한 옛길은 고속도로를 가로질러 가파르게 올라가 국사성
황당까지 연결된다. 늙은 나무가 에워싼 신당은 국사성황당을 말
한다. 김시습은 이 길을 걸었다. 이유원李裕元, 1814~1888의 『임하필
기』를 보면, "경성京城으로부터 대관령을 넘자면 그 재에는 아홉
구비가 있고 위에는 성황당이 있다. 거기에 이르면 바다가 바라
보인다."라는 대목도 김시습이 걷던 길을 설명해준다.

세계무형유산으로 등재된 '강릉단오제'와 관련이 있는 국사성황
당은 해마다 음력 4월 15일에 '대관령산신제'와 '국사성황제'가 열
린다. 삼국을 통일한 김유신을 산신, 강릉 출신으로 신라 말에서
고려 초의 고승인 범일을 국사성황신으로 모신다.

허균은 1603년께 강릉에서 단오제를 구경했다는 기록을 『성소부부고』에 실었는데, '제사를 올리는 대상이 김유신 장군'이라고 적었다. 김유신 장군이 유년시절 명주에서 무술을 익히고 삼국을 통일한 후 사후에 대관령산신이 됐다는 설명도 부연한다. 또 이 신은 영험한 능력이 있어 매년 5월이면 대관령에 가서 신을 맞이하고, 즐겁게 춤을 춰 신을 즐겁게 해야 한다고 덧붙인다.

국사성황당은 대관산신사大關山神祠로 알려져 왔다. 『신증동국여지승람』은 대관산신사가 부 서쪽 40리 지점에 있다고 알려준다. 『강원도지』도 대관산신사가 군의 서쪽에 있으며, 고려 태조가 건립하였고, 매년 단오에 고을 사람들이 제사를 올린다고 기록하고 있다.

국사성황인 범일국사는 신라 말과 고려 초까지 활동한 고승이다. 강릉시 구정면 학산 출생으로 탄생에 얽힌 설화가 전한다. 처녀가 해가 떠 있는 샘물을 마시고 태기가 있었고 아이를 낳았다. 처녀가 아이를 낳은 것이 두려워 뒷산 학바위에 버렸으나, 학이 보살피는 것을 보고 기이하게 여겨 다시 데려와 키웠다. 국사는 비범한 외모와 뛰어난 학문으로 많은 사람들을 놀라게 했다. 출가하여 신라 말에 국사가 되어 이름을 떨쳤다. 또한 죽어서 대관령 서낭신이 되었다.

국사성황당이 있는 재궁골은 대관령 능경봉에서 선자령으로 이어지는 능선 아래 계곡에 있다. 재궁골 계곡 숲속 빈터에 국사성황당과 산신당이 있고, 기도처인 칠성당과 샘물이 모여 있다. 성황신은 호랑이의 호위를 받으며 백마를 탄 무관의 모습이다. 한손에는 활까지 쥐고 있다. 산세가 험한 대관령의 성황은 나그네와 마을을 지켜주는 무장의 모습이기를 염원한 탓일 것이다. 산신각에 모셔진 김유신 장군은 긴 수염에 상투를 틀고 한손에는 부채를 쥐었다. 선도 복숭아 공양을 받으며 옆으로 호랑이를 옆에 두었다. 김유신 장군은 산신의 전형적인 모습으로 변했다.

세월은 괴롭게도 빨리 흐르네

대관령을 굽이굽이 돌아 내려와 어흘리를 지난 물과 보광리에서 흘러온 물이 구산리에서 만나 강릉 시내를 통과한다. 구산리 명칭 유래가 독특하다. 공자의 어머니가 이구산尼丘山에 기도를 드리고 공자를 낳았는데, 이곳이 이구산과 비슷하게 생겨 이구산이라 했다가 '니尼'자를 빼고 '구산丘山'이라 했는데, 성현의 이름을 함부로 쓸 수 없다 해서 '구산邱山'이라 했다고 한다. 구산이란 이름 때문에 마을에 서원이 세워지게 되었다. 1552년에 함헌咸軒이 사신으로 중국에 갔을 때 공자 영정을 가져와서 구산에 서원을 지었다. 허목許穆, 1595~1682의 글에도 강릉 서쪽 30리 떨어진 곳에 공자묘孔子廟가 있는데, 공자의 초상화를 얻고 구산에 사당을 세웠다는 대목이 이를 말해준다.

구산리에 들어서자 먼저 보이는 것은 서낭당이다. 대관령 국사서낭의 아들서낭이라 한다. 전에는 대관령 국사서낭을 모신 행렬이 구산서낭당에 도착하면 횃불을 든 수백 명의 사람들이 서낭 행차의 길을 밝혔다고 한다. 서낭당을 둘러싼 고목들이 신성한 공간임을 알려준다.

성산면사무소가 있는 마을은 교통의 요지였다. 한양으로 가는 사람들뿐만 아니라 정선으로 향하는 사람들로 붐볐다. 여행자들은 구산역에서 한숨을 돌리곤 했다. 『신증동국여지승람』에 따르면 구산역은 강릉대도호부 서쪽에 있는데, 정자가 있어 사람을 서쪽으로 전송하는 곳이라고 기록한다. 조운흘趙云仡, 1332~1404의 「구산역」은 이곳이 예부터 이별의 장소였음을 알려준다.

구슬 같은 눈물 방울방울 술잔에 지는데
양관곡(陽關曲) 불러 사람을 전송하네
태산이 평지 되고 동해가 마를 때에야
비로소 구산역 슬픈 이별 끊어지리라

珠淚雙雙落玉卮 주루쌍쌍락옥치
陽關三疊送人時 양관삼첩송인시
太山作地東溟渴 태산작지동명갈
始斷丘山泣別離 시단구산읍별리

술잔을 들고 눈물을 흘리던 옛 사람들. 그들은 양관곡陽關曲을 부르며 이별의 아쉬움을 달랬다. 양관곡은 왕유王維의 「송원이사안서送元二使安西」를 말한다. 친구인 원이元二를 떠나보내면서 지은 이별시다. 제일 높다는 태산이 평지가 될 날이 있을까? 동해가 마를 날이 있을까? 그런 일이 일어날리 없다. 그러므로 구산역에서의 이별은 앞으로도 계속될 것이다. 강릉에서 대관령을 넘으면 딴 세상이다. 한번 넘으면 언제 다시 올지 기약하기 어렵다. 강릉 사람들은 구산까지 와서 대관령을 넘는 사람을 전송했다. 양관곡을 부르면서. 눈물을 흘리면서.

　위성(渭城)의 아침 비가 가벼운 먼지를 적시는데
　객사 앞 푸릇푸릇 버들 빛이 새롭구나
　그대에게 다시 술 한 잔 권하노니
　서쪽으로 양관(陽關)을 나서면 친구도 없으리

　渭城朝雨浥輕塵　위성조우읍경진
　客舍青青柳色新　객사청청류색신
　勸君更進一杯酒　권군갱진일배주
　西出陽關無故人　서출양관무고인

　송별시 중 널리 알려진 왕유의 시는 첫 구절의 '위성渭城'이란 단어를 따서 '위성곡渭城曲', 또는 마지막 구절의 '양관陽關'이란 단어를 따서 '양관곡陽關曲'으로도 부른다. 이 시를 노래할 때면 그냥 한번 부르기엔 너무 아쉬운 나머지, '양관陽關'이 들어가는 마지막 구절을 세 번씩 불렀다 해서 '양관삼첩陽關三疊'으로도 불린다. 시 제목에 등장하는 안서安西는 오늘날 신강 위구르 자치구다. 여기로 가려면 양관을 거쳐 가야 했다. 당나라 때 서쪽으로 길을 떠나는 이들을 송별하기 위해 서쪽에 위치한 '위성渭城'까지 와서 송별을 하곤 했다. 3구에서 '경진更進'이란 표현 속에 이미 여러 차례 서로 술을 주고받았음을 암시하고 있는데, 보내기가 아쉬워 마지막으로 한 잔 술을 너 권함으로써 떠남을 만류하고픈 심정을 표현하고 있다. 진한 슬픔이 전해져온다.

역의 정자 작은 산 곁에 있고
꽃과 나무 더욱 맑고 그윽하며
보리밭둑엔 새끼 딸린 꿩
뽕나무 끝엔 암컷 쫓는 비둘기
사철 풍광 가는 곳마다 좋으니
괴로우나 세월은 빨리 흐르네
신선 쫓아 벗할 수 있다기에
바다 위 섬 샅샅이 살피려네

驛亭依小巘 역정의소헌
花木更淸幽 화목갱청유
麥壟將雛雉 맥롱장추치
桑巓逐婦鳩 상전축부구
年光隨處好 년광수처호
歲月苦奔流 세월고분류
耐可從仙侶 내가종선려
看窮海上洲 간궁해상주

김시습이 구산역을 찾았을 때도 이별의 장소인 정자가 있었다.
아마 이날도 많은 사람들이 술잔을 들고 양관곡을 부르며 눈물을
흘렸을 것이다. 김시습의 눈엔 그들 대신에 보리밭둑을 종종 걸음
으로 달리는 꿩과 새끼들이 보이고, 뽕나무에서 짝을 찾아 날아드
는 비둘기가 눈에 가득 들어온다. 문득 길 위에 선 자신이 혼자라
는 것을 깨닫는다. 자신을 따르는 자식도 없고, 짝도 없는 신세라
양관곡 부르며 이별하는 슬픔과는 다르다. 그는 슬픔을 잊기 위해
신선을 찾기로 한다. 구산은 강릉 땅이니 조금만 가면 바닷가다.

구산리 솔밭

동해에 신선이 살고 있는 섬이 있다고 하니 섬을 찾아 신선과 벗하며 외로움을 달래보자고 작심한다.

　강릉의 서쪽 관문 역할을 했던 구산리는 대관령에 터널이 뚫리면서 발길이 줄어들었다. 이별의 장소에 맛집이 들어서면서 지역 주민들과 외지인들이 찾고 있다. 마을 가운데로 난 길을 따라 걷다보니 소나무 숲이 울창하다. 소나무들이 구산의 옛 이야기를 들려준다.

누각에 기대 맑은 하루 보낸다

관동대를 지나 소주공장 앞 다리를 건너기 전에 좌회전한다. 남대천 강둑을 따라가다가 '대관령국사여성황당' 맞은편에서 강 건너를 바라보며 홍제원이 있었을 곳을 담는다. 강릉에 올 때마다 홍제원의 흔적을 찾아 홍제동 이곳저곳을 다니곤 했다.

원院이란 공적인 임무를 띠고 파견되는 관리나 상인, 기타 여행자들에게 숙식을 제공하기 위해 중요한 길에 설치한 건물이다. 『신증동국여지승람』은 강릉대도호부에 속한 원院으로 홍제원弘濟院, 제민원濟民院, 대령원大嶺院, 독산원禿山院 등이 있었다고 기록한다. 김시습은 「홍제원에 있는 누대에 올라 강릉을 조망하며」 시를 짓는다.

십리 길 오니 꾀꼬리와 꽃 숲에 있어
누각에 기대 종일 맑은 하루 보내니
안개 낀 먼 포구로 고깃배 돌아오고
바람 멎은 잔물결에 물새들 노네
풀빛 무성하여 마을 밭둑 덮었고
버들가지 한들한들 뜰에 그늘 이루며
초가집 몇 채 모두 그림 같은데
푸른 안개 휩싸인 대숲 속에 있네

十里鶯花古院深 십리앵화고원심
倚樓終日費淸今 의루종일비청금
煙生遠浦回漁艇 연생원포회어정
風定晴波浴水禽 풍정청파욕수금

草色蒙茸侵巷陌 초색몽용침항맥
柳條腰褭壓庭陰 유조요뇨압정음
幾家茅舍渾如畵 기가모사혼여화
都在靑煙翠竹林 도재청연취죽림

　홍제원에 오기 전에 김시습은 구산역에서 고독을 노래했다. 동해에 사는 신선을 만나 쓸쓸함을 해소하고자 하였다. 구산역과 홍제원의 거리는 십리 길이다. 길을 걷다보니 어느새 슬픈 감정이 사라져버린다. 홍제원 누대에 올라 기둥에 등을 대고 숲속에서 희롱하는 꾀꼬리를 바라보며 하루를 보낸다. 고독했더라면 꾀꼬리를 보고 외톨이 신세를 한탄했겠지만 평온하다. 담담하다. 요즘에서 눈을 들어 멀리 남대천을 바라본다. 고깃배는 돌아오는데 잔잔한 물결에 물새들은 노닌다. 평화로운 저녁 풍경이다. 머리를 돌려 주변을 본다. 밭둑은 풀로 무성하고 버드나무는 바람에 하늘거린다. 궁금해서 더 자세히 바라본다. 초가집이 몇 채 그림처럼 자리 잡고 있다. 얼핏 봤을 때는 보이질 않았는데, 대숲 때문이었다. 게다가 푸른 연기가 끼어있지 않은가. 김시습의 눈에 보인 강릉은 그림같이 평화롭다.

　다리를 건너 ‘대관령국사여성황당’엘 먼저 들린다. 성황당이 있는 곳이 대체로 마을 어귀이니 홍제원도 이 근처 어딘가에 있었을 것이다. 관아에서 5리 떨어져 있다는 기록도 이를 뒷받침한다. 국사여성황당은 단오제와 관련 있다. 단오제는 음력 4월 15일 대관령국사여성황사에서 대관령국사성황신과 대관령국사여성황신의 위패와 신목을 합사하고 봉안제를 올리는 의례로부터 시작된다.

대관령국사여성황사는 대관령국사서낭의 부인인 여서낭을 모시는 곳이다. 여서낭은 전설에 의하면 정씨가의 딸이었다고 한다. 옛날 동래 정씨 집안에 과년한 딸이 있었는데, 하루는 꿈에 대관령 서낭신이 나타나 정씨 집에 장가들기를 간청하였다. 그러나 사람이 아닌 서낭을 사위로 삼을 수 없노라고 거절하였다. 어느 날 정씨가의 딸이 노랑 저고리에 다홍치마로 단장하고 뒷마루에 앉아 있는데 범이 와서 업고 달아났다. 대관령 국사서낭이 소녀를 데려다가 아내로 삼은 것이다. 딸이 범에게 물려간 것을 안 정씨 집에서 국사서낭을 찾아가 보니, 그와 함께 있던 딸은 벌써 죽어서 정신은 없고 몸만 비석처럼 서 있었다. 가족들이 화공을 불러 딸의 화상을 그려 세우니 비석처럼 서 있던 처녀의 몸이 비로소 떨어졌다고 한다.

홍제원터 표지석

강릉교도소 입구를 지나 조금 더 올라가니 길옆에 표지석이 보인다. 최근에 시에서 세운 '홍제원터'를 알리는 비석이다. 1896년 강릉부가 없어지면서 철거되었다는 설명이 함께 새겨져 있다. 표지석 뒤 고가도로 위로 차들이 달리고 옆길은 대관령을 향해 뻗어 있다. 홍제원이 위치한 이곳은 예나 지금이나 교통의 요지다. 동해고속도로와 영동고속도로가 지나고 있다. 강릉시 홍제동은 홍제원이 있어서 1914년 행정구역 변경 때 홍제리라고 하였다가, 1946년에 홍제동으로 바뀌어 오늘에 이르고 있다.

강릉대도호부관아에서

상전벽해桑田碧海라는 말이 적절할 것 같다. 뽕나무밭이 변하여 푸른 바다가 되었다. 예전에 있던 강릉우체국은 이전을 하고 그 자리에 '강릉대도호부관아'가 복원되었다. 그리고 보니 상전벽해가 아니라 제 자리로 돌아간 것이다. 90년대는 객사문과 칠사당만 멀리 외로이 떨어져 있었다.

큰길가 관아 문 앞에 서니 '강릉대도호부관아江陵大都護府官衙' 글씨가 높게 걸려있다. 이곳은 고려 시대부터 조선 시대에 걸쳐 중앙의 관리들이 강릉에 내려오면 머물던 건물터이다. 강릉 임영관지로 지정되었다가, 강릉대도호부관아로 명칭이 변경되었다. 관아와 공해, 객사 등을 합해 모두 313칸 규모에 달하였다.

관아문과 중문을 통과하자 동헌이다. 동헌은 고을의 수령이 정무를 집행하던 곳으로 행정업무와 재판을 행하던 곳이다. 담장 밑에 곤장 틀이 설치되어 있다. 곤장은 죄인을 다스리는데 쓴 형구인데 주로 볼기를 치는데 사용했다. 김시습도 곤장 틀에 묶여 볼기를 맞았을까? 김시습은 강릉에서 옥살이를 한 적이 있었다. 관아 터 어디에 옥이 있었을 것이다. 20대에 강릉에서 노닐던 김시습은 50대에 강릉에 왔다가 봉변을 당한다. 왜인지 이유를 알 수 없다. 다만 「강릉 감옥 벽에다 시를 쓴다[題江陵獄壁]」란 시가 그가 처했던 상황을 알려준다.

아 슬프다 기린이 나옴은 제 시절 아니었고
그때 서교에서 잡은 것은 엽사의 과실이었네
공자가 애도하여 쓰다듬지 않았더라면
영원히 너를 사슴이라 일컬었으리라

吁嗟麟也出非時 우차린야출비시
西狩當年過獵師 서수당년과렵사
不是宣尼傷一撫 불시선니상일무
千秋萬歲謂麋麋 천추만세위균미

기린은 상서로운 동물로, 성인이 태어날 때 그 전조로 나타난다고 하는 전설의 동물이다. 자비롭고 덕이 높은 짐승이라 생명을 해치는 법이 없다. 살아있는 풀을 밟지 않으며 벌레 또한 밟지 않는다. 공자 말년에 어떤 사람이 노나라 서쪽 교외에서 기린을 잡았다. 공자가 이를 보더니 탄식하고 자신이 편찬한 춘추에 그 해 첫 번째 사건으로 "서쪽에서 기린을 사냥했다."라 기록하고, 더 이상 쓰지 않았다. 김시습은 기린을 자신에게 비유했다. 시대를 잘못 타고 난 그는 노나라 기린의 신세였다.

동헌 뒤는 객사문과 연결된다. 임영관 삼문이 정식 명칭이다. 현재까지 남아 있는 관아 건물 중에서 가장 오래되었고 건축 수법도 뛰어나서 조선시대를 대표하는 건축물 중 하나이다. 건축의 수법이 고려시대 건축양식을 잘 반영하고 있고, 그 수법도 뛰어나기 때문에 문화재로서 가치가 상당히 높다.

중대청을 지나니 임영관이다. 임영관은 고려 태조대(936년)에 처음 세워진 지방관아로 대부분 헐리고 정문만 남아 있다가 최근에 여러 건물들이 복원되었다. 객사란 고려와 조선시대 때 각 고을에 두었던 지방관아의 하나로 왕을 상징하는 나무패를 모셔두고 초하루나 보름에 궁궐을 향해 절을 하는 망궐례를 행하였으며, 왕이 파견한 중앙관리나 사신들이 묵기도 하였다. 문루에 걸려 있는 '임영관'이란 현판은 공민왕이 직접 쓴 것이라고 한다. 몇 차례의 보수가 있었고, 일제강점기에는 학교 건물로 이용하였다.

칠사당으로 향한다. 독특한 건물 형태가 아침 햇살에 빛난다. 건물 이름은 조선 시대 수령의 주요 업무가 칠사七事로 규정되었던 데서 연유한다. 칠사란 호적·농사·병무·교육·세금·재판·풍속의 7가지 정사를 말한다. 뒤에 강릉군수의 관사로 쓰이기도 했는데 현재는 단오제의 신주를 빚는 장소로 활용한다.

한가위 연휴에 맞춰서 '등불아트'가 진행 중이다. 한지로 만든 등불과 전통적인 건물이 어울린다. 발걸음을 돌려서 의운루倚雲樓에 오르니 높은 곳에 위치하여 조망하기가 좋다. 은은하게 한지에서 흘러나오는 불빛이 강릉을 밝힌다. 남산 위로 떠 오른 달도 함께 빛난다. 성현成俔, 1439~1504의 시 「의운루에서 중추절 밤에 달을 대하여 회포를 쓰다」는 이 시기에 지어졌던 것 같다.

둥근 달빛 오늘 밤엔 유독 한껏 밝으니
푸른 하늘은 물빛 같고 이슬도 맑구나
항아는 멀리 구름 새로 아스라이 뵈는데
계수 그림자 너울너울 붓 밑에서 나오네
홀로 남루에 앉아 유량(庾亮)을 생각할 뿐
북저(北渚)에 가서 원굉(袁宏) 찾긴 어렵네
긴 젓대 한 소리는 어디서 들려오는지
만 리 밖 고향 생각 일으키는구나

輪魄今宵滿意明　륜백금소만의명
碧空如水露華淸　벽공여수로화청
姮娥縹緲雲間迴　항아표묘운간형
桂影婆娑筆底生　계영파사필저생
獨坐南樓懷庾亮　독좌남루회유량
難從北渚訪袁宏　난종북저방원굉
一聲長笛來何處　일성장적래하처
喚起家山萬里情　환기가산만리정

진나라 재상 유량庾亮이 일찍이 장군이 되어 무창에 있을 때 장강 가에 누각을 세우고 이를 남루南樓라 하였다. 어느 가을날 밤에 달이 막 떠오르고 하늘이 쾌청하자, 유량이 남루에 올라가서 그의 보좌관들과 함께 시를 읊조리며 고상한 풍류를 만끽했다. 원굉袁宏은 진나라 사람으로 문장이 뛰어났는데, 장군 사상謝尙이 지방을

강릉대도호부관아

관찰하고 있을 때, 어느 가을밤에 달이 밝자 갑작스럽게 좌우 막료들을 거느리고 배를 띄워 노닐었다. 딴 배에서 청아하게 시를 읊조리는 소리가 들려 한참을 듣고 있다가, 그가 누구냐고 물으니 원굉이라 하므로, 그를 맞이하여 한배에 타고 밤새도록 담론을 즐겼다고 한다. 의운루에 앉아 시를 읊조리며 마냥 달구경에 빠졌다.

다섯 개의 달이 뜨는 경포대

허균許筠, 1569~1618은 『학산초담』에서 이렇게 말한다. 강릉에서 구경할 만한 곳은 경포대가 으뜸이어서 구경하는 사신들이 많은데도 널리 알려진 시가 없는 것은 묘사할 절경이 너무나 많아서라고. 외지 사람들에게 강릉은 경포대로 인식된 역사가 오래되었음을 알려준다. 지금도 봄에는 벚꽃을 보러, 여름에는 경포해수욕장에서 낭만을 즐기기 위해 찾는다. 자전거를 타고 경포호를 일주하기도 하고, 습지를 거닐며 연꽃을 구경하기도 한다. 경포대를 찾는 대부분의 사람들은 이렇게 구경하고 바삐 다른 곳으로 이동한다. 경포대가 강릉에서 으뜸이어서 묘사할 절경이 너무 많다는데 무엇을 가리키는 것일까?

박숙정朴淑貞이 안축安軸, 1287~1348을 만난 때는 1326년이었다. 경포대는 신라 때 영랑永郞 등 네 화랑이 놀던 곳으로 비바람이 치면 유람하는 자들이 괴로워해서 작은 정자를 지었으니 글을 써달라고 안축에게 부탁을 하자, 그는 직접 유람한 후 1331년 2월에 글을 짓는다. 그의 글은 경포대의 역사뿐만 아니라 우리가 간과한 아름다움까지 알려준다.

> 형상이 기이한 것은 밖으로 드러나 눈으로 완상할 수 있고, 이치가 오묘한 것은 은미한 곳에 숨어 있어서 마음으로 터득한다. 눈으로 기이한 형상을 완상하는 것은 어리석은 사람이나 지혜로운 사람이나 모두 같아서 한쪽만을 보는 것이고, 마음으로 오묘한 이치를 터득하는 것은 군자만이 그렇게 하여 온전함을 즐긴다. (중략) 경포대에 오르니 담담하게 조용하고 넓어서 눈을 놀라게 하는 기괴한 사물은 없다. 다만 멀고 가까운데 있는 산

과 물뿐이다. 앉아서 사방을 둘러보니 먼 바다는 드넓고 안개 속에 물결이 출렁거린다. 가까운 경포호는 맑고 깨끗하며 바람에 잔물결이 찰랑거린다. 먼 산은 첩첩 골짜기에 구름과 안개가 어렴풋하고, 가까운 산은 봉우리가 십 리 뻗었는데 초목이 푸르다. 항상 갈매기와 물새가 자맥질하며 왔다 갔다 하면서 대 앞에서 한가롭다. 봄가을의 안개와 달, 아침저녁의 흐리고 갬이 때에 따라 기상이 변화무쌍하다. 이것이 경포대의 대체적인 경관이다. 내가 오랫동안 앉아 조용히 사색해서 나도 모르게 아득히 정신이 모이자 지극한 맛이 조용하고 담박한 가운데에 있게 되고, 표일한 생각이 기이한 형상 밖에서 일어난다. 마음으로는 알지만 입으로는 형용할 수 없다.

경관을 바라보는 시각엔 두 가지가 있다. 눈으로 형상을 보는 것. 누구나 할 수 있는 것이며 이런 경우 기이한 경관을 좋다고 여기다. 다른 하나는 마음으로 보는 것. 산수에 내재되어 있는 오묘한 이치를 마음으로 인식하는 것이니 아무나 할 수 있는 것이 아니다. 경물에 내재된 이치를 깨닫는 순간 지극한 맛이 조용하고 담박한 가운데에 있게 되고, 표일한 생각이 기이한 형상 밖에서 일어난다. 경관과 내가 하나가 되는 상태를 말하는 것 같다. 이런 상태가 되어야 온전함을 즐길 수 있다.

1349년에 이곡李穀, 1298~1351은 금강산을 유람한 후 강릉에 들렸다. "배를 나란히 하고 강 복판에서 가무를 즐기다가 해가 서쪽으로 넘어가기 전에 경포대에 올랐다. 경포대에 예전에는 건물이 없었는데, 근래에 풍류를 좋아하는 자가 그 위에 정자를 지었다고 한다. 또 옛날 신선의 유적이라는 돌 아궁이가 있는데, 아마도 차를 달일 때 썼던 도구일 것이다. 경포의 경치는 삼일포와 비교해서 우열을 가릴 수가 없지만, 분명하게 멀리까지 보이는 점에서는 삼일포보다 낫다."라고 「동유기東遊記」에 남긴다. 안축과 이곡의 글은 1326년에 경포대에 정자가 세워졌다는 것을 알려준다. 경포대는 호수 옆에 있는 주변보다 높은 야트막한 산을 가리키다가 정자가 세워지면서 정자의 이름이 되었다.

정자는 방해정 뒷산에 세웠다가 중종 3년인 1508년에 강릉부사 한급이 지금의 자리에 옮겼고, 여러 차례의 중수 끝에 현재의 모습을 갖추었다. 예전에는 따뜻한 방과 서늘한 방이 있었는데 오래 묵지 못하게 철거했다고 하니 뛰어난 풍광이 민폐를 끼친 것이다. 정자의 위치와 모습도 변했지만 호수도 변했다. 『신증동국여지승람』

옛 경포대

은 호수의 둘레가 20리고, 물은 깊지도 얕지도 않아 사람 어깨가 잠
길 만하다고 기록하였다.

김시습이 올랐던 「경포대」는 예전의 경포대였다.

머나 먼 부상(扶桑) 바라보니 아득한데
한없는 푸른 물결 아침노을에 잠겨있네
진시황은 부질없이 삼신산 약 좋아했고
한나라 사신은 헛되이 팔월에 배 띄웠네
흰 물결 하늘로 솟으며 자라 등 치는데
붉은 구름 땅에 꽂혀 신기루처럼 비껴있네
이제 문득 선경에서 유람 장한 줄 알아
푸른 바다가에서 술잔 잡고 동해를 보네

萬里扶桑望眼賒 만리부상망안사
蒼波淼淼蘸朝霞 창파묘묘잠조하
秦皇謾愛三山藥 진황만애삼산약
漢使空浮八月槎 한사공부팔월사
白浪滔天鼇背抃 백랑도천오배변
紅雲揷地蜃樓斜 홍운삽지신루사
從今陡覺仙遊壯 종금두각선유장
杯視東溟碧海涯 배시동명벽해애

부상扶桑은 동쪽 바다 해 뜨는 곳에 있다는 신성한 나무를 가리키
는데 동쪽바다를 의미하기도 한다. 여기선 바다를 말한다. 원래 정
자가 있던 곳에서 바다를 바라보며 시를 지었다. 삼신산은 동해에
있다는 봉래산 · 방장산 · 영주산을 가리킨다. 진시황과 한무제가

불로장생의 명약을 구하기 위하여 이곳으로 동남동녀 수천 명을 보냈다고 전해진다. 경포대에 서니 신화 속에 있는 것 같다. 이곳이 선경이다. 김시습은 경포대에서 술잔을 잡고 바다를 바라보며 현실을 잠시 잊고 신선이 되었다.

자전거 전용도로와 산책로가 호수로 유혹한다. 다양한 조각품이 설치돼 있다. 경포해변 쪽으로 걸으니 강원도 안찰사 박신과 기생 홍장의 사랑 이야기가 전해지는 홍장암과 두 사람의 사랑 이야기를 담은 조각품이 줄지어 있다. 두 사람의 러브스토리는 너무 유명하여 서거정의 『동인시화』에도 실릴 정도고, 경포대를 노래할 때 주요한 소재가 되었다. 정철도 「관동별곡」에서 인용할 정도였다. 경포대의 아름다움은 낮에도 유명하지만 밤에도 뛰어나다. 달빛이 환한 밤에 경포대에 앉으면 하늘에 뜬 달, 바다에 뜬 달, 호수에 뜬 달, 술잔에 뜬 달, 그리고 마주한 임의 눈동자에 비친 달까지 무려 다섯 개의 달을 볼 수 있다는 이야기도 밤의 아름다움을 보여준다.

『강원도지』에 경포호에 대한 이야기가 실려 있다. 호수는 옛날에 돈 많은 백성이 거처하던 곳이었다. 거지 중이 나타나 쌀을 구걸하자 그 사람이 쌀 대신 똥을 주었다. 그러자 그곳이 갑자기 푹 꺼져 호수가 되었고, 쌓였던 곡식은 모두 변하여 가늘고 작은 조개가 되었다. 흉년이 들면 조개가 많이 나고 풍년이 들면 조개가 적게 났다. 조갯살은 달고 향기로워 굶주림을 달래주었다. 사람들은 조개를 적곡합-쌓였던 곡식이 변한 조개-이라고 불렀다고 한다.

모래 곱고 바람 가볍구나

김시습은 강릉에서 「백사정白沙汀」이란 시를 남긴다. 고운 모래
가 십 리 펼쳐진 해변으로 산들바람 불고 모래 옆 소나무엔 안개
가 자욱하게 꼈다. 바람이 거세지자 솔바람 소리와 파도 소리가 장
엄하다. 김시습은 모처럼 세상일 잊고 한가롭게 바닷가에 섰다. 바
람은 시원하며 봄볕은 따뜻하다. 모래밭에 누워 스르륵 잠에 들려
는 순간을 그린 것 같기도 하다. 평화로운 노곤함이 느껴진다. 파
도 소리와 솔바람 소리는 점점 아득해져 간다.

희미한 안개 속 나무에 구름이 모인 듯
모래 곱고 바람 가벼운 십리 벌판
섬과 그림자 같고 구름 그림자 아득한데
솔바람 파도 짝하니 바닷가 요란하네
안개 걷힌 물가에 파도소리 웅장하고
오산 위에 해 비치니 새벽빛 밝네
바닷가 흰 갈매기 나처럼 한가로와
세상 잊고 마주보며 따뜻한 봄볕 쬐네

依依煙樹似雲屯　의의연수사운둔
沙軟風輕十里原　사연풍경십리원
島影正同雲影杳　도영정동운영묘
松濤長伴海濤喧　송도장반해도훤
煙開鯨口波聲壯　연개경구파성장
日射鼇頭曉色暾　일사오두효색돈
汀畔白鷗閑似我　정반백구한사아
忘機相對弄春暄　망기상대롱춘훤

흰모래가 넓게 펼쳐진 밭을 백사정白沙汀이라 한다. 일반명사다. 너무 유명해서 고유명사가 되기도 했다. 황해도 장연현 고을 서쪽 50여 리 지점에 위치한 모래밭을 특별히 가리킨다. 길이가 7~8리이고, 넓이는 3~4리에 이른다. 시의 소재로 많이 등장하고 남곤南衮의 「유백사정기遊白沙汀記」가 인구에 회자됐다. 충청남도 태안군에도 있으며 서울에도 있다. 전국 바닷가에 흰모래가 넓게 펼쳐진 곳을 백사정이라 불렀다. 김시습이 노래한 백사정은 어딜까? 허목許穆, 1595~1682의 「한송정기寒松亭記」를 살펴보자.

> 해안가 정자에 이르니 거친 들판과과 불쑥 솟은 언덕에 이따금 두세 그루의 소나무가 있을 뿐이다. 노인들이 말하기를 "옛날에 천 년 된 소나무 숲이 있어서 시원한 그림자가 매우 짙었기에 지금까지 한송이라는 이름이 있게 된 것이다."라 한다. (중략) 바닷가는 모두 흰 모래여서 백사정(白沙汀)이라고 부른다. 모래사장 옆에 소나무 숲이 멀리 뻗어 있고, 산처럼 생긴 모래 제방이 있다. 이곳에서 망망대해를 내려다보면 백 길의 신기루를 구경할 수 있다.

『관동지』는 한송정을 설명하면서 "큰 바다와 평야에 임해 있고 푸른 소나무와 흰 모래가 십리에 걸쳐 퍼져 있다"고 주변을 묘사한다. 송광연宋光淵, 1638~1695은 「임영산수기臨瀛山水記」에서 "한송사 동남쪽으로 수십 걸음 되는 곳 넓은 들판 가운데 모래 봉우리가 우뚝 솟아있다. 높이는 몇 길쯤 되고 길이는 사방 한 장쯤 된다. 십리 되는 곱고 깨끗한 모래, 넓은 푸른 바다, 소나무 그림자로 가려진 풍경, 흐드러지게 우는 두견새 등을 황해도의 백사정에 비교한다면 진짜로 엇비슷할 것이다"라고 묘사하였다. 허목이 말한 백사정을 더 자세히 설명한 것이다. 채팽윤蔡彭胤, 1669~1731의 「한송정부터 백사정까지」에도 절 문에서 수십 보 나가자 평평한 모래가 넓은데 옥 같고 눈 같다고 묘사한다. 모두 백사정이 한송정 주변에 있다는 것을 알려준다.

강릉에는 또 다른 곳에 백사정이 있다. 김정호는 대동여지도에서 경포대해수욕장에 백사정을 표시했다. 『관동지』는 경포대를 설명하면서 "호수의 동쪽 포구에는 널빤지로 된 다리[板橋]가 놓여 있었는데 강문교江門橋라 하였다. 다리 바깥쪽에는 죽도竹島가 있고 호수의 동북쪽에는 모래사장이 10리나 길게 뻗어 있다. 모래사장

경포대해수욕장

밝은 창해가 만 리인데, 해돋이를 바로 바라볼 수 있어 가장 뛰어
난 경치이다."라 설명한다.

　　김시습은 50대에 다시 백사정을 찾고 흥이 일자 팔성감주八聲甘州
조로 사詞를 짓는다.

　　바다는 끝없고 모래톱은 밝은데
　　갠 빛 침침하게 남은 빛을 쏘아댄다
　　몽롱하게 쌍쌍의 흰 갈매기 물결 위에 떴다 잠겼다
　　서로 울며 다투어 날음을 보노라
　　어느 곳 고깃배가 아직 돌아오지 못했다가
　　긴 피리 한 소리에 돌아오는가
　　인간세상 마음과 일 서로 어긋남을 상관치 않으니
　　나는 본래 풍류스런 질탕한 나그네라
　　뜬 구름 인생의 비방과 명예 득실의 기미를 사양하고
　　강호의 밝은 달만 찾아다니니
　　가는 곳마다 더욱 그립구나
　　저쪽 바다 물결 일만 이랑 바라보고
　　이런 몸의 그림자를 돌아보니 눈물이 옷깃을 적신다
　　봄빛은 저무는데
　　무슨 심사로 부를 바치고 홀로 붉은 뜰에 모실건가

　　海無垠沙汀白　해무은사정백
　　晴光濛濛射殘輝　청광몽몽사잔휘
　　見雙雙白鷗浮沈波際　견쌍쌍백구부침파제
　　咬嘎爭飛　교알쟁비
　　何處漁舟未返　하처어주미반
　　長笛一聲歸　장적일성귀

不管人間世心事相違 불관인간세심사상위

我本風流宕客 아본풍류탕객

謝浮生毀譽得失幾微 사부생훼예득실기미

探江湖風月 탐강호풍월

到處更依依 도처갱의의

望那邊滄波萬頃 망나변창파만경

顧這般身影淚沾衣 고저반신영루침의

韶光暮底 소광모저

心獻賦獨侍丹墀 심헌부독시단지

동해 푸른 물결 옆 문수당

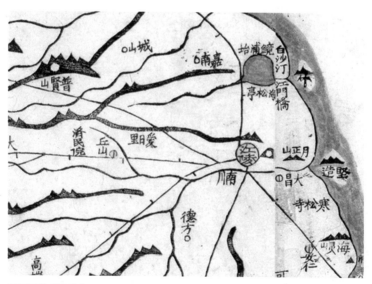

대동여지도, 강릉 일대

고려 말에 이곡李穀, 1298~1351은 관동 지방을 여행하고 「동유기東遊記」를 남긴다. 경포대에 올랐다가 비 때문에 하루를 머문다. 다음 날 문수당文殊堂을 구경하는데 문수보살과 보현보살 석상石像이 땅에서 솟아나온 것이라 말해준다. 문수당은 후에 한송사로 이름을 바꾸는데, 국립춘천박물관이 소장하고 있는 국보 124호 강릉한송사지석조보살좌상과 오죽헌박물관이 소장하고 있는 보물 81호 한송사지 석조보살좌상이 이곡이 봤던 석상이다. 석상은 일제강점기인 1912년에 일본으로 반출되었다가 1965년 한일협정에 따라 되돌아왔으나 아직도 떨어져있다.

김극기金克己, 1379~1463는 강릉의 팔영八詠을 읊었는데 그 중에 문수당이 포함되었다. "고개 위 문수당은, 채색 들보가 공중에 솟았네. 조수는 묘한 소리를 울리고, 산 달은 자애 어린 빛이 흐른다. 구름은 돌다락 가에 붙어 나오고, 물은 소나무 길가를 씻는다. 앉아서 보니 숲 너머 새가 꽃을 머금고 날아오네."

이곡이 들렀던 곳에 김시습이 왔다가 「문수당文殊堂」이란 시를 남긴다.

동해 푸른 물결 언저리에 절 있는데
해당화 꽃 속에서 새들 지저귀며
흰모래 푸른 대나무 속에 손님 보내는데
푸른 바다 황토 초가집에 바람 정말 좋네
옛 부처 신령 있어 변환을 잘 하는데
스님은 할 일 없어 깨끗한 방에 있네
절도 인간 세상의 변화와 닮아서
낡은 섬돌 풀 거친데 구름 반쯤 끼었네

寺在東溟碧浪涯　사재동명벽랑애
野棠花裏鳥喈喈　야당화리조개개
白沙翠竹客相送　백사취죽객상송
靑海黃茅風正喈　청해황모풍정개
古佛有靈能善幻　고불유령능선환
居僧無事坐淸齋　거승무사좌청재
禪宮亦似人寰變　선궁역사인환변
古砌草荒雲半埋　고체초황운반매

김시습이 문수당을 찾았을 때는 절은 이미 퇴락했다. 세상에 변하지 않는 것은 없다는 것을 새삼 느끼게 된다. 섬돌은 낡고 풀이 이미 이곳저곳을 점령한 상태다. 김시습의 말은 기교도 유요하다. 애빙와는 사라지고 대나무도 오간데 없다. 옛터를 찾기도 힘들고 불전을 지켰던 석상은 타향생활을 하고 있다.

문수당은 문수사로도 알려졌다. 강릉에 있는 보현사 창건 설화에 문수사가 등장한다. 설화는 두 버전이다. 신라시대 불교 4보살 가운데 한 분인 보현보살이 직접 창건하였다는 설이 하나다. 다른 하나는 신라 때 문수보살과 보현보살이 돌로 된 배를 타고 천축국에서 강릉 동남쪽 남항진 해변에 당도하여 문수사를 세웠다는 설이다. 절이 완공되자 보현보살은 한 절에 두 보살이 함께 있을 필요가 없으니, 활을 쏘아 화살이 떨어지는 곳을 새 절터로 삼아 떠나겠다며 화살이 떨어진 현재 보현사 위치에 절을 창건하고 머물렀으니 이것이 보현사라는 것이다.

『범우고梵宇攷』에 "문수사는 일명 한송사로 바닷가에 있다"는 기록에서도 문수사의 명칭을 찾아볼 수 있다. 『신증동국여지승람』도 문수사는 강릉부 동쪽 해안에 있다고 기록한다. 김극기는 "절을 두른 구슬 같은 시내와 옥 같은 봉우리, 청량한 경계가 지금도 예 같네. 공중을 향해 바로 솟음은 솔의 성질을 알겠고, 물物에 응해도 항상 공空함은 대[竹]의 마음을 보겠네. 바람소리는 자연의 풍악을 울리고, 외로운 구름은 가서 세상 장마가 되네. 사신이 해마다 경치를 찾으니, 연하煙霞는 특별히 깊네."라고 문수사를 읊기도 했다.

송광연宋光淵, 1638~1695이 부친상을 당해 상복을 입고 강릉의 학담鶴潭에 은둔하기 시작한 해는 1675년이었다. 1676년에 막내 동생과 강릉일대를 유람하고 「임영산수기臨瀛山水記」를 남긴다. 제일 먼저 들린 곳이 바닷가에 있는 한산사寒山寺다. 옛날에 문수사로 불렀다고 적은 것으로 보아 절의 이름이 또 한 번 바뀌었다. 김시습이 찾았을 때처럼 황량했고 스님은 적었다. 이곡이 봤던 두 석상은 탁자 위에 완연하게 있고, 문 밖에는 귀부만 남아 있다. 고려 전기에 송나라에서 귀화한 호종단胡宗旦이 사선비四仙碑를 물에 빠뜨려 귀부만 남았다는 이곡의 기록과 일치한다. 송광연은 한송정에 들렸다가 안목으로 향했다.

한산사는 윤선거尹宣擧, 1610~1669의 「파동기행」 중에도 등장하고, 정필달鄭必達, 1611~1693의 한송정 시에도 등장한다. 정식鄭栻, 1664~1719의 『명암집』에도 「한산사寒山寺」가 실려 있다. 한산사는 한송사寒松寺로 바뀐다. 채팽윤蔡彭胤, 1669~1731의 「한송정부터 백사정까지」에서 변모를 볼 수 있다. 그는 한송정에 노닐다가 소나무 사이를 지나 단청이 울긋불긋한 한송사 길상전吉祥殿에 올랐다. 창문을 열고 앉으니 몇 리에 걸친 짙은 소나무가 조촐하니 산 속 집

의 정취가 있었다. 조하망曺夏望, 1682~1747은 「한송사」를 노래한다. 김이만金履萬, 1683~1758은 「동유록東遊錄」에서 한송사에 갔는데 절의 동남쪽에 네 화랑이 노닐던 한송정 옛터가 있노라고 전해준다. 유주목柳疇睦, 1813~1872도 「한송사」를 읊조렸다.

한송사지는 현재 제18전투비행단 부지 내에 편입되어 있어 출입이 자유롭지 못하다. 절터는 바다와 멀리 떨어져있지 않으며 주변은 소나무가 숲을 이루고 있다. 예비조사가 이루어졌는지 기와 파편이 한군데에 모여 있고, 주춧돌로 보이는 돌이 모래 위에 놓여있을 뿐이다.

신선이 노닐던 곳에 솔바람 소리만

김극기金克己, 1379~1463가 강릉의 팔경을 시로 읊으면서 우리나라 팔경문학이 시작되었다. 강릉팔경의 하나가 한송정寒松亭이다. 강릉을 소개하는 인문지리지는 언제나 한송정을 언급하였고, 시인묵객들이 읊은 시를 첨부하였다. 강릉 사람 허균許筠, 1569~1618은 『학산초담』에서 강릉에서 구경할 만한 곳은 경포대가 으뜸이고 한송정이 다음이라고 할 정도로 강릉에서 한송정은 대표적인 명소였다.

한송정의 무엇이 선인들의 마음을 이끌었을까? 안축의 가사 작품인 「관동별곡」에서 한송정의 미학을 발견할 수 있다.

경포대, 한송정, 밝은 달과 맑은 바람
해당화 핀 길, 연꽃 뜬 못, 봄가을 좋은 철에
아, 노닐며 완상하는 광경 어떠한가!

鏡浦臺寒松亭明月淸風　경포대한송정명월청풍
海棠路菡萏池春秋佳節　해당로함담지춘추가절
爲遊賞景何如爲尼伊古　위유상경하여위니이고

'경포대, 한송정, 밝은 달과 맑은 바람'에서 한송정에 해당하는 것은 맑은 바람이다. '해당화 핀 길, 연꽃 뜬 못, 봄가을 좋은 철에'서 해당화 핀 길이 한송정의 아름다움이다. 안축의 심미안에 포착된 한송정의 아름다움은 맑은 바람과 해당화다.

김극기의 시는 한송정의 아름다움을 모두 담고 있다고 할 수 있을 정도다. "외로운 정자가 바다를 임해 봉래산 같으니, 경계가 깨끗하여 먼지 하나 용납 않네. 길에 가득한 흰모래는 자욱마다 눈인데, 솔바람 소리는 구슬 패물을 흔드는 듯. 여기가 네 신선이 유람하던 곳, 지금에도 남은 자취 참으로 기이하네. 주대酒臺는 기울어 풀 속에 잠겼고, 다조茶竈는 뒹굴어 이끼 끼었네. 양쪽 언덕 해당화는 헛되이 누굴 위해 피고 지는가. 경치를 찾아 그윽한 흥취대로 종일 술잔 기울이네, 앉아서 심기가 고요하여 물物을 모두 잊으니, 갈매기들 사람 곁에 날아 내리네." 흰모래, 솔바람 소리, 해당화, 갈매기가 눈에 들어온다. 흰색과 푸른색, 그리고 빨간색이 조화롭다. 눈을 감자 흰모래 위로 바닷바람이 불어와 소나무에서 청량한 소리를 낸다. 갈매기 소리도 들린다. 시각과 청각이 어우러진 이곳은 '깨끗하여 먼지 하나 용납 않는' 곳이다. 신익성申翊聖, 1588~1644이 「유금강소기遊金剛小記」에서 한송정을 "푸른 소나무와 흰 모래가 있어 참으로 깨끗한 곳[淨土]이다."라 평가한 것은 김극기의 시각과 일치한다.

한송정에서 바라보는 바다는 또 하나의 승경이다. 경포팔경 중 첫 번째가 '녹두일출綠豆日出'이다. 녹두정綠豆亭에서 바라보는 찬란한 해돋이 광경을 포착한 것이다. 녹두정은 한송정의 다른 이름이다. 김시습이 강릉을 두 번째 찾았을 때 석주만石州慢 가락에 맞춰 「한송정」을 노래했는데 주로 바다를 묘사했다.

십 리에 차가운 소리 사르르
높았다 낮았다 귓전에 물어오누나
하느님 거처하는 붉은 구름 너머에서
하늘의 음악을 연주하는 듯

평소 호기를 지금 유람에 부쳤거니
만 이랑 파도가 너무도 광활하구나
모두를 이 가슴에
삼켰다 뱉고 펼쳤다가 오무리네
돌을 둥그렇게 쫀 절구는
옛 화랑 노닐던 자취
오랫동안 전해져 바람에 닳고 이끼 벗겨졌네
흐르는 시간 저와 같아
탄환 마냥 세월은 빠르게 흘러라
앞사람 나와 견주면 지금과 같은 법
가슴 북받쳐 긴 노래 뽑을 때
물가 가득히 갈매기 날아가누나

十里寒聲蕭颯 십리한성소삽
高低吹我耳側 고저취아이측
疑聞帝居紅雲 의문제거홍운
奏彼鈞天廣樂 주피균천광락
生平豪氣如今添 생평호기여금첨
却遨遊滄波萬頃何遼廓 각오유창파만경하료곽
都是一胸襟 도시일흉금
儘敎伊呑吐舒縮 진교이탄토서축
○窪尊斷石團圓 ○와존착석단원
都是舊時蹤跡 도시구시종적
萬古相傳一任風磨苔剝 만고상전일임풍마태박
流年如許 유년여허
跳丸歲月蹉跎 도환세월차타
前人視我今猶昔 전인시아금유석
慷慨發長歌 강개발장가
滿沙汀飛鴨 만사정비압

김이만金履萬, 1683~1758은 한송정 정자가 퇴락됐거나 없어져서 아쉬워하는 사람들에게 가르침을 준다. 예부터 한송정의 아름다움을 기록한 사람은 규모가 큰 것에서 아름다움을 찾지 않고, 주변 형승의 아름다움에 주목했으니, 건물이 이미 퇴락했더라도 아름다움은 진실로 본래 모습으로 있다고.

한송정을 소개하는 글들은 정자 곁에 있는 차샘[茶泉]·돌아궁이[石竈]·돌절구[石臼]를 든다. 함께 네 신선이 놀던 곳이란 설명도 빼놓지 않는다. 우리나라의 차 유적지 가운데 가장 오래된 곳 중 하나여서 시 속에 항상 등장한다. 안축은 "차 달이던 샘물만이 남아, 예전 그대로 돌 밑에 있네"라 하였고, 이인로는 "신선들 놀이 아득한 옛날 일, 누르고 푸르게 오직 소나무만 있네. 그래도 샘 밑에 달 남겨, 그때 그 모습 생각케 하네"라 읊조렸다. 허목許穆, 1595 1682은 「한송정기」에서 유적을 자세하게 묘사하였다.

정자에서 내려와 술랑정(述郎井)을 구경하였는데. 우물은 작은 돌을 쌓아 만들었고 반석을 떠다가 그 위를 덮었다. 이끼가 짙고 물이 맑아 샘물이 바위 구멍에서 나오는 것 같다. 샘물은 맛이 좋아 장령봉(長嶺峯)의 우통수(于筒水)와 함께 신정(神井)이라고 일컬어진다. 그 아래 돌을 깎아 만든 판은 길이는 6척. 너비는 길이의 3분의 2이다. 깊이는 □척으로 돌우물을 만들었는데 위는 소반과 같고, 밑에는 구멍이 있어 밖으로 향한다. 그 옆에 조각해 놓은 기이한 돌 모양은 서린 교룡이 머리를 쳐들고 있다. 물이 양쪽으로 나와 절반을 검게 물들인다. 물이 가득 차면 돌이 푸르스름한 것이 더욱 신기하다. 또 옆에 소반 같은 돌을 두고 세 개의 우물을 파 놓았다. 모두 기괴하고 득이한 모양이다. 이것들을 석조(石竈)·석지(石池)라고 부른다.

석지石池에 대한 묘사는 구체적이어서 실감난다. 돌에 새긴 용이 있었다는 증언은 아직 들어보지 못한 귀중한 정보다. 이제현李齊賢은 「묘련사석지조기妙蓮寺石池竈記」에서 석조石竈를 "두 곳이 움푹한데 둥근 것은 불을 때는 곳이고 길쭉한 것은 그릇을 씻는 곳이다. 또 구멍을 조금 크게 하여 움푹한 것 중 둥근 것과 통하게 한 것은 바람을 들어오게 하기 위해서다."라 하여 구멍의 용도를 설명하고 있다. 채팽윤蔡彭胤, 1669~1731도 「한송정부터 백사정까지」에서 차 유적지를 세밀하게 관찰하고 꼼꼼하게 그렸다.

> 정자에서 내려가니 네 신선이 약 달이던 기구가 있다. 돌은 각이 졌으며 두텁다. 길이와 넓이가 몇 척 된다. 가운데를 파서 솥을 만들고 솥을 판 바깥 네 면에 구름 모양을 만들었다. 한쪽 가에 구멍이 있다. 생각건대 솥에 약을 달일 때 네 면에 불을 놓고 물건으로 구멍을 막고 덮개를 안정시키며, 약이 만들어지면 구멍을 열어서 쏟는 것 같다. 옆에 돌절구가 있다. 세 개의 다천(茶泉)에서 물이 들쑥날쑥 나오는데 두 개는 잡초가 우거져 덮여졌고, 하나는 질펀하다. 병 입구처럼 돌로 벽돌처럼 쌓았다. 물은 벽돌과 평평하다. 크게 가물어도 줄지 않고 큰물이 나도 넘치지 않는다고 한다.

석조石竈에 뚫린 구멍이 약을 만든 후 붓는 기능을 담당한다는 해석이 이제현의 시각과 다르다. 어느 해설이 맞을까? 샘물이 세 군데 있었다는 기록은 중요한 정보다.

한송정을 입에 오르내리게 한 것 중 하나는 한송정곡寒松亭曲 때문이다. 여러 문헌들이 다투어 기록했다. 악부에 「한송정곡」이 전해 오는데, 이 곡을 비파 밑에 써서 물에 띄웠더니 중국 강남까지 흘러갔다. 강남 사람은 그 가사를 이해하지 못했다고 한다. 고려 광종 때에 장진산張晉山이 강남에 사신으로 갔을 때 강남 사람들이 그 뜻을 묻자 장진산이 시를 지어 풀이하기를 "한송정 차가운 밤 달이 하얗고, 경포의 가을날 물결이 잔잔, 슬피울며 왔다가 다시 또 가니 저 갈매긴 언제나 믿음 있구나"라 하였다. 옛날 노인들이 전하기를 달빛이 맑은 날 밤에는 항상 학 울음소리가 구름 위에서 들리는데 본 적은 없다고 한다. 송광연宋光淵, 1638~1695은 「임영산 수기臨瀛山水記」에서 한송정의 고적 중 기괴한 것은 한송정곡이라 언급할 정도였다.

한송정이 회자될수록 백성들의 고투을 깊어졌다. 이륙은 「농유 록」에서 "한송정에서 전별주를 마셨다. 이 정자는 네 신선이 노닌 곳이다. 고을 사람들은 유람하는 사람이 많음을 귀찮게 여겨 집을 헐어 버렸고, 소나무도 들불에 타버렸다. 다만 돌풍로·석지石池와 두 개의 돌우물이 그 곁에 남아 있을 뿐이다."라고 기록한다. 『해 동잡록海東雜錄』도 백성들의 고통을 지적하고 있다.

근래 진양 태수로 나간 사람이 백성한테서 거둬들이는 것이 법도가 없어서 산림에서 나는 채소와 과일이라도 이익이 있는 것은 하나도 남 겨두지 않아, 절간의 중들까지도 그 피해를 입었다. 하루는 운문사(雲 門寺) 중이 와서 태수를 배알하였다. 태수가, "너의 절 폭포가 올해 볼 만 하겠구나?" 하니, 중이 폭포가 어떤 물건인지 모르고 또 무엇을 징 수하려는 것인가 하고 두려워서 답하기를, "폭포를 올해는 멧돼지가 다 먹어버렸습니다." 하였다. 어떤 사람이 시를 지어 조소하기를, "한송정 은 어느 날 호랑이가 물고 갈 것인가[寒松何日虎將去] / 폭포는 올해 멧돼지가 다 먹어버렸네[瀑布當年猪盡喫]"하였으니, 이것은 강릉의 한송정이 있었는데 경치가 좋기로 관동에서 제일이었다. 사신들과 손님의 내왕이 많아 수레가 몰려들었으며 그들의 접대비가 무척 많이 들어서 고을 사람들이 항상 불평하기를, "한송정은 호랑이가 어느 때 물어갈꼬." 하였다.

전설과 유적으로 널리 알려진 한송정에 김시습의 발길이 닿았다. 바다를 바라보며 「한송정」 시를 짓는다.

바닷바람 간간이 부는데 물결 하늘로 솟고
솔과 구름 어울려 뜻밖의 악기 소리 내네
깨진 섬돌 풀에 묻혀 여우 토끼 지나가고
해당화 꽃 떨어진 속 자고새 잠들었네
신선의 옛 자취 뽕밭처럼 변했고
속세에 떠도는 인생 세월만 흘러가네
홀로 높은 정자에 올라 머리 돌려 바라보니
봉래섬은 오색구름 언저리에 아른거리네

海風吹斷浪滔天　해풍취단랑도천
松作雲和意外絃　송작운화의외현
敗砌草埋狐兔過　패체초매호토과
野棠花落鷓鴣眠　야당화락자고면
神仙舊迹桑田變　신선구적상전변
塵世浮生甲子遷　진세부생갑자천
獨上高亭回首望　독상고정회수망
蓬萊島在五雲邊　봉래도재오운변

　바닷바람이 천 년 된 소나무 숲으로 불어오자 소나무는 현악기
를 연주하듯 맑은 소리를 낸다. 소나무가 만든 시원한 그림자 아래
서 주변을 살폈다. 네 화랑은 이곳에서 차를 마셨다는데 그들의 흔
적은 찾을 수 없고 돌아궁이[石竈]와 돌절구[石臼]만이 뒹굴 뿐이다.
한송정에 올랐다. 멀리 바다에 신선이 산다는 봉래섬이 아른거린
다. 저곳에서는 속세의 고통을 잊을 수 있을까?

청은대

1리쯤 가니 여기정(女妓亭)이 있다. 신녀협(神女峽)으로 고쳤다가 또 정녀협(貞女峽)으로 이름 붙였다. 소나무 있는 벼랑은 높고 시원해 물과 바위를 굽어보니 매우 맑으며 밝다. 그곳에 이름붙이길 수운대(水雲臺)라고 하였다. 그런데 마을 사람들이 전하길 이곳은 매월당(梅月堂)이 머물며 감상한 곳이라고 해서, 후에 청은대(淸隱臺)로 고쳤다.

6

푸른 산에서
은거하다

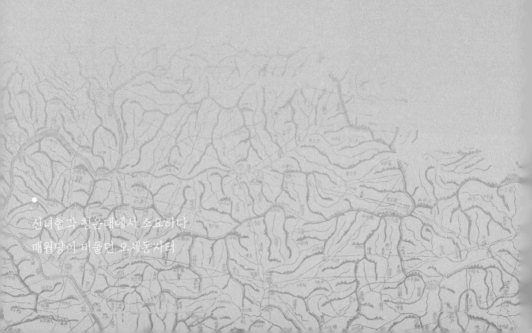

6

푸른 산에서
은거하다

신녀협과 청운대에서 소요하다
매월당이 머물던 오세동자터

신녀협과 청은대에서 소요하다

강원도를 여행하다 보면 김시습과 관련된 유적이 곳곳에 있다. 특히 경치가 뛰어난 곳엔 어김없이 매월당과 관련된 이야기가 전해진다. 곡운구곡이 있는 화천의 사창리에도 김시습의 자취가 여기저기 남아 있다.

17세기에 곡운 김수증金壽增, 1624~1701이 화천 사창리에 은거하면서 주변의 경치 좋은 곳 아홉 곳을 선정해 곡운구곡이라 명명하였고, 전국에 널리 알려지게 된다. 김수증보다 먼저 곡운구곡에서 노닌 이가 김시습이다. 그 중 3곡인 신녀협에 김시습의 자취가 남아 있다. 김수증은 「곡운기谷雲記」에 다음과 같이 적는다.

> 1리쯤 가니 여기정(女妓亭)이 있다. 신녀협(神女峽)으로 고쳤다가 또 정녀협(貞女峽)으로 이름 붙였다. 소나무 있는 벼랑은 높고 시원해 물과 바위를 굽어보니 매우 맑으며 밝다. 그곳에 이름붙이길 수운대(水雲臺)라고 하였다. 그런데 마을 사람들이 전하길 이곳은 매월당(梅月堂)이 머물며 감상한 곳이라고 해서, 후에 청은대(淸隱臺)로 고쳤다.

김수증은 계곡을 조망할 수 있는 높은 벼랑을 수운대水雲臺라 명명했다가 이곳에서 매월당이 머물며 감상하였다는 말을 듣고 바로 청은대淸隱臺라 이름을 바꾼다. 청은대라고 한 이유는 무엇일까? 김시습의 여러 호 중 '벽산청은碧山淸隱'을 따서 지었을 수도 있지만, 그의 시에서 취했을 수도 있다. 김시습은 「스스로에게 주다」라는 시를 통해 자신의 의지를 밝힌다.

푸른 산에 맑게 은거하니 그대와 걸맞아
바라는 것은 높은 산 흰 구름 속에 눕는 것
벼슬길에서 만일 청은자(淸隱子) 만나거든
초당 담쟁이덩굴 달을 밀치듯 이문(移文) 짓길

碧山淸隱好稱君　벽산청은호칭군
願住高峯臥白雲　원주고봉와백운
宦路若逢淸隱子　환로약봉청은자
草堂蘿月更移文　초당라월갱이문

　은거하면서 결코 벼슬길에 나서지 않겠다는 굳은 다짐을 보여주
는 시다. '푸른 산에서 맑게 은거하겠다'는 구절에서 '청은淸隱'을
취한 것으로 보인다. 그러므로 위 시에 등장하는 청은자淸隱子는 곧
매월당 본인이다. 은거하겠다는 다짐을 뒤집고 벼슬길에 나간다면
나를 비난하라는 것이 네 번째 구의 뜻이다.
　육조시대 송나라 사람인 주옹周顒은 종산鍾山에서 은거하다가 조
정에서 부르자 벼슬길에 나갔다. 임기를 마치고 지나는 길에 종산
에 들리려 하자, 공치규孔稚圭는 주옹이 뜻을 바꾸어 은자의 생활
을 버리고 벼슬길에 나선 것을 미워하여 「북산이문北山移文」을 지
어 종산에 오지 못하게 하였다. 시에 나오는 초당草堂은 주옹이 은
거하던 집을 의미한다. 「북산이문」에 '추계견풍秋桂遣風 춘라파월春
蘿擺月'이란 구절이 있다. '가을 계수나무는 바람을 돌려보내고, 봄
의 담쟁이덩굴은 달을 밀쳐버렸네'라는 뜻이다. 북산의 계수나무
와 담쟁이덩굴은 한때 주옹의 노리갯감이었던 것을 부끄럽게 생각
하여, 자신의 아름다움을 드러내지 않으려 했다. 매월당 자신이 벼

슬길에 나간다면 계수나무와 담쟁이덩굴이 글을 지어 나를 비판하라는 것이다. 벼슬길에 나가지 않겠노라고 스스로에게 약속한 시가 바로 위의 시인 셈이고, 그 시의 의미를 취하여 청은대라 지은 것이 아닐까?

청은대 뒤로 푸른 화악산 자락이 보인다. 흰 구름은 화악산 때문에 더 하얗고, 화악산은 흰 구름 때문에 더 푸르다. 김시습이 소망하는 높은 산에 살고 흰 구름 속에 눕고 싶다는 곳이다. 시선을 밑으로 향하니 흰색의 바위가 빛나고 그 사이로 옥빛 물이 흐른다. 신녀협의 뛰어남은 바로 바위와 물 때문이다. 곡운구곡 어디나 다 절경이지만 그 중 신녀협이 으뜸인 이유를 흰 바위와 옥색 물이 보여준다.

신녀협

성종 14년인 1483년에 49세인 김시습은 관동으로 유람을 떠난다. 춘천 청평사로 가는 중인데 화천 사창리의 산수가 그를 붙잡는다. 김시습은 청은대에서 바위와 물과 산과 구름을 바라보면서, 자신의 울분과 고독을 씻었다. 청은대는 치유의 공간이었던 셈이다.

김수증은 「청은대淸隱臺」란 시를 지으면 매월당에 대한 예의를 갖춘다.

  황량한 청은대에 소나무 그늘지고
  신선 사는 곳엔 구름과 안개 자욱한데
  매월당의 마음 우러러 사모하며
  바람 맞으며 산초술 그리워하네

  松檜蔭荒臺 송회음황대
  雲煙迷洞府 운연미동부
  仰止百年心 앙지백년심
  臨風懷椒醑 임풍회초서

이병연李秉淵, 1671~1751은 조선을 대표하는 시인이다. 그는 5살 아래인 겸재 정선과 예술적 동반자 관계로 유명하다. 함께 금강산을 여행하고, 서울 주변의 경관을 그림과 시로 남기기도 하였다. 이병연은 청은대를 매월대梅月臺라 부르고 시를 짓는다. 매월당이 노닐던 곳이니 틀린 명칭은 아니다. 『사천시초槎川詩抄』에 실려 있다.

오랜만에 그윽하고 외론 곳 찾으니
노닐던 곳에 풀만 무성해져서
쓸쓸히 유수곡(流水曲)을 연주하던
열경대(悅卿臺)는 황량해 졌네
노을 지는데 두견새 울고
산 깊어 소나무 소리 내는데
처량히 채미곡(採薇曲) 부르다가
노래 끝나자 다시 서성이네

幽獨訪千載   유독방천재
古人多草萊   고인다초래
蕭條流水曲   소조류수곡
蕪沒悅卿臺   무몰열경대
日落杜鵑哭   일락두견곡
山深松栢衰   산심송백애
凄凉採薇曲   처량채미곡
歌罷更徘徊   가파갱배회

유수곡流水曲은 춘추 시대 백아伯牙가 연주하고 그의 벗 종자기
鍾子期가 들었다는 거문고 곡조다. 백아가 거문고를 잘 탔으며,
종자기는 이것을 잘 알아들었다. 백아가 마음속에 '높은 산 [高山]'
을 두고 거문고를 타면 종자기는 이를 알아듣고 "아, 훌륭하다.
험준하기가 태산과 같다. [善哉 峨峨兮若泰山]" 하였으며, 백아가 마
음속에 '흐르는 물 [流水]'을 두고 거문고를 타면 종자기는 이를 알
아듣고 "아, 훌륭하다. 광대히 흐름이 강하와 같다. [善哉 洋洋兮若江
河]" 하였다. 이를 지음知音이라 하여 친구 간에 서로 상대의 포부

나 경륜을 알아줌을 비유하게 되었다.

　백아는 즐거운 마음으로 유수곡을 탔지만 김시습은 자기를 알아주는 사람이 없었으므로 쓸쓸히 유수곡을 연주할 수밖에 없다. 열경대悅卿臺는 청은대, 아니 매월대의 또 다른 이름이다. 열경은 김시습의 자字다.

　조선 영조대의 오원吳瑗, 1700~1740은 신녀협에서 김시습을 생각하며 시름에 잠겼다. 『월곡집』에 「곡운행기」가 실려 있다.

> 1리쯤 내려가 3곡인 신녀협을 만났다. 기슭은 점점 높아지고 계곡은 점점 넓어진다. 평평한 바위는 손바닥 같은데 점점 기울어지고 깎여지면서 밑으로 내려가니 흐르는 물은 더욱 내달린다. 서쪽은 매월당의 터인데 청은대라 부른다. 차가운 물에 씻고 오래된 나무를 어루만지며 이리저리 걸으니 슬픔이 일어나 떠날 수 없다. 언덕에 올라 바라보니 시원하게 열렸다. 소나무 그늘 짙은데 서늘한 회오리바람이 나무를 흔드니, 마음은 슬프고 텅 빈 듯 쓸쓸하다. 서쪽을 돌아보니 해가 막 지려고 한다.

　오원은 21세에 아버지와 함께 곡운에 와서 김창흡金昌翕, 1653~1722을 만났다. 1723년 사마시에 합격하고, 1728년 정시문과에 장원하여 문명을 떨치게 된다. 영조가 탕평책을 펼쳤을 때 사간원 정언으로 의리를 앞세워 반대하다가 삭직되기도 했다. 이후 유배를 가게된 민형수를 구원하려다가 다시 삭직되었다. 그는 권력에 굴하지 않고 직언하여 당시 사림들의 신망을 받았다. 대쪽 같은 그는 매월당의 자취가 남이 있는 신녀협에 서서 슬픔에 빠졌다. 불의에 굴하지 않았던 매월당을 생각하니 가슴이 아팠다.

　김수증의 조카인 창집昌集은 다음과 같은 시를 남긴다.

삼곡이라 신녀 자취 밤배에 묘연한데
텅 빈 누대 소나무와 달만이 천 년을 지켜왔네
청한자(淸寒子)의 아취 초연히 깨쳤나니
흰 돌에 솟구치는 여울 너무도 아름답네

三曲仙蹤杳夜船 삼곡선종묘야선
空臺松月自千年 공대송월자천년
超然會得淸寒趣 초연회득청한취
素石飛湍絶可憐 소석비단절가련

매월당이 머물던 오세동자터

김시습의 자취는 신녀협과 청은대에만 있는 것이 아니다. 오세
동자터가 사창리에 있다는 이야기는 널리 알려졌던 것 같다. 김수
증은 「곡운기」에서 다음과 같이 기록하고 있다.

> 여기서 1리 쯤 가면 관아의 창고가 있어 마을사람들에게 쌀을 꾸어주고
> 받는다. 서쪽에 폐허가 된 터가 있는데 오세동자(五歲童子)의 터라고 전해
> 진다. 김시습은 어렸을 때의 총명함 때문에 온 세상이 오세(五歲)로 불렸고,
> 강원도 지역에 발자취가 두루 있다. 신녀협에 옛 발자취가 있으니, 이곳이
> 오세동자의 남겨진 터라는 것은 의심할 것이 없다.

오세동자는 김시습을 가리킨다. 김시습이 어렸을 때의 일화는
다양한 모습으로 전해진다. 그 중 윤춘년의 기록에 따르면, 다섯
살에 세종께서 승정원에 불러 시로 그를 시험한 뒤 크게 칭찬하시
고 비단 50필을 내려주며 제 스스로 가져가게 했다. 선생이 각기

그 끝을 이어 끌고 나감에 사람들은 더욱 기특하게 여겼다. 이에 이름이 온 나라에 진동하여 사람들이 지목하여 '오세五歲'라 일컬었지 감히 이름을 부르지 못하였다고 한다. 이후로부터 김시습은 오세동자로 일컬어진 것이다.

김수증의 조카인 김창협金昌協, 1651~1708도 「유지당기有知堂記에서 오세동자터를 언급한다.

백부 곡운 김수증 선생이 화악산 기슭 백운계 가에 부지암(不知菴)을 지어 거처하신 지 몇 년이 되었다. 근래에는 또 부지암에서 북쪽으로 수십 보 되는 곳에 땅을 얻어 '무명와(無名窩)'라는 작은 집을 지어 부지암과 마주하게 하였다. 집은 모두 세 칸인데, 동쪽 한 칸에 특별히 단청을 하여 한나라 승상 제갈량과 매월당의 초상을 모셔 놓고 '유지당'이라고 이름 하였다. 곡운은 본디 매월공이 거처했던 곳으로, 산중 사람들은 아직도 오세동자의 옛터라고 말하고 있으며, 그 곁에는 와룡담(臥龍潭)이 있다.

김창흡은 「오세동자터[五歲童子遺基]」란 시를 남겼다.

동쪽 영험스런 땅에
바둑돌처럼 아름다운 곳 펼쳐져 있으나
나의 발걸음 반도 못 미쳐
발걸음 내디디면 배고픔도 잊게 하네
청평산에서 아침에 머리감고
화음동에서 저녁에 옷을 떨치는데
산이 높으니 계곡물 어찌나 깊은지
해 지자 구름은 빨리 흘러가네
맑은 물은 소양강으로 흘러가며
신령스런 터를 구불구불 돌아가니

물소리 나의 발걸음 움직여
고개 들어 맑은 빛 따라가네
아득하여 옛 일 물어보려 하나
길은 거칠고 농부들은 보이질 않고
서리 내린 언덕엔 낙엽 뿐
어느 곳에서 고사리 캐는 곳 물어볼까

維東靈淑圃　유동령숙유
佳者列如碁　가자렬여기
我行未其半　아행미기반
投足俾忘饑　투족비망기
慶雲朝濯髮　경운조탁발
華陰暮振衣　화음모진의
山高澗何濬　산고간하준
日落雲彌馳　일락운미치
清源下昭陽　청원하소양
宛轉此靈基　완전차령기
餘響感余策　여향감여책
延首溯清暉　연수소청휘
莽莽欲詢古　망망욕순고
道荒漁樵稀　도황어초희
霜崖惟落葉　상애유낙엽
何處問柔薇　하처문유미

　김창흡도 김시습의 터를 확실하게 확인차지 못한 깃 같다. 김
시습이 머물던 집터는 사창리에 있었던 것으로 보이지만 흔적을
찾을 수 없다. 삼일리三逸里도 김시습과 관련된 전설을 들려준다.

삼일리는 김시습등 삼현三賢이 은거하다가 편히 가신 곳이라 하여 삼일리라고 부르게 되었다고 한다. 삼일리에 있는 목욕골은 김시습 및 곡운, 삼연 세 선생이 목욕을 하였다고 해서 이름을 얻게 되었다.

곡운구곡 중 8곡인 융의연에서 기억해야 할 사람이 있다. 바로 김시습과 제갈공명이다. 두 분 다 의리와 절개로 상징되는데, 김수증은 거처하는 곳마다 두 분의 그림을 걸어놓고 숭모하였다. 애초에는 융의연 주변에 '융의당'을 세우려고 했던 것 같다. 그러나 무슨 일이 있었는지 건물을 짓지 못하였고, 화음동으로 거처를 옮긴 이후에야 '유지당'이란 건물을 짓고 두 분을 모시게 되었다. 미완의 융의당은 송시열의 글 속에서 완성되었다. 아마도 김수증의 계획을 접한 송시열이 미리 글을 지어주었던 것 같다. 그 일부분을 보자.

> 김연지(金延之)가 이미 곡운동(谷雲洞)에서 살기를 정했다. 남쪽에는 와룡담(臥龍潭)이 있고, 서쪽에는 매월당의 옛 터가 있다. 그리고 따로 융의연(隆義淵) 있다. 그래서 융의연 가에 다시 집을 짓고 가운데 제갈공명의 화상을 놓고 곁에 매월당의 초상을 걸으니 가운데 같은 위치에 있어서 우러러 사모하는 뜻을 보였다. (중략) 지금 와룡담(臥龍潭)과 매월당의 옛 터는 바로 여기 산에 있고, 융의(隆意)의 이름이 이것과 은연중에 맞는다.

김시습의 발자취는 곡운정사가 있던 곳에도 남아있었다. 후에 정사터에 영정을 모셔 둔 사당인 곡운영당이 세워졌다. 오원吳瑗은 「행곡운기」 속에서 곡운 선생의 영당에 가서 배알하였다고 적고 있다. 어유봉은 「동유기東遊記」에서 숲 있는 기슭에 얌전하게 붉은 칠한 곳을 돌아보니 곡운선생의 영당이었다고 기록하였다. 남용익은

「유동음화악기遊洞陰華嶽記」에서 곡운 선생의 사당을 찾아 초상에 배알했다고 적어놓았다. 영당에 곡운선생의 초상이 걸려있음을 보여준다. 조인영趙寅永, 1782~1850은 이곳에 들러 제갈공명과 김시습, 김수증, 김창흡에 대한 시를 남겼으니, 네 사람의 영정이 있었음을 보여준다.

이전의 기록들은 곡운영당이나 사당이라 적었는데, 정약용은 곡운서원谷雲書院이라 적었다. 그가 서원에 도착해보니 왼편 재실에 두 분의 화상을 봉안하였는데 곡운과 삼연 두 분의 진영眞影이었다. 오른편 재실에 두 분의 화상을 봉안하였는데 곧 제갈무후와 매월당의 진영이다. 매월당은 머리는 깎고 수염만 있으며 쓴 것은 조그마한 삿갓으로서 겨우 이마를 가릴 정도였고 갓끈은 염주 같았다.

의병장인 유인석柳麟錫, 1842~1915은 1905년 곡운영당에서 제사를 지내고 강연을 하였다. 강회에 온 사람이 백 사오십 명이었다. 다섯 현인을 단에 모시고 향례를 지냈다. 그 다섯 현인은 제갈무후諸葛武候, 김매월당金梅月堂, 김곡운金谷雲, 삼연三淵, 성명탄成明灘이다.

1940년에 제작된 『강원도지江原道誌』엔 곡운영당을 '춘수영당春睡影堂'이라 적고 자세하게 설명한다. "사내면 용담리에 있다. 숙종 갑신년(1704) 건립되었다. 제갈량諸葛亮, 김시습金時習, 김수증金壽增, 김창흡金昌翕, 성규헌成揆憲을 배향하였다. 중간에 철폐되었는데 기해년에 제단을 설립하였다."

사창리에 들러 마을 사람들에게 예전 관아의 창고 터와 김시습이 거처하던 집터를 물어보아도 아는 사람이 없다. 김시습이 노닐

었다는 곳은 어딜 가나 전해오는 말만
무성할 뿐 자취를 확인할 수 없는 경
우가 많다. 사창리 오세동자터도 마찬
가지다.

신녀협과 사창리 일대에서 거닐었
던 김시습. 이곳의 뛰어난 풍광은 그
의 고뇌와 갈등을 치유해주었을 것이
다. 그의 은거 이후 후대인들은 계속
그를 그리워하며 찾아오거나 시를 남
겨 사창리 지역의 문화를 풍부하게 만
들었다.

고삽교에서 바라본 사창리

공지천

김시습이 시를 읊으며 지나간 돌다리는 어딜까? 신연나루를 건넌 후 삼천동 돌고개를 넘으면 공지천
이다. 그 당시 돌다리가 있었을 곳은 공지천 밖에 없었을 것이다. 김시습이 공지천에서 시를 지을 때
휘몰아치던 눈바람은 이제 안개로 변했다.

7

세상의 그물
떨쳐버리다

7

세상의 그물
떨쳐버리다

가슴을 열고 북풍을 맞이하노라
고산의 역사는 흐른다
나의 존재를 깨닫게 해주는 곳
이 내 몸 가볍게 돌아가네
어둑한 소양강에서 친구를 그리워하다
신연강을 건너며
우두벌에 피어오르는 저녁연기의 아름다움
우두사에서 고단한 몸을 눕히다
시를 읊으며 돌다리를 지나가다
사냥에 대하여
속세의 그물을 뚫고 산에 들다

가슴을 열고 북풍을 맞이하노라

한낮은 여름 같은 5월이다. 저녁 무렵 봉의산 뒤 강변도로에서 맞는 바람은 시원하다. 호수가 된 소양강은 물고기 비늘처럼 일렁인다. 노을 때문에 불거지처럼 붉다. 건너편 아파트 윗부분은 성가퀴를 연상시킨다. 창문이 노을을 반사하자 아름다운 성으로 바뀐다. 청평산 쪽은 감청색인데 화악산 쪽 하늘은 불그레하다. 차량들은 하나 둘 헤드라이트를 켜고 앞길을 밝히기 시작한다.

강변도로 옆으로 붉은색 조립식 드럼이 늘어서 있다. 소양로부터 시작된 자전거도로 공사가 후평동으로 진행 중이다. 고동색 데크가 인도 옆으로 깔리고 있며, 몇 밀 후면 자전거들이 강바람을 가르며 달릴 것이다. 해질녘 붉게 물든 풍경 속으로 질주하다보면 하루의 고단함도 잊고 자신도 모르게 콧노래가 나올 것이고, 시심詩心이 물결처럼 일렁거릴지도 모른다.

춘천 부사 엄황이 편찬한 『춘주지』는 소양정에 대해 이렇게 설명한다. "민간에 전하기를 삼한시대에 창건하였다고 하는데 천 년의 옛 모습이 완연하다." 삼한시대를 어떻게 해석하느냐에 따라 기원이 달라지지만 후삼국시대를 지칭하는 것으로 보인다. 오래 전부터 소양정이 있었던 것이다. 조선 초에 매월당 김시습은 소양정을 찾는다. 김시습이 오른 소양정은 지금의 소양정이 아니다.

1777년에 큰 홍수로 소양정이 유실되었다. 1605년 홍수에 소양정이 부서지자 1610년에 부사인 유희담이 다시 지은 후, 또 재앙을 만난 것이다. 그러자 1780년에 부사 이동형이 옛터에서 서쪽으로 100보쯤 되는 곳에 다시 소양정을 세웠다. 소양1교에서 후평동쪽

으로 가다가 왼쪽에 있는 '달팽이집' 근처가 옮겨지은 소양정 자리
다. 매월당이 오른 소양정은 지금 한창 공사하는 곳이다. 자전거도
로 옆에 소양정터라는 표지가 있으면 어떨까? 이곳에 조그마한 쉼
터를 만들면 더 좋을 것 같다. 다리가 뻐근한 라이더들이 잠시 쉬
면서 노을 속에서 시인묵객들을 떠올리면 자신도 모르게 시인이
될 것 같다.

　김시습이 소양정에 오를 때는 해질 무렵이었다. 지금처럼 노을
이 주변을 색칠하고, 소양강은 소리를 내며 반짝였을 것이다. 한을
품고 다니는 나그네는 시를 짓지 않을 수 없다. "새 저편 하늘 다할

옛 소양정터에서 바라본 노을

듯한데 / 시름 곁 한恨은 끝나질 않네 ……언제나 세상의 그물 떨쳐
버리고 / 흥이 나서 이곳에 다시 노닐까" 허균은 "속세의 기운을 떨
쳐버려 화평和平하고 담아澹雅하니, 섬세하게 다듬는 자들은 응당
앞자리를 양보해야 할 것이다."라고 평한다. 김창흡은 "이 시를 보
면, 흥을 붙인 것이 심원하고 경치를 묘사한 것이 진실되어 천연으
로 이루어졌다. 그러므로 소양정 시 중에 마땅히 이것을 윗자리에
두어야 한다."라고 헌사를 바친다.

　위 시로 부족한 매월당은 두 수를 더 짓는다. 그 중 한 수다.

구불구불 정자 아래 흐르는 물
아스라이 서울로 향해 가네.
밤낮 돌아가고픈 마음 절실하고
천지에 가는 길 통해 있지만
승냥이 이리 떼 대낮에 길을 막고
닭과 개 소리 맑은 하늘에 소란한데
땅거미 질 무렵 난간 기대 바라보며
가슴을 열고 북풍을 맞이하노라.

透迤亭下水　위이정하수
遙向鳳城東　요향봉성동
日夜歸心切　일야귀심절
乾坤去路通　건곤거로통
豺狼當白晝　시랑당백주
鷄犬鬧晴空　계견료청공
薄暮倚欄望　박모의란망
開襟當北風　개금당북풍

서울로 흘러가는 강물을 보니 문득 서울이 그리워진다. 언제부터 방랑길에 올랐는지 셈하기 어렵다. 길 위의 시간들은 어느새 머리를 희끗희끗하게 색칠하고, 길 위의 바람은 주름을 굵고 깊게 만들었다. 편안한 구들장이 그리워지기도 한다. 그러나 현실은 어떤가. 의롭지 못한 간신들이 여전히 권세를 누리고 있다. 그들의 입에서 나온 말들은 하늘을 소란하게 만드는 닭과 개소리다. 도저히 돌아갈 수 없다. 이런 상황이면 회한에 젖어 술잔을 들고 푸념하기에 제격이다. 그러나 김시습은 굳센 의지로 버텨나가겠노라고 눈에 힘을 주고 똑바로 응시한다. 가슴을 열고 소양강 바람 속에 당당히 섰다.

　공사 중인 자전거도로를 따라 걷다가 소양1교 부근에서 건널목을 건넌다. 선정비를 지나니 계단이 시작된다. 계단 폭은 넓어 보폭을 맞추기 힘들다. 양 옆은 철조망이다. 예전에 나무를 보호하기 위해 설치했으나, 이제는 철거해도 될 것 같다. 소양정 오르는 길은 좀 더 시적이어야 한다. 계단과 철조망 때문에 일어나던 시심은 어디론가 사라져버린다. 전계심비를 지나자 소양정 지붕이 보인다.

　소양정은 전쟁을 피할 수 없었다. 1950년에 불타고 만다. 이후 1966년에 옛터에서 봉의산으로 더 올라간 현 위치에 소양정을 다시 세웠다. 소양정은 파란만장한 시간을 통과해 우리 앞에 선 것이다.

　소양정에 오른다. 의암호가 나무 사이로 하얗게 빛난다. 높은 곳으로 올라왔지만 경관을 더 보기 어렵다. 눈을 시원하게 해 주는 소양정의 여덟 경치를 제대로 볼 수 없다. 언제 제대로 볼 수 있을까. 소양강 바람이 난간까지 올라온다. 가슴을 열고 바람을 맞이한다.

고산의 역사는 흐른다

춘천 서면 신매리 앞에 있는 고산孤山은 금성金城에서 떠내려 왔다고 하여 부래산浮來山이라고 하고, 고산대孤山臺라고도 한다. 금성의 관리가 여러 해 세금을 받아가는 바람에, 근처에 사는 사람들이 매우 고통스러워했다. 그러자 7살 먹은 어떤 아이가 "세금 걷는 관리의 힘으로 산을 옮겨서 가져가라"고 하니, 말문이 막혀 돌아갔다고 한다. 여기서 더 발전된 이야기도 전해진다. 아이가 "부래산은 본래 금성의 산이지만 이 산이 깔고 앉은 땅은 춘천 땅이니, 깔고 앉은 땅값을 내라."고 하자 관리는 당황하여 다시는 오지 않았다 하다

가혹한 세금에 시달리던 백성들의 고통과 강 가운데 우뚝 선 바위산이 결합되어 만들어진 이야기다. 그래서 이 전설의 일차적인 의미는 부패한 관리에 대한 비판이다. 이면으로 어린아이가 어른들이 풀지 못한 문제를 지혜롭게 해결했다는 것을 말함으로써, 바보로 알고 있었던 사람이 나보다 낫다는 의미를 들려주기도 한다.

또 다른 전설이 있다. 우양리에 우씨와 양씨가 살고 있었다. 어느 날 우씨 노인이 큰 잉어 한 마리를 잡아가지고 돌아왔다. 양씨들은 잉어가 자기들 것이라 우기면서 두 집안 간에 싸움이 일어났다. 그때 기둥에 매달려 있던 잉어는 눈물을 뚝뚝 떨구면서 두 집안을 불렀으나 알아듣질 못한다. 한 노인이 잉어의 말을 듣고 살려준 것을 얘기했으나 싸움은 끝나지 않았다. 그날 저녁 노인의 꿈속에 백발노인이 나타나서 잉어 탓으로 용왕이 노해서 내일 우양리가 물나라로 변할 것이니 가족을 데리고 다른 곳으로 옮기라고 한

다. 마을 사람들에게 알렸으나 믿어 주지 않자, 강 건너 마을로 피난을 갔다. 갑자기 소나기가 내리더니 강물이 불어나서 우양리 마을을 덮쳐 버리고 고산과 금산리를 잇던 산이 무너지면서 고산부터 덕두원까지 강이 새로 생겼다.

조선시대에 이항복이 배를 타고 고산을 지나다가 "무슨 산인가?"하고 물었다. "부래산입니다. 춘천 사람들이 매우 어려웠는데, 이 산이 온 후 살아가는 방도가 꽤 나아졌습니다." 하고 대답한다. 예전에는 고산 때문에 춘천 사람들이 가난하게 되었는데, 이제는 고산 때문에 살기가 좋아졌다고 한다. 시간이 흐르면서 고산은 원망의 대상에서 감사의 대상으로 변하였다.

이항복 이전에 춘천에 발길이 머문 김시습은 춘천의 명소인 고산에 가지 않을 수 없었다. 고산은 강물에 꽂혀있는 듯 우뚝하다. 노닐다 보니 타고 왔던 배는 멀리 한 점이 되고, 불러도 점은 점점 작아질 뿐이다. 기다리다가 고산에 올라 「환도고산喚渡孤山」이란 시를 짓는다. 일부분을 보면 이렇다.

흰 풀꽃 핀 모래톱 내려다보니
물결에 씻긴 모래 웅덩이 만들고
석양이라 땅거미 멀리 퍼지자
옅은 물안개 강가에 피어오르네
이름 모를 더부룩한 어부는
맑은 강가에서 낚시 걷어들고
노을 보며 홀로 거닐다가
집으로 가는 걸 잊어버렸네

俯視白蘋洲 부시백빈주
浪淘沙成汜 랑도사성사
夕陽暝色遠 석양명색원
浮煙生江涘 부연생강사
何處擊鬆子 하처봉송자
卷釣淸江沚 권조청강지
撫景獨徘徊 무경독배회
忘却歸千里 망각귀천리

수풀을 헤치고 정상에 오르니 소나무가 반긴다. 사방은 네 폭의 그림이다. 때마침 강물 위에 있던 오리는 날아오르며 정중동의 세계를 보여준다. 망언히 피리고고따니 그림 속의 일부분이었던 뱃사공은 피리소리로 배경음악을 만들고, 강물에 비치는 주변의 산들은 붉게 짙어져간다. 그림 속 어부는 노을 속에 망아忘我 상태가 된 듯 서쪽 하늘을 바라만 본다. 김시습도 돌아갈 생각을 잊고, 함께 황홀경에 빠진다.

『수춘지』는 고산을 '봉추대鳳雛臺'라 적었는데, 봉의산과 봉황대에 비해 규모가 작기 때문에 '봉황의 새끼'라는 이름이 붙은 것 같다. 『춘주지』는 고산을 이렇게 기록한다. "고산대는 부의 서북쪽 10리에 큰 들판 가운데 강 언덕 위에 있다. 바위 봉우리가 우뚝하며 텅 빈 위에 십여 명이 앉을 수 있다. 눈 아래로 넓은 들녘이 30리 두루 둘러싸고 있는데, 소양강, 장양강, 문암, 우두산, 봉의산, 봉황대, 백로주가 한 눈에 들어온다." 외롭게 홀로 우뚝 서 있는 고산은 시인들의 좋은 소재가 되었다. 김시습은 고산을 또 다시 노래한다.

안개 낀 고산 물결에 조각배를 띄우니
가파른 층층 절벽 나의 시름 씻어주네
고깃배의 피리소리 바람 타고 필릴리
강물에 해 잠기니 그림자 뉘엿뉘엿
미끼 문 물고기 낚싯줄에 달려 나오는데
물결 따라 청둥오리 제멋대로 노니네
이곳에서 세상 명리(名利) 모두 버리고
물가에 앉아 달빛 아래 낚시 즐기네

孤山煙浪泛扁舟 고산연낭범편주
峭壁層崖蕩客愁 초벽층애탕객수
漁笛帶風聲嫋嫋 어적대풍성뇨뇨
江波涵日影悠悠 강파함일영유유
錦鱗因餌牽絲出 금린인이견사출
彩鴨隨波得意浮 채압수파득의부
從此盡抛名利事 종차진포명리사
一竿明月占波頭 일간명월점파두

안개 낀 강에 홀로 솟은 고산을 향해
노를 저으니, 직각으로 우뚝 선 고산의
바위 벼랑이 안개 속에서 나타난다. 기
묘한 절경은 시름 속에 방랑하던 김시
습의 근심을 깨끗이 사라지게 만든다.
그의 시는 앞에서부터 자신의 감정을
드러내는 경우가 많다. 대부분 근심과
한이고, 그러한 그의 감정은 시가 끝날

고산

때까지 지속되는 경우가 많다. 여기서는 어떤가. 고산을 바라보면서 바로 사라져 버린다. 맑아진 감각이 예민하게 작동한다. 귀로는 고기잡이배에서 부는 피리 소리를 듣고, 눈으론 낙조를 바라본다. 석양은 우울함으로 진행되는 경우가 허다하지만, 김시습에게 아름다운 붉은색이다. 피리소리는 애절함으로 이끌곤 하지만, 그의 시름을 없애주는 소리다. 고산의 풍경이 점점 확대되면서 가까이 다가온다. 원경에서 근경으로 화면이 바뀐다. 낚싯바늘에 걸려 올라오는 물고기와 물에서 자유롭게 노니는 청둥오리가 보인다. 물고기는 현실의 명예와 돈을 따르다가 자신을 망치는 모습으로, 유유히 헤엄치는 청둥오리는 세속적인 욕망을 버리고 자유롭게 사는 모습으로 비춰진다. 어떤 쪽을 택할 것인가? 김시습은 밤늦도록 낚시하는 자유로운 삶을 택한다. 아니 택하겠다는 강렬한 의지를 상징적으로 보여준다. 김시습은 고산과 자신을 동일시했을지도 모른다. 홀로 서 있는 산은, 모두 세속적인 욕망을 추구하며 달려가는 사람들 속에서 홀로 의리를 지키는 자신의 모습이다. 인간이라면 자신의 삶에 대해 가끔 회의를 한다. 그도 가끔씩 흔들렸을 수도 있다. 작은 흔들림 속에서 고산을 보고 다시 앞으로의 행보를 굳게 했을 수도 있지 않았을까?

인형극장 밑에서 길을 잘 찾아야 한다. 담벼락을 따라 가면 강이 보인다. 길을 따라 계속 가면 오미교다. 또 따라간다. 천천히 가면서 오른쪽을 보면 어느 순간 바위산이 호수 위에 우뚝 섰다. 그 뒤로 삼악산이 흐릿하게 보이고, 오른쪽으론 서면의 성재봉과 장군봉이 균형을 맞춰준다.

나의 존재를 깨닫게 해주는 곳

매월당의 춘천10경 가운데 '추림에서 토끼사냥[伐兎楸林]'과 '시를 읊으며 돌다리를 지나다[吟過石橋]'가 오랫동안 춘천사람들을 괴롭혀 왔다. '송원松院에서 말에게 꼴 먹이기[秣馬松院]'도 마찬가지다. 시 제목은 정확한 장소를 알려주지 않는다. 내용도 마찬가지다.

내 촌마을 가다가
돌아갈 때 말에 꼴 먹이려
어디가 좋은가 하니
송원(松院) 뜰이라네

我行村墟中 아행촌허중
言旋秣我馬 언선말아마
秣之何處好 말지하처호
秣之松院野 말지송원야

시골을 지나가다가 말에게 꼴 먹이기 좋은 곳을 묻는다. 시골 사람은 '송원松院 뜰'이라고 알려준다. 이것이 전부다. 몇 번이나 읽어봐도 돌아오는 것은 '송원松院 뜰' 뿐이다. 더 이상 없다. 송원松院과 관련된 정보를 수집하기 시작한다. 송松자가 들어간 지명은 현재 강남동에 편입된 송암동松岩洞이 먼저 눈에 띤다. '소리개'란 자연부락을 송현松峴이라 표기한 자료도 보인다. 사북면에도 소나무와 바위가 많은 송암리松岩里가 있다. 서면 월송리月松里는 월촌리와 반송盤松의 이름을 따서 만들었다. 원院자가 들어간 지명은 약사원

송암리

과 덕두원이 보인다. 지명을 두루 찾아보았으나 송원이 어딘지 또렷하게 떠오르지 않는다.

시는 계속 이어지는데 공간 배경은 사라지고 말에 대한 묘사만 남는다.

> 안장을 풀고 굴레를 벗겨 / 푸른 숲에 풀어놓으니 / 하늘 보며 히잉 우는 것이 / 채찍 든 마부 싫어하는 듯 / 푸른 갈기 구름처럼 흩날리고 / 붉은 땀 방울 지며 / 머리 흔들며 풀을 뜯으니 / 기뻐하는 모습 마구간에서 벗어난 듯

한번 달리기 시작하면 천리를 달릴 수 있는 천리마가 안장과 굴레에 얽매여 자신의 능력을 발휘하지 못한다. 소금을 잔뜩 실은 수

레를 끌고 산에 오르는 신세다. 그러나 천한 일을 하다가도 자신을
얽어맸던 장애물이 없어지자 본색을 드러낸다. 송원의 들판에 풀
어놓자 갈기를 휘날리고 붉은 땀방울을 흘리며 자유롭게 풀을 뜯
는다. 본모습을 찾은 것이다.

나는 듯한 말에게 건네길
너는 불평하지 말라
나라가 오래 태평하여
밤에도 변방에 봉화 적기에
천산(天山) 전쟁터에서 달리지 못해
돌아가 닭과 돼지와 살아야 하네

寄語飛黃駒 기어비황구
汝勿相憚也 여물상탄야
國家大平久 국가대평구
落日邊烽寡 락일변봉과
不馳天山場 불치천산장
惟返鷄豚社 유반계돈사

천리마는 세상에 늘 있지만 말을 알아보는 사람은 항상 있는 것
이 아니다. 그러므로 알아주는 사람이 없으면 노예의 손에서 욕되
게 살다가 재능을 한 번도 펴보지 못한 채 보통 말들과 같이 마굿
간에서 죽어간다. 천리마가 있어야 할 곳은 짚 깔린 푹신한 마굿간
이 아니라 전쟁터다. 동에 번쩍 서에 번쩍 해야 한다. 그러나 어쩌
랴. 때를 만나지 못해 닭과 돼지 속에 섞여 살아야 한다. 평온한 시
기는 천리마에게 불우한 시간이다. 김시습이 방랑하던 그 시기는

권력으로 불만을 잠재운 시기며 탐욕의 배를 타고 세상을 건너가느라 자신의 이익에만 몰두한 시기다. 세상에 참말로 천리마가 없는 것인가? 천리마를 알아볼 사람이 없는 것인가? 시대를 잘못 만난 것인가? 매월당은 말에게 너무 불평 말라 다독인다. 태평한 시절을 만났기 때문이라는 위로는 자신에게 향하는 말이기도 하다. 매월당은 말에게서 자신을 읽는다.

만약 오랑캐가 흙먼지 날리면
오랑캐 치라는 왕명 있을테니
임금 수레 만일 고삐 늘어뜨리면
내 너를 불러 안장에 걸터앉으리

假如虜塵飛 가여로진비
王命征戎覡 왕명정융도
六轡若若垂 류비약약수
咄爾其踦跨 돌이기기과

시는 끝나가는데 매월당은 송원에 대해 관심이 없고 말에게 다시 말을 건넨다. 오랑캐가 침입하면 너를 타고 전쟁터로 나가리라. 그는 말을 잘 감별하는 백락伯樂이다. 시에 등장하는 말은 뛰어난 재능이 있지만 시대를 만나지 못해 머리를 깎고 바람 따라 떠돌아다니는 매월당과 중첩된다. 조숙한 천재 김시습은 도道가 실현될 수 없는 세상을 박차고 나가 방랑길에 나섰다. 만일 푹신한 마굿간에서 하루의 양식에 배불러 하고 하루 쉬는 것에 기뻐한다면 이젠 천리마가 아니다. 길들여진 보통 말이고 닭과 돼지다. 그러나 매월당은 시간이 흐르면서 자신도 모르게 일상에 젖어 자신의 존재를 잊곤 한다. 그러한 그에게 자신의 존재를 일깨워준 곳은 '송원의 뜰'이다. 언젠가는 갈기 휘날리며 붉은 땀 흘릴 날이 오리라.

*백락(伯樂): 주(周) 나라 때 사람으로 말을 잘 감정한 것으로 유명했다.

이 내 몸 가볍게 돌아가네

춘천댐 위 고탄을 지나 인람리로 향한다. 야트막한 고개 오른쪽에 '仁嵐里(인람리)'라 새긴 커다란 돌이 인상적이다. 속으로 한 번 더 '인람리'라고 뇌었다. '인람'이 머리를 거쳐 몸으로 퍼지는 느낌이다. 인仁은 '어질다'는 뜻이다. 람嵐은 '저 멀리 산에 보이는 푸르스름하고 흐릿한 기운'이다. 그대로 해석하자면 '어짊이 푸르스름하고 흐릿하게 피어오르는 마을'이다. 누가 이 아름다운 이름을 지었을까? 이 마을에 사는 사람들은 자신도 모르는 사이에 어진 얼굴과 마음을 가졌을 것 같다. 향기 나는 난초가 방에 있으면 자신은 잘 모르지만 몸에서 난초의 향기가 나듯 말이다.

고개를 내려가 마을에 이르니 호수만 보인다. 춘천댐이 건설되면서 집과 땅이 물에 잠기자, 마을 사람들은 고향을 떠나 대처로 가거나 마을 뒤 산기슭을 일구게 되었다. 밭에서 일하는 아저씨께 예전 마을에 대해서 물어보니 호수 한가운데를 가리키며 담배를 꺼내 무신다. 큰 마을이 저 밑에 있었다.

마을회관 입구 삼거리에서 상류 쪽으로 향하니 길에 떨어진 돌

멩이와 흙덩어리들은 봄볕을 이기지 못하고 이리저리 뒹군다. 눈과 얼음이 녹아서인지 호수의 물도 잔뜩 부풀어 올랐다. 겉옷이 갑자기 거추장스럽다. 옷을 벗어 어깨에 걸치니 잣나무 사이로 시원한 바람이 불어온다.

　댐이 건설되기 전까지만 해도 이곳을 모진강이라 불렀다. 모진강은 춘천과 화천의 경계에서 흐르다가 소양강을 만나면서 신연강이된다. 춘천 북쪽 일대를 흐르는 북한강 물줄기의 이름이었다. 정약

모진나루

용은 북한강이 원평리의 말고개 남쪽을 지나면서 모진이 된다고 보았다. 모진강은 모진나루로 유명하였다. 북쪽으로 가는 나그네들은 인람리에서 배를 타야만 했다. 남쪽으로 길을 재촉하는 사람들은 원평리에서 배를 기다렸다.

모진나루로 향하는 길은 호수와 만날 듯 떨어져 있다. 누런 맨살을 드러낸 채 이리저리 자유롭게 몸을 비튼다. 멀찌감치 떨어진 집들을 이어서 외로움을 해소시켜주는 길은 이따금 여행을 하는 바깥사람들을 인도하기도 한다. 호수 옆 커다란 소나무가 그늘을 만들고, 그 밑 소박한 정자가 다리쉼을 청한다. 이사 온 지 11년 되었다는 아저씨와 소나무 밑에서 한참 이야기를 나누었다. 조용한 곳을 찾아 왔다는 그 부은 인람리 사님이 된 듯 편안해 보인다. 마을 끝은 길농원을 운영하는 아저씨가 온통 차지하고 있다. 건네주는 커피 향은 그윽하다. 제시라는 개는 사람이 그리운지 연신 다리에 머리를 비빈다.

오솔길은 강으로 이어진다. 소나무 사이로 오솔길을 따라가자 몸을 뒤척이는 물결이 솔잎 사이에서 반짝인다. 건너편 마을은 원평리다. 건너 마을로 가기 위해선 이곳 모진나루에서 배를 타야했다. 고려 말에 원천석은 이곳을 지나다 시를 남긴다. 조선시대의 시인묵객들도 배 위에서 일어나는 시흥詩興을 억누를 수 없었다. 정약용도 이곳에서 시를 남겼다. 모진나루가 내려다보이는 곳에 조그마한 쉼터가 편안하다. 평상에 앉아 호수를 바라보노라니 배를 타고 건너는 매월당 김시습의 모습이 보인다. 그는 이곳을 무진 #津이라 적는다.

무진에서 방금 닻줄을 풀자,
버드나무에 저녁 밀물 찰랑거리고,
희미한 모래벌판 멀리 보이는데,
아득히 안개 낀 나무 나란히 있네.
한가한 물새는 물가에 흩어져 쉬고,
밝은 달은 배와 함께 흐르니,
아득히 물과 구름 밖으로,
이 내 몸 가볍게 돌아가네.

毋津初解纜　무진초해람
楊柳晩潮生　양류만조생
淡淡沙汀遠　담담사정원
茫茫煙樹平　망망연수평
閑鷗分渚泊　한구분저박
明月共船行　명월공선행
渺渺水雲外　묘묘수운외
一身歸去輕　일신귀거경

　'봄철을 이용해 산에서 나와 옛 친구를 찾아 서울로 가는 도중의 경치를 기록'한 여러 편의 시 중 하나다. 친구를 만나러 가는 길이어서일까? 아니면 따스한 봄날이 우울한 마음을 다 녹여서일까? 시는 경쾌하다. '이 내 몸 가볍게 돌아가네'라고 읊조렸던 것은 봄 때문이었을 것이다. 마을회관에서 모진나루까지 오면서 땀을 냈으나 호수에서 불어오는 바람을 맞자 사라져버리며 우울했던 마음도 함께 사라졌듯이.

　이곳은 근현대사의 상처가 잠긴 곳이기도 하다. 1930년대 초에 조선을 효율적으로 통치하기 위해 모진교를 나루 조금 위에 건설

하였다. 38선 바로 밑에 자리 잡은 다리는 화천과 춘천을 연결하는 요지였기 때문에 1950년에 다시 등장한다. 그 해 6월 25일에 북한 군은 모진교를 건넜다. 이후 1965년에 춘천댐이 완공되면서 물에 잠기게 되었다.

어둑한 소양강에서 친구를 그리워하다

언제였는지 모른다. 어디서 살았는지도 모르겠다. 봄날에 산에서 나와 옛 친구를 찾아 서울로 가다가 좋은 경치를 기록했다는 설명으로 보아, 청평사 세향원에 거주하다가 서울 가는 길에 소양강 가에서 지은 것 같다. 화천 사창리에 있다가 가는 길일 수도 있다.

그런데 이상하다. 친구를 찾아 서울로 가다니. 젊은 시절부터 전국을 방랑하기 시작한 방외인 김시습은 세상의 인연에 초탈하였으리라 생각해왔다. 김시습에 대한 막연한 선입견으로 그를 이해해온 것이 아닐까? 그도 조그만 일에 상처받고, 슬퍼하거나 기뻐하는 인간이란 사실을 잊고 있었다. 그도 친구를 그리워하는 인간이었다. 술 마시며 잡담하고, 거기다 우정이 생각나 친구를 만나러 길을 나선 것이다. 슬픔과 기쁨을 토로할 수 있는 친구가 없는 사람의 삶이란 얼마나 건조할 것인가.

안개 낀 나루터 어둑한 석양 속 물결 일고
조그만 배에서 뱃노래 소리 들려오는데
물새는 세상의 변화에 아랑곳없이
위쪽 물굽이 여울로 짝지어 지나가네

渡頭煙暝夕陽波 도두연명석양파
一葉扁舟一棹歌 일엽편주일도가
鷗鷺不管人世變 구로불관인세변
雙雙飛過上灣渦 쌍쌍비과상만와

바야흐로 저녁이다. 나루터에도 어둠이 내리기 시작한다. 서울을 향해 발길을 시작했으나 그는 아직 배를 타지 못한 상태다. 뱃노래가 들려온다는 것은 나그네를 건네주기 위해 배가 서서히 다가온다는 의미일 것이다. 기대감으로 약간 흥분된 상태. 걱정 반 기대 반. 친구는 이 험한 세상에 잘 살고 있을까.

잠깐 사이에 수만 가지 생각이 스쳐 간다. 눈을 잠시 옆으로 돌린다. 걱정과 기대로 뒤범벅된 심리 상태를 비웃듯 물새는 무심히 물굽이 여울로 짝지어 지나간다. 세상에 얽매여 있는 나와 무심한 새, 하룻밤 잘 곳에 걱정하는 나와 저물녘에 집으로 돌아가는 새, 혼자인 매월당과 짝지어 날아가는 새. 아마도 대부분의 사람은 다시 머물던 곳으로 돌아갔을지도 모른다. 그러나 매월당의 시를 보면 서울로 향한 여정은 계속된다. 친구가 그리웠던 것이다.

김시습은 소양강을 한 번 더 노래한다. 「소양강 노래」란 시다.

소양강 물 위에 봄바람이 일어나니
옥 무늬 가늘게 강물 위에 주름지는데
강물은 유유히 밤낮으로 흘러내려
멀리 서울 향하여 이백 리를 달리네
(중략)

나의 재주 세상과 서로 맞지 못하니
괴롭게 소금 수레 끌고 태행산에 올라가네
큰 박은 너무 커서 쓸 수 없으니
이상향에 심는 것이 좋으리라

昭陽江上春風起　소양강상춘풍기
縠紋細皺江之水　곡문세축강지수
江水悠悠日夜流　강수유유일야류
遙向神州二百里　요향신주이백리
(중략)
我才與世不相當　아재여세불상당
苦逼鹽車登太行　고핍염거등태행
大瓠漫洛不可用　대호호락불가용
政好樹之無何鄕　정호수지무하향

좋은 말을 잘 골라내는 백락伯樂의 눈에 소금을 잔뜩 실은 수레를 끌고 산에 오르는 천리마가 들어온다. 무릎은 꺾이고 꼬리는 축 늘어져 있다. 명마로 태어났으면서도 천한 일을 하고 있는 게 서러운 천리마는 백락을 보고 울부짖은 후 천천히 수레를 끌고 언덕을 다시 오르기 시작한다.

큰 박 씨를 선물로 받은 혜시가 박 씨를 심었더니 열매가 열렸는데 어른 몇 사람이 손을 잡고 껴안아야 할 정도로 컸다. 물을 담는 항아리로 쓰려고 하니 무거워서 들 수가 없었다. 쪼개서 바가지로 쓰려고 하니 납작해서 아무 것도 담을 수가 없었다. 이래서래 고민했지만 골치만 아플 뿐 적당한 용도를 찾을 수가 없자 박을 부숴버리고 말았다.

다섯 살에 한시를 지어 세종을 놀라게 했던 천재 김시습은 도道

소양강 낙조

가 실현될 수 없는 세상을 목도하고 방랑길에 나선다. 가치가 전도
된 이 세상에서 그는 소금 수레를 끄는 천리마요, 일반인들이 사용
할 수 없는 커다란 박이다. 세상과 자꾸만 어긋나기만 한다. 그의
고뇌와 번민의 근원에는 현실과의 부조화가 늘 자리를 잡고 있었
다. 소양강을 바라보니 다시 자신의 처지가 떠오른다.

　우두동 둑방에서 봉의산쪽을 바라보니 호수로 변한 소양강은 몸을 뒤
척이고, 그럴 때마다 석양에 반짝인다. 소양1교 위로 미등을 켠 자동차
들이 일렬종대로 달린다. 모두 돌아갈 시간이다. 길 위에 부는 바람에
깊게 주름이 파인 김시습도 친구를 만나기 위해 소양강가에 섰다.

신연강을 건너며

고향이 늘 푸근한 것은 아니지만 그래도 고향이 있다는 것은 든 든한 빽이다. 언제든 '고향으로 돌아가 농사지으면 되지 뭐'라고 말 할 수 있다는 것은 타향살이 하는 소시민에게 비빌 언덕이다. 늘 고향을 이야기 하고 떠올리는 이는 좋게 말하면 나그네고 나쁘 게 말하면 역마살 낀 사람이다. 고향을 떠난다는 것은 고단한 삶을 의미한다. 이동은 고통스럽다. 보따리를 싸서 이고 짐을 등에 메고 산으로 들로 다니는 것은 최악의 상황이다. 먹고살기 위해 고향을 떠나 도회지로 이주하여 죽도록 고생한 사람에게 역마살은 고통과 동의어이어서 두려움을 연상시킨다.

이태백의 「춘야연도리원서春夜宴桃李園序」의 '천지는 만물의 여관 이며 세월은 영원한 나그네다'란 구절이 수많은 시인들의 입에서 입으로 전해져왔다. 집을 포함한 자연은 잠시 머무는 여관이다. 그 러므로 세월뿐만 아니라 세월과 함께 흘러가는 인간은 여관을 스 쳐 지나는 영원한 나그네일 수밖에 없다.

나그네 중에 김시습을 빼놓을 수 없다. 김시습의 발길이 신연강 에 닿는다. 60년대 후반에 의암댐이 건설되면서 호수가 되어 버 린 신연강은 소양강과 북한강이 합쳐서 가평 쪽으로 흐르던 강이 다. 경춘국도가 생기기 전 신연나루를 건넌 후 석파령을 넘어 당림 리로 가는 길은 서울과 춘천을 잇는 주요한 길이었다. 신연나루는 1939년에 신연교가 만들어지면서 쇠퇴했지만, 그 이전엔 신연나루 는 춘천의 관문이 되어 번창하였다. 신연강을 건너며 시를 짓는다.

서풍이 불어 와 솜옷을 흔드는데
나그네 길이라 식미(式微) 짓기 어려워라
짝지은 물가 오리 여귀풀 의지해 졸며
쌍쌍이 강 제비는 사람 스쳐 날아가네
강산은 참으로 아름다우나 내 땅 아니며
풍경은 비록 멋있으나 돌아감만 못하구나
아무리 안 간다 하여도 돌아감이 좋은 것
고향의 안개 낀 달이 사립문 비추겠지

西風吹拂木綿衣 서풍취불목면의
客路難堪賦式微 객로난감부식미
雨雨汀鳧依蓼睡 양양정부의료수
雙雙江燕掠人飛 쌍쌍강연략인비
江山信美非吾土 강산신미비오토
風景雖饒不似歸 풍경수요불사귀
儘道不歸歸便好 진도불귀귀편호
故園煙月照蓬扉 고원연월조봉비

서풍은 서쪽에서 부는 바람이다. 유사어인 갈바람으로 볼 수도
있다. 가을철에 부는 상쾌하고 선선한 바람을 가리킨다. 갈바람이
불어 와서 솜옷을 흔든다는 구절을 어떻게 해석할 수 있을까. 솜옷
한 벌로 새로운 가을을 맞이한다는 것이다. 가을바람 가운데 선 단
벌신사 김시습은 여름에도 솜옷을 입고 길 위를 걸었던 것이다. 식
미式微는『시경』에 실려 있는「식미式微」를 말한다. "쇠미하고 쇠미
하거늘 어찌 돌아가지 않는고[式微式微 胡不歸]"로 시작하는 이 시는
객지에서 고향으로 돌아가기를 원하는 시로 알려져 있다. 식미式

微 짓기 어렵다는 토로는 고향으로 돌아가기 어렵다는 의미일 것이다. 타향의 산천이 아름답고 살만하더라도 떠돌이에겐 언제나 낯선 타향이다. 때문에 돌아가는 것이 마땅하다. 그러나 현실은 그러하질 못하다. 이상과 현실 사이의 괴리에서 그는 늘 외로웠다. 새들마저 짝을 짓고 쌍쌍이 날지만 그는 늘 혼자였다. 그러한 그에게 신연나루는 외로움을 다시 느끼게 한다. 떠남과 돌아옴이 교차하는 나루터에서 돌아갈 수 없는 고향을 그리워하며 시로 외로움을 달랜다.

땅을 갈아 먹고사는 정주민의 입장에서 끊임없이 돌아다니는 유목민은 박탈과 부평초로 표상되는 불쌍한 나그네다. 21세기에 들어오자 조금씩 변해간다. 노마디즘을 찾아보니 "특정한 가치와 삶의 방식에 붙박이지 않고 끊임없이 탈주선을 그리며 새로운 삶을 찾아가는 사유의 여행"을 뜻한다. 반생태적 침략성과 파괴성으로 읽어내기도 하지만, 자본주의적 삶에 대한 대안으로 평가하는 쪽이 더 많은 것 같다. 함께 유목민의 사주라 할 수 있는 역마살이 좋은 사주로 여겨지기도 한다. 교통과 통신이 발달하여 전국은 일일생활권으로 접어든 지 오래되었으며, 전 세계를 내 집 드나들듯이 다니며 사업을 하는 기업가도 많아졌다. 이러한 세계를 살아가려면 역마살이 있어야 적응하며 살아갈 수 있다고까지 힘주어 말한다. 역마살 없는 사람이 불쌍한 지경이 되었다.

끊임없이 탈주선을 그리며 새로운 삶을 찾아가는 사유의 여행을 찬양하고 나그네를 멋있게 포장해도 김시습의 나그네 삶이 아름다워질 수 없다. 그는 늘 고독했으며 한을 품고 길 위에 섰다. 그의 나그네 삶은 그가 의도하지 않은 길이었다.

우두벌에 피어오르는 저녁연기의 아름다움

바람이 먼저 반긴다. 너른 벌판을 달려온 바람이 옷깃을 파고든다. 어깨를 움츠리고 고개를 숙이며 농로를 걷는다. 바람이 조금 잦아들자 주변이 보이기 시작한다. 곧게 뻗은 길은 끝이 보이질 않는다. 양 옆 논엔 둥글게 말아놓은 볏단이 하얗게 뒹군다. 어느덧 익숙한 풍경이다. 눈이 부시도록 빛나는 것은 비닐하우스다. 밭을 온통 차지하고 있다. 그 뒤 남쪽으론 이미 아파트가 성벽을 쌓았고, 동남쪽으론 택지개발이 진행 중이다. 눈을 오른쪽으로 돌리니 텅 빈 저수지가 을씨년스럽다. 소양강댐에서 방류된 차가운 물이 농작물에게 냉해를 끼치기 때문에, 며칠 머무르게 하여 온도를 높인 후 농경지에 공급하기 위해서 만들었다. 그래서 이름이 온수지다. 북쪽으로 점점 진군하는 개발의 폭주 속에서 얼마나 버틸지 기약하기 어렵다. 넓은 온수지는 주변이 택지로 변해버리면 함께 시멘트 아래로 사라질 것이다.

이중환은 사람이 살 만한 곳을 고를 때 "첫째로 지리가 좋아야 하고, 다음으로 땅에서 생산되는 이익이 있어야 하며, 인심이 좋아야 하고, 아름다운 산수가 있어야 한다"면서 강을 끼고 있는 마을 가운데 가장 살기 좋은 곳 중의 하나로 우두벌을 꼽았다. "우두촌牛頭村은 들판이 멀리 펼쳐져서 시원하고 명랑하다. 또 강 하류로 배가 드나들어서 생선과 소금을 교역하기가 편리하다."『택리지』는 이렇게 이유를 들었다. 이중환은 우두벌의 넓은 땅과 양 옆으로 흐르는 강을 주목하였다. 넓은 땅에서 생산되는 풍성한 곡식은 인심을 후하게 만들었을 것이고, 산수의 아름다움은 두말하면 잔소리일터. 조선의 많은 이들의 부러워하는 장소였던 이곳은 더 높은 이윤 창출을 위해 아파트성으로 변해가고 있다.

강 건너 소양정에서 본 우두벌은 참으로 아름다웠다. 특히 저녁 무렵의 흰 연기는 장관이었다. 흰 연기는 밥을 지을 때 굴뚝에서 피어오르는 연기다. 굶기를 밥 먹 듯 할 때 연기는 포만함과 따스함으로 다가왔으니 이만한 풍경이 어디 있겠는가. 그래서 선인들

우두벌

은 소양팔경 중의 하나로 '우야모연牛野暮煙'을 꼽는데 주저하지 않
았다. 저물녘에 연기가 피어오르던 우두벌은 배부른 저녁이 있는
낙원이었다.

우두벌을 거닐던 매월당은 절로 흥이 일어난다.

우두벌에 저녁 연기 걷히자
넓고 누런 보리밭에 가을이 왔네
석양에 흰 새 짝지어 날아가고
푸른 물결로 돌아가는 배 보내네
만나는 강산마다 시로 흥을 돋우고
해마다 자연에서 술로 근심 풀어왔네
개울에 다리 보이고 길은 구불구불
아이들 부르며 편안히 소 타고 가네

牛頭原上暮煙收　우두원상모연수
萬頃黃雲麥隴秋　만경황운맥롱추
白鳥一雙飜落日　백조일쌍번낙일
蒼波十里送歸舟　창파십리송귀주
江山處處詩添興　강산처처시첨흥
風月年年酒解愁　풍월년년주해수
野水斷橋村逕曲　야수단교촌경곡
牧童相喚穩騎牛　목동상환온기우

어느덧 저녁이다. 피어오르던 연기가 바람에 사라지자 누런 보리밭이 끝없이 펼쳐진다. 날이 저물면 나그네는 돌아갈 곳이 없어서 깊은 시름에 빠지곤 한다. 안 씨 밥과 하룻밤 이슬을 피할 곳을 찾는 것은 늘 어려운 과제다. 방랑길에서 세월을 보낸 김시습의 경우도 그러했다. 그러나 오늘은 다르다. 김시습의 마음에 여유가 있다. 첫 번째 연에서 누런색은 온기를 느끼게 한다.

눈을 들어 소양강쪽을 바라보니, 붉은 노을 속에 흰 새가 짝을 지어 집으로 돌아간다. 쓸쓸해지는 시간이지만 짝이 있어 든든할 것이다. 소양나루를 출발한 배는 푸른 강 한가운데 있다. 매월당은 급히 배에 오르지 않고 느긋하게 바라보는 중이다. 아마도 우두벌 촌가에서 하룻밤 지내기로 한 것 같다. 붉은색과 흰색, 그리고 푸른색으로 그린 저녁 풍경은 충분히 아름답다.

무슨 비책이 있는 걸까. 그는 늘 바람 부는 길에서 비분悲憤하였고, 석양 속에 강개慷慨했다. 그런 그에게 위안이 되는 것은 시와 술이었다. 언제나 그런 것은 아니었지만, 오늘 만큼은 날카로운 시선이 누그러졌다. 끓어오르는 마음이 잔잔해졌다. 우두벌의 풍요로움 때문이었을까.

김시습은 다시 우두벌을 바라본다. 벌판 한쪽에 있는 마을이 풍경화처럼 앉아있다. 마치 끊어진 것처럼 보이는 다리와 구불구불한 길이 보이고, 그 길을 따라 아이들은 소를 타고 재잘거리며 집으로 돌아가는 중이다. 수묵화가 아니라 울긋불긋한 풍속화다. 우두촌의 후한 인심은 창자에 우수 가득한 김시습을 따스하게 만들어주었다.

우두사에서 고단한 몸을 눕히다

오늘도 걷는다. 언제부터인지 셈하기도 힘들다. 삼각산 중흥사에서 공부하다가 단종의 양위 소식을 듣고 자리를 박차고 일어섰다. 이제 현실공간에서 왕도王道를 실현시킬 한 오라기의 희망도 보이지 않는다. 정글의 법칙만이 존재하는 패도覇道의 세상에서 김시습 앞에 놓인 선택지는 하나밖에 없다. 가치가 전도된 세상을 떠나는 것이다. 관서지방을 유람하였다. 관동과 호남을 걷기도 했다. 서울에서 정착하는가 싶더니 다시 관동으로 발길을 돌렸다.

한동안 화천 사창리에서 시름을 잊었다. 화악산 자락에 안긴 사창리는 계곡물이 풍부해 대관령 서쪽에서 제일 계곡이라는 평가를 받아왔다. 화악산이 만들어내는 구름을 보고 곡운구곡의 물소리를 들으며 조금씩 평정을 찾았다. 특히 즐겨 찾던 곳은 곡운구곡 중 3곡인 신녀협이었다. 훗날 김수증은 김시습이 머물렀다는 소식을 듣고 사창리로 들어와 은거하면서 곡운구곡을 경영하게 된다.

1483년, 김시습은 다시 길 위에 섰다. 춘천을 찾은 시기가 이 때인 것 같다. 춘천의 이곳 저곳을 거닐다가 해질녘에 우두사牛頭寺의 문을 두드린다. 우두사가 언제 창건됐는지 알 수 없다. 우두사는 이첨李詹, 1345~1405의 시에 처음으로 등장한다. 그는 춘천을 읊은 시에서 "들으니 산은 높고 물은 깊은 골짜기며聞說山水窟, 백성은 많고 풍속은 좋을 뿐만 아니라民稠足風聲, 고적은 우두사에 있고古迹牛頭寺, 좋은 경치는 소양정에 있다고 하네勝槪昭陽亭"라고 했으니, 적어도 이첨 이전에 우두사는 나그네들의 고단함을 받아주었다.

　　성종 6년인 1475년에 우두사는 다시 등장한다. 이조참판 윤계겸尹繼謙이 아뢰기를, "지난번 신이 대사헌 이서장李恕長과 함께 대궐 뜰에 나아갔을 때에 말하기를, '강원도의 우두사를 중창하는데, 그 절의 중이 강으로 내려 보내는 모든 목재를 죄다 빼앗는다고 한다.' 하였습니다. 용문사의 중창은 국가에서도 모르는 것인데, 신이 어떻게 망령되게 말하겠습니까? 이서장이 잘못 전하였을 뿐입니다."하니, 전교하기를, "알겠다."하였다. 『조선왕조실록』의 기록이다. 강을 통하여 서울로 가던 목재를 빼앗을 정도로 우두사의 규모가 상당했음을 미루어 짐작할 수 있다.

　　이후 이유원은 『임하필기』에서 석파령을 소개하는데, 중종23년인 1528년에 우두사의 승 지희智熙가 고갯길을 뚫었다고 알려준다. 석파령을 뚫을 정도의 재정과 인력 동원 능력이 우두사에 있었음을 알 수 있다. 1572년에 양대박梁大撲, 1543~1592은 금강산을 항해 가다가 우두사를 지났다고 적는다. 그런데 바로 1635년에 김상헌金尙憲, 1570~1652은 청평산을 갔다 오다가 다음과 같은 기록을 「청평록

清平錄」에 남긴다. "아침에 (청평사의) 서천을 출발하자니 연연해하는 마음이 들어 훌쩍 떠날 수가 없다. 저녁나절이 되어서 산을 내려와서 우두사 옛터에 들렀다. 강가의 평탄한 곳에 대臺를 만들었는데, 형승이 소양정에 버금간다." 김상헌이 우두사를 방문했을 때는 터만 남아 있었다.

김시습은 우두사에서 하룻밤을 보내며 시를 짓는다. 「우두사에서 자다」가 『매월당시집』에 실려 있다.

깃들던 까마귀 저녁 종소리에 놀라 날아가고	棲鴉驚散暮天鍾
짙은 안개와 노을 속에 절은 서 있네	寺在煙霞第幾重
궁한 선비 언제나 봉황의 날개 붙잡으려나	措大幾時將附鳳
고승은 이 저녁에 벌써 용에게 항복 받고	闍梨今夕已降龍
달 밝은 수풀 아래 절로 돌아가고	月明林下僧歸院
구름 짙은 산 앞 소나무에 학은 쉬고 있네	雲暝峯前鶴■松
강가의 느긋한 나그네 가장 한스럽게 하는 건	最是江頭饒客恨
갈대꽃 깊은 곳에 기러기 꾸룩꾸룩 하는 소리	荻花深處雁喠喠

모두가 보금자리로 돌아가야 할 시간. 여우같은 마누라와 토끼 같은 애들이 조잘대는 곳, 가족을 생각만 해도 마음은 훈훈해진다. 그러나 찬이슬, 아니 서리를 피해야할 늦가을 속의 김시습에겐 지나친 사치다. 비박을 해야 할지도 모를 상황에 우두사의 종소리가 들려온다. 놀라서 날아가는 까마귀는 쉴 곳을 찾은 기쁨이다. 그러나 잠시 뒤 다시 쓸쓸해진다. 고승은 신통력을 발휘해 용을 제압하는데, 나는 이 나이에 도대체 뭐 하나 이룬 것 없이 동가식서가숙하고 있다. 길 위의 바람에 욕심이 사라졌는가 싶다가도 불쑥불쑥 나타나곤 한다.

신통력을 발휘해 용을 제압했다는 것은 『춘주지』에 실린 창건설화가 변용된 것 같다. 옛날의 한 스님이 우두산에 올랐다. 소양강을 내려다보니 강 한가운데 있는 바위에 스님이 홀로 앉아서 참선하는 것이 보였다. 스님은 급히 언덕을 내려가서 바위 위에서 참선하는 노승을 만나 보려고 했다. 그런데 이상하게도 노승이 온 데 간데 없는 것이 아닌가. 신기하다고 느낀 스님은 사흘 밤낮 동안 염불을 하면서 노승을 보고자 했다. 그러나 노승은 나타나지 않았다. 마지막으로 범어로 소리쳤더니 돌부처가 물속에서 올라와 바위 위에 앉았다. 스님은 돌부처에게 절을 하면서 절을 지을 쌀과 돈을 내달라고 빌었다. 그랬더니 돌부처가 마을로 가서 시주를 하면 소인이 성취되리라고 말한다. 돌부처가 일러준 대로 마을로 가서 시주를 했더니 정말 쌀과 돈이 걷혀서 절을 지을 수 있게 되었다 한다.

우두사터

모두 잠들 시간. 스님도 학도 긴 휴식에 들어간다. 하루 종일 걷고 또 걸어서 온 몸이 노곤하지만 쉽게 잠들 수 없다. 불면증이 언제 시작되었는지 모르겠다. 잠의 문턱으로 들어서려는데 소양강 갈대밭에서 우는 기러기 때문에 김시습의 머리는 다시 또렷해진다.

초겨울에 우두산을 찾으니 낙엽만 이리저리 나뒹군다. 주춧돌 몇 개와 덩굴 속 축대만이 쓸쓸하다. 눈을 드니 소양강이 석양에 빛난다.

시를 읊으며 돌다리를 지나가다

중국 위진남북조시대에 서예가로 이름을 떨치던 왕휘지王徽之의 친구는 거문고의 명인이었다. 결코 왕이나 제후를 위해 연주하지는 않았던 그는 인품이 고상하여 존경을 받았던 대규戴逵였다. 왕휘지가 산음에 머물 때 밤에 큰 눈이 내렸다. 술 한 잔에 시 한 수 노래하다가 문득 대규가 생각났다. 작은 배로 밤새 가서 대규의 집에 도착했다. 그러나 왕휘지는 문 앞에서 배를 돌렸다. 사람들이 까닭을 물으니, "내가 원래 흥이 나서 왔다가 흥이 다해 돌아간 것이다. 어찌 반드시 대규를 보아야 하겠는가."라고 대답했다. 왕휘지가 돌아간 이유를 이해하긴 어려우나 흥이 나면 찾아갈 친구가 그리워지는 요즘이다.

자의에 의한 것은 아니었으나 김시습은 자연을 사랑하였다. 불의不義한 현실세계에 안주하지 못하면 찾을 곳은 자연밖에 없으니, 자연은 불우한 자들이 마지막으로 찾는 엄마 품이다. 그는 한 곳에 정주할 수 없었다. 흥이 일면 분노와 한을 잠시 잊을 수 있었으나, 시간이 조금 지나면 불현 듯 다시 일어나곤 하는 격정을 어찌할 수 없었다. 그 심정을 누가 알 것인가. 「시를 읊으며 돌다리를 지나다」는 춘천십경 중 하나다. 왕휘지는 대규란 친구가 있었으나, 김시습은 흥이 일면 찾아갈 친구가 없었다. 그의 고독이 시리게 다가온다.

평생 자연을 사랑하여
생각나면 말 타고 찾아가네.
가면 마음대로 즐겁게 놀며
험한 곳도 꺼리지 않네.
산꼭대기와 물가로 갔다가
만족하면 피로함도 잊어버리고.
흥 다하면 다시 돌아오나니
대규(戴逵)를 찾을 필요 있을까?

平生愛山水　평생애산수
有意輒駕之　유의첩가지
駕言恣遨遊　가언자오유
不憚行嶮巇　불탄행험희
山巔與水涯　산전여수애
得意忘勞疲　득의망노피
興盡且復返　흥진차부반
何必訪戴逵　하필방대규

천하의 술꾼 이백이 부러워하던 사람이 있었다. 산간山簡은 이백의 시 속에 아직도 살아 있다. "산간이 술에 취했을 때, 고양지高陽

池 아래에서 곤드레만드레 하여, 머리 위의 하얀 두건, 거꾸로 쓰고 말을 타고 돌아오네" 기행奇行을 일삼았기 때문에, 당시에 동요로 불리기도 했다고 한다.

저물녘 절름발이 나귀 타고
취하여 흰 두건 뒤집어쓰고
괴롭게 읊으니 눈썹 주름 잡히고
높이 솟은 말 등 위태로운데
더부룩한 귀밑털에 바람 부니
모자챙이 삐딱함도 알지 못하네.
흥은 깊은데 저물어 가니
외로운 새 숲을 향해 날아들며
은가루는 돌개바람 따라 휘돌고
옥싸라기 솔가지를 흔드네.
누가 알겠는가. 쓸쓸한 속에도
우뚝하여 시상(詩想)이 많은 줄.

日暮騎寒驢 일모기건려
醉著白接羅 취저백접리
苦吟眉山皺 고음미산추
高聳肩峯危 고용견봉위
風吹鬢鬖髿 풍취빈삼사
不覺帽簷欹 불각모첨의
興闌夕陽薄 흥란석양박
獨鳥投林飛 독조투림비
銀屑隨回飆 은설수회표
瓊糜簸松枝 경미파송지

誰知蕭索中 수지소색중
磊落多詩思 뢰낙다시사

눈보라 휘몰아치는 겨울이었다. 근심을 잊게 해주는 망우물忘憂
物은 술이다. 김시습은 술을 마시지 않을 수 없었다. 산간山簡처럼
흠뻑 취했으나 그냥 돌아갈 수 없어, 시를 짓는다. 시 짓기에 몰두
하니 눈보라 속에서도 해가 지는 줄 모른다. 김시습에겐 시도 또한
망우물이고, 한 줄기 구원의 빛이다.

　서울에서 춘천으로 귀양 온 신흠은 석파령을 넘은 후 신연나루
를 건넜다. 화천으로 향하던 정약용은 소양나루를 건너고 모진나

공지천

루를 지나며 시를 남겼다. 양구로 발길을 돌리는 사람은 소양나루에서 배를 탄 후 샘밭으로 향했다. 홍천으로 가는 사람은 원창고개를 넘곤 했다. 김시습이 시를 읊으며 지나간 돌다리는 어딜까? 신연나루를 건넌 후 삼천동 돌고개를 넘으면 공지천이다. 그 당시 돌다리가 있었을 곳은 공지천 밖에 없었을 것이다. 김시습이 공지천에서 시를 지을 때 휘몰아치던 눈바람은 이제 안개로 변했다. 옷깃 세우고 안개 속을 거닐며 인생의 의미를 생각하는 우리는 매월당의 후예다.

사냥에 대하여

매월당의 춘천10경 가운데 '추림에서 토끼사냥[伐兎楸林]'은 오랫동안 연구자들을 괴롭혀 왔다. 특히 '추림'이란 단어가 말썽이다. 추림을 고유명사로 보기도 그렇고, 보통명사로도 생각해도 혼란스럽기는 매한가지다. 추림이 어느 지역을 가리킨다고 가정했을 때 과연 추림이 어디인가에 대해 답하기 어렵다. '가래나무 숲'으로 해석할 수도 있지만 특정한 장소를 읊은 춘천10경의 성격에 걸맞지 않기 때문에 맘이 편치 않다. 이러한 이유 때문에 '벌토추림'은 뜨거운 감자가 되었다.

어제 서풍이 불더니
들녘에 서리 내리자 호방해지네
누런 개 끌고 매 데리고
추림(楸林)으로 토끼 잡으러

말을 타고 마을을 나서니
날랜 사냥꾼 따라 오네

昨日西風吹 작일서풍취
郊原霜意豪 교원상의호
牽黃臂蒼去 견황비창거
伐兔楸林皐 벌토추림고
跨馬出閑門 과마출한문
飛騎追吾曹 비기추오조

날카로운 바람이 불더니 다음날 하얗게 무서리가 내렸다. 사내
다움을 과시하기에 좋은 날씨다. 사냥개와 매를 데리고 추림으로
토끼 사냥을 나선다. 『매월당집』에는 '추림秋林'으로 표기되었으나
'추림楸林'을 잘못 적었을 것이다. 추림은 도대체 어디일까? 『춘주

추림으로 추정되는 MBC 사옥 주변

지』를 읽다가 '부벽정浮碧亭'을 설명한 대목이 눈에 들어온다. 정자는 부에서 서쪽으로 7리 되는 곳에 있으며, 서울 장사치들의 배가 정박하는 곳인데 지금은 정자가 없어졌다고 적고 있다. 이 책은 봉황대를 설명하면서 부에서 서쪽 10리에 있다고 하니, 관청을 기준으로 했을 때 부벽정은 봉황대보다 가까운 곳에 있었다. 그러면 정자가 있을 곳은 지금의 mbc사옥 주변 밖에 없다. 부벽정을 '추림수楸林藪 백사정白沙汀'이라 부르기도 했는데, 정자 주변 추림(또는 가래나무)의 무성한 숲과 강가의 흰 모래 벌판이 유명했다는 것을 알려준다.

시는 계속 이어진다.

> 발로 차도 말은 나아가지 않고 / 하늘 향해 우는 말갈기에서 바람만 이니 / 이상하여 우러러 구름을 보자 / 골짜기 돌며 두 독수리 울어대네 / 용맹으로 주위를 굴복시키려고 / 활을 당겨 달려가며 만나자마자 / 한 발에 독수리 두 마리 떨어뜨리니 / 곁에 사람 모두들 오싹해 하네.

토끼 사냥에 나선 말은 독수리를 보자마자 무서워 발걸음을 떼지 못하고 울기만 한다. 사냥꾼은 자신의 용맹을 보여줄 기회라 여겼다. 일전쌍조一箭雙鵰. 화살 하나로 독수리 두 마리를 떨어뜨리자 주변의 사람들이 위세에 놀란다. 토끼 사냥에 나선 사냥꾼은 용맹스럽게 독수리를 잡은 것이다.

『춘천읍지』에 유경종柳慶宗의 요선당邀仙堂 중건기가 실려 있다. "요선당은 봉의산을 등지고 향로봉을 마주하며, 왼편으로 대룡산 오른쪽으로 추림楸林이 있다."라는 대목이 눈길을 끈다. 지금의 소

양로 기와골 부근을 추림으로 본 것이다. 그러나 매월당의 시 속에
등장하는 사냥꾼은 말을 타고 마을을 나서 추림으로 향했으니 시
내에서 떨어진 곳이어야 한다.

내 말하노니 그대 놀라지 말라
이러한 일 대단한 것 아니네
북쪽 사막 먼지 속에 위엄 떨치고
장성(長城)의 참호를 달리면서
조궁(琱弓)과 백우전(白羽箭)을 메고
손에는 서리 빛의 창을 잡고서
한번 싸워 임금께 보답을 함이
노(猱)에서 만남보다 오히려 나으리

我言君勿訝 아언군물아
是事何足高 시사하족고
鷹揚朔漠塵 응양삭막진
馳騖長城壕 치무장성호
琱弓白羽箭 조궁백우전
手握寒霜戮 수악한상오
一戰報我王 일전보아왕
却勝遭我猱 각승조아노

*조궁(琱弓): 아름다운 무늬를 새긴 활로 훌륭한 무장의 상징으로 쓰임.
*백우전(白羽箭): 흰 깃을 단 화살.
*노(猱): 중국 산동성 임치현 남쪽에 있는 신 이름.

‘추림에서 토끼사냥’이 뜨거운 감자가 된 이유 중의 하나는 시의

내용 때문이었다. 추림에 대한 세밀한 묘사 없이 사냥꾼만 클로즈업 한다. 독수리 잡는 용맹함에 주변 사람들은 모두 깜짝 놀란다. 그러자 사냥꾼은 자신의 사냥 실력은 국경에서 매가 하늘을 날아오르듯 위엄과 힘을 떨치며, 무기를 부여잡고 참호를 달리는 병사에 비할 수 없다고 토로한다. 그러면서 그대들이 나를 만난 것은 노猫에서 만난 것과 같다고 실토한다. 이 대목은 임금에게 충성하자는 권유로 읽어 왔으며, 그렇기 때문에 어색하기만 했다.

『시경』을 펼쳤다. "민첩한 그대가 나를 노산猫山 사이에서 만났네. 함께 말을 몰아 두 마리 짐승을 쫓더니, 인사하면서 날더러 잽싸다 하네.[子之還兮 遭我乎猫之間兮 並驅從兩肩兮 揖我謂我儇兮]"모시서毛詩序는 위 구절을 황폐화된 정치[荒政]를 비난한 시라고 풀이한다. 애공이 사냥을 좋아하여 짐승을 쫓는 것을 싫어하지 않자, 나라 사람들이 동화되어 마침내 풍속이 되었다. 사냥을 익히는 것을 어질다고 하고, 말을 달리며 쫓는 것을 잘한다고 여기게 되었다. 맹자는 사냥하는데 싫증이 없음을 황荒이라 했는데, 군주가 무리들을 이끌고 사냥하면서 백성들의 농토를 가리지 않고 내닫느라 농작물을 황폐화시키기 때문이었다.

시에 등장하는 사냥꾼은 매월당이 아니다. 제삼자의 입장에서 공자천 주변 추림에서의 토끼 사냥을 그렸을 뿐이다. 춘천10경에 속할 정도의 추림에서 토끼사냥은 춘천지역에서 유명했다. 그러나 매월당은 사냥에서 용맹과 호방함이 아니라 황폐함을 읽는다. 사냥하는 것은 정치를 황폐화시키는 것이라 비판한 매월당의 시각으로 '추림에서 토끼사냥'을 감상하면 지나친 오독일까?

속세의 그물을 뚫고 산에 들다

서쪽으로 멀리 높은 산이 보인다. 이른 봄이나 늦가을에 비가 내리면 정상 부근은 어김없이 하얗게 눈으로 덮이곤 한다. 화악산의 높이는 1,468m다. 경기도에서 가장 높은 산이다. 당연히 경기도 가평군에 속해 있는 줄 알았는데, 강원도 화천군과 경계를 이룬다. 불과 몇 십 년 전에는 사창리와 함께 춘천 땅이었다. 화악산을 삼형제봉이라 부르기도 한다. 화악산을 중심으로 동쪽에 응봉, 서쪽에 중봉이 있어서다. 성해응은 『연경재전집』에서 '화음산華陰山'으로 기록하였고, 김창협은 산에 늘 구름이 끼여 있다고 해서 구름을 과장한다는 의미고 '긴 유 긴╫山'으로 불렀다. 산을 바라보면 언제나 구름을 볼 수 있기 때문에 화악산을 노래한 사람들은 늘 구름을 언급하였으니, 화악산은 구름과 뗄 수 없는 운명공동체이다. 지금도 화악산의 정상은 구름에 싸여 있다.

김시습은 '춘천10경'에 화악산을 포함시켰다. 김시습만이 아니다. 춘천의 시인들은 '소양팔경'에 화악산의 푸른 기운인 '화악청람華岳淸嵐'을 포함시키고 노래했다. 화악산은 늘 춘천 사람들의 눈과 입에서 떠나질 않았다.

김시습의 춘천10경은 경관에 대한 상세한 묘사가 인색한 편이다. 그런데 「심승화악尋僧花岳」은 자세한 경관 묘사가 돋보인다. 사창리 창고터에서 서쪽으로 오세동자五歲童子의 터라고 전해진 곳이 있으며, 곡운구곡 중 3곡인 신녀협神女峽에 김시습의 발자취가 있다는 김수증의 기록이 보이고, 여러 문헌에서도 김시습이 한때 사창리에 머물렀다고 증언해준다. 여러 정황들은 김시습이 직접 화악산에 올랐을 가능성을 높여준다.

돌길은 무척이나 울퉁불퉁하고
푸른 소나무 전나무 서늘하며
산 구름에 등나무 가지 그늘지고
산바람은 계수나무 향기를 불어대네
산길 다하자 푸른 절벽 보이니
나는 듯한 폭포 물길 굉장하구나

石逕何犖确 석경하락학
蒼蒼松檜涼 창창송회량
山雲暗藤枝 산운암등지
山風吹桂香 산풍취계향
徑盡見蒼崖 경진견창애
飛瀑流泱泱 비폭류앙앙

매월당은 소양정에서 훗날에 유명
세를 타게 된 「소양정에 올라」를 남긴
다. "새 저편 하늘 다할 듯한데 / 시름
곁 한恨은 끝나질 않네 / (중략) 언제
나 세상의 그물 떨쳐버리고 / 흥이 나
서 이곳에 다시 노닐까" 허균은 이 시
를 읽고 이렇게 평한다. "모두 속세의
기운을 떨쳐버려 화평和平하고 담아澹
雅하니, 저 섬세하게 다듬는 자들은 응
당 앞자리를 양보해야 할 것이다." 화

의암호와 화악산

악산에 올라 지은 시도 여기서 크게 벗어나질 않는다.

　흰 눈썹에 주름진 노승은
　허공 보며 평상에 앉아 있는데
　높고 높아 올라갈 방법 없어
　묵묵히 멀리서 바라만 보네
　내 몸엔 날개 돋지도 않고
　수련하는 방법도 없기에
　화택(火宅)에서 속세 그물 뚫고서
　이곳에 와 부처께 몸을 던지니
　원컨대 한번 신통함을 빌려 주시어
　슬피 여겨 자비의 빛 내려 주시길

　老僧雪眉皺　노승설미추
　觀空坐石床　관공좌석상
　迢迢難攀緣　초초난반연
　默默遙相望　묵묵요상망
　我無身八翼　아무신팔익
　亦無修鍊方　역무수련방
　火宅透塵網　화택투진망
　竭來投古皇　걸래투고황
　願借一神通　원차일신통
　哀愍垂慈光　애민수자광

　화택火宅은 불이 일어난 집으로, 번뇌와 고통이 가득한 속세를 비
유적으로 이르는 말이다. 옛날에도 세상을 횡단하는 것은 만만치
않았던 것 같다. 인생은 고해苦海라는 말보다 강도가 더 세다. 요즘

은 더 세어져 '헬조선'이란 말이 유행한다. 지옥을 뜻하는 헬(Hell)
과 조선의 합성어로 '한국이 지옥에 가깝고 전혀 희망이 없는 사
회'라는 의미를 지닌다. 진망塵網은 마음을 더럽히는 여섯 가지에
묶여 부자유하게 됨을 그물에 비유한 것이다. 「소양정에 올라」에
묘사된 '세상의 그물'과 같이 김시습을 얽어매는 장애물이다. 매월
당은 속세를 등진 스님을 찾아 화악산에 오르는 순간만이라도 자
신을 얽매고 있던 속세의 그물에서 잠시 벗어났으니, 산행은 속세
의 때를 벗는 숭고한 행위인 셈이다.

화악산 언저리에 살던 김수증金壽增은 속세와 격리된 화악산 중
간 부근을 태초곡이라 부르고, 이곳에 움막을 짓고 가끔씩 머물고
자 했다. 정쟁의 소용돌이 속에서 송시열과 그의 동생이 희생당하
는 것을 보고 속세와 더 멀어지고 싶어서였다. 태초곡에 거처를 마
련하고 싶다는 김수증의 모습과 매월당이 겹쳐진다. 쉽게 극복할
수 없었던 그들의 고통이 전해져온다.

청평사

1555년 보우(普雨)가 이곳에 와서 청평사로 개칭하고, 대부분의 건물을 신축한다. 2010년 문화재청은 '춘천 청평사 고려선원'을 국가지정문화재인 명승 70호로 지정하게 된다.

8
/

씻은 듯이
사라진 근심

/

8

씻은 듯이
사라진 근심

근심이 사라지누나

청평산 자락에 위치한 청평사는 고려 광종 24년인 973년에 백암 선원白岩禪院이란 이름으로 창건된다. 그 뒤 폐사 되었다가 1068년 이의李顗가 중건하고 보현원普賢院이라 하였다. 1089년 그의 아들인 이자현이 벼슬을 버리고 이곳에 은거하자 도적이 없어지고 호랑이 와 이리가 자취를 감추었다고 한다. 이에 산 이름을 청평산淸平山이 라 하고 절 이름을 문수원文殊院이라 한 뒤, 견성암見性庵 · 양신암養 神庵 · 식암息庵 등 암자를 짓고 크게 중창한다. 1327년 원나라 황제 진종晉宗의 비가 불경 · 재물을 시주하였고, 1367년에 나옹懶翁이 복희암에서 ?녀 돌안 미무ㄹ다. 1333년 보우普雨가 이곳에 와서 청 평사로 개칭하고, 대부분의 건물을 신축한다. 2010년 문화재청은 '춘천 청평사 고려선원'을 국가지정문화재인 명승 70호로 지정하 게 된다.

이자현으로 인해 알려진 청평사는 김시습 때문에 더 입에 오르 내리게 된다. 김시습이 청평사로 찾아온 시기에 대해서 이야기가 분분하다. 그의 문집 여러 곳에 청평사와 관련된 시가 분산되어 등 장하는 것으로 보면, 몇 차례에 걸쳐 방문한 것으로 보기도 한다. 그는 청평사로 들어오면서 시를 읊조린다.

「나그네[有客]」
나그네 청평사(淸平寺)에서
봄 산 경치 즐기나니.
새 울음에 외론 탑 고요하고

꽃 떨어져 실개울에 흐르네.
맛난 나물은 때를 알아 돋아나고,
향기론 버섯은 비 맞아 부드럽네.
시 흥얼대며 선동(仙洞)에 들어서니
씻은 듯이 사라지는 근심 걱정.

有客淸平寺　유객청평사

春山任意遊　춘산임의유

鳥啼孤塔靜　조제고탑정

花落小溪流　화락소계류

佳菜知時秀　가채지시수

香菌過雨柔　향균과우유

行吟入仙洞　행음입선동

消我百年愁　소아백년수

　전국을 떠돌아다니던 김시습은 청평사를 찾는다. 때는 봄. 새소리 때문에 더 적막한 산 속임을 깨닫게 된다. 사람은 보이질 않고 새소리만 들리는 적막 속에 침묵을 지키고 있는 탑은 김시습의 고독감을 배가시킨다. 더구나 만발했던 꽃은 떨어져 개울 물 위로 떠내려간다. 자신의 신세와 같다고 생각했을까? 봄날이 더 비극적인 나그네는 꽃이 만발하고 있어도 낙화를 생각했을 것이다. 그러나 청평사에 들어와 시간이 조금 흐르자 조금씩 변화된다. 긴장한 시선은 차츰 이완되어 간다. 나물과 버섯의 맛과 향기를 느끼면서 절로 흥얼거린다. 가슴 속에 맺혀있던 고독과 분노, 근심과 회한은 어느새 사라져 버린다. 치유의 장소가 선동仙洞이다. 선동은 신선들이 사는 곳으로 이해할 수도 있고, 이자현이 은거하던 골짜기가

'선동仙洞'이기 때문에 청평산의 계곡으로 볼 수도 있지만, 후자가 더 어울릴 것 같다. 허균은 이 시를 '한껏 한적하다'고 평한 바 있는데, 바로 시의 3~4련을 주목한 평일 것이다.

시끄럽게 지난 행적 묻지 마시게

김시습의 『매월당시집』에는 청평사와 관련된 시가 여러 편 실려 있다. 청평사에 머물렀던 시기에 주로 세향원細香院에서 생활을 하였다. 『유점사본말사지』에 따르면 김시습이 세향원을 새로 지어 거주하였다고 한다. 이밖에도 세향원을 언급한 기교들이 많다. 김상헌金尙憲, 1570~1652은 「청평록淸平錄」에서 '절의 남쪽 골짜기 속에 세향원이 있는데, 청한자淸寒子가 머물러 살던 곳으로 지금은 무너졌다'고 기록하였다. 청한자는 김시습의 호이다. 김익희金益熙, 1610~1656는 「매월당의 옛 거처를 찾다」라는 시를 짓는데, 제목 옆에 '매월당의 옛 거처는 영지 서쪽에 있으며, 세향원이라 한다'고 설명하고 있다. 열경悅卿은 김시습의 자다.

열경(悅卿)의 자취 묘연하여 오르기 어려우나,
예부터 세상에 맑은 풍모 전해오네.
수레에 오르려다 탄식하며 멈추고,
하늘 끝 부용봉을 우러러볼 뿐.

悅卿遺躅杳難攀 열경유촉묘난반
萬古淸風宇宙間 만고청풍우주간

欲擧籃輿嗟未得 욕거람여차미득

芙蓉天際仰高山 부용천제앙고산

　성해응成海應, 1760~1839의 경우도 청평산을 소개하는 글 중에 "청평사 남쪽 계곡 가운데에 세향원이 있는데, 청한자가 살던 곳이나 지금은 폐허가 됐다"고 언급하고 있다. 조인영趙寅永, 1782~1850은 청평산을 유람하고 「청평산기」를 남긴다. 그 중 "별원別院은 세향원細香院이라 하는데, 청한자淸寒子가 세상을 도피하여 살던 곳이다"라는 구절이 보인다.

　세향원은 서향원瑞香院으로 알려지기도 했다. 엄황嚴愰, 1580~1653이 편찬한『춘주지』는 "서향원의 옛 터는 영지의 서쪽 골짜기에 있는데 김시습이 살던 곳"이라고 적고 있다. 박장원朴長遠, 1612~1671은 「유청평산기遊淸平山記」에서 청평사 경내에 있는 문수원비를 감상한 후 다음과 같이 글을 이어 간다.

　　비석으로부터 남쪽으로 몇 리 쯤 떨어진 곳에 서향원(瑞香院)의 옛 터가 있다. 동봉(東峯)이 살던 곳으로 등나무와 잡초가 우거져 찾을 수 없다.

　동봉東峯은 김시습의 호號이다. 신위申緯, 1769~1845는 서향원瑞香院이란 시를 남기는데, 옆에 매월당 김시습의 유적이라고 부기하고 있다. 이유원李裕元, 1814~1888이 편찬한『임하필기』중에 춘천의 고적을 소개하는 단락이 있다. 춘천의 고적으로는 서향원瑞香院이 있는데, 여기에 매월당 김시습의 옛 자취가 있다고 적어 놓았다.

　그렇다면 어떤 명칭이 올바른 것일까? 김시습의 시 중에 「청평산 세향원 남쪽 창에 쓰다」란 작품이 있는 것으로 보아 김시습은 '세향원'이라 불렀다.

아침 해 뜰 무렵 새벽빛 밝아오니,
숲 안개 개는 곳에 새들이 짝 부르네.
먼 산의 푸른빛은 창문을 열면 보이고,
이웃 절 성근 종소리 산 너머로 들리네.
파랑새는 소식 전하러 약 달이는 부엌 엿보고,
벽도화(碧桃花) 꽃 떨어져 이끼와 어울리네.
신선이 하늘에 조회하고 돌아왔는가.
소나무 아래 한가로이 소전(小篆) 글씨 펼치니

朝日將暾曙色分 조일장돈서색분
林霏開處鳥呼群 림비개처조호군
遠峯浮翠排窓看 원봉부취배창간
隣寺疏鍾隔巘聞 인사소종격헌문
靑鳥信傳窺藥竈 청조신전규약조
碧桃花落點苔紋 벽도화락점태문
定應羽客朝元返 정응우객조원반
松下閑披小篆文 송하한피소전문

평온하다. 외로움이나 조급함을 찾을 수 없다. 세향원을 짓고 청평사에서 생활하기 시작한 김시습은 마음의 평온을 찾은 것 같다. 아침의 청량함을 한껏 만끽하는 그는, 세향원이 신선의 세계라고 생각하는 듯하다. 시어로 등장하는 '파랑새', '벽도화', '신선' 등은 청평산의 '선동仙洞'에 어울리는 단어들이다. 어디의 산이 그렇지

않으랴마는 특히 청평산은 김시습에게 위안을 준 것 같다. 이 시에
서 주목할 부분은 절의 종소리가 산 너머로 들린다는 것이다. 비록
시적 표현이라고 하더라도 세향원과 청평사 사이에 산이 있음을
짐작하게 해준다.

김시습의 「청평산 세향원 남쪽 창에 쓰다」는 두 수로 이루어졌다.

석양으로 산 빛은 점점 붉어지는데,
지친 새들 돌아갈 줄 알아 저녁 종소리 따르네.
바둑판 그대로 둔 채 오는 손님 맞아들이고,
선방 잠가두고 구름 짙길 기다리네.
네모 못엔 천 길 산봉우리 비치고,
절벽에선 만 길 물 내달리며 떨어지네.
이것이 바로 청평산 선경(仙境)의 운치,
어이하여 시끄럽게 지난 행적 묻는가?

夕陽山色淡還濃 석양산색담환농
倦鳥知歸趁暮鍾 권조지귀진모종
棋局不收邀客訪 기국불수요객방
丹房慵鎖倩雲封 단방용쇄천운봉
方塘倒揷千層岫 방당도삽천층수
絶壁奔飛萬丈淙 절벽분비만장종
此是淸平仙境趣 차시청평선경취
何須喇喇問前蹤 하수나라문전종

석양이 산을 붉게 물들이자, 때 맞춰 종소리는 울리고 하루 종일
날던 새는 하루를 마감하기 위해 돌아온다. 평화롭기 그지없다. 산

속 풍경만 그런 것이 아니라 세향원에서 거처하는 김시습의 일상도 시간에 얽매이지 않고 느긋하다. 한가롭게 바둑 두다 오는 손님 맞아들이고, 손님과 한담을 나누느라 시간 가는 줄 모른다. 이러한 것은 세향원이 위치한 곳이 신선들이 사는 곳이기 때문이다. 그곳에선 시비의 근원이 되는 예전의 행적이 필요 없다. 그냥 여유롭게 하루하루를 보내면 된다. 오랜만에 맛보는 이완된 삶일 것이다. 허균은 『성수시화』에서 "세속을 벗어나 화평하고 담아하니 저 아름다운 글귀나 다듬는 사람들은 앞자리를 양보하여야 할 것이다."라고 평했다.

세 번째 연은 영기에이 구송폭포를 형상화한 것이다. 영지는 경평산의 견성암이 비친다는, 우리나라에서 가장 오래된 연못으로 알려져 있다. 폭포 옆에 아홉 소나무가 있었기 때문에 구송폭포다. 영지와 구송폭포가 가까이에 세향원이 있다는 것을 시는 보여준다.

청평사를 방문했던 사람들은 세향원의 위치에 대해, '절의 남쪽 골짜기', '영지 서쪽 골짜기', '몇 리 떨어진 곳'이라고 기록하였다. 그렇다면 세향원은 어디에 있었을까? 많은 사람들이 영지 옆에 있는 '세향다원'과 그 옆 템플스테이를 위해 신축한 건물이 있는 곳이라고 말한다. 그러나 이곳은 골짜기도 아니고, 영지에서 너무 가깝기 때문에 선인들의 기록에 부합되지 않는다.

세향원을 찾아 나선다. 영지에서 조금 떨어진 곳에 이자현의 부도로 알려진 곳이 있다. 부도 옆으로 조그만한 두 개의 계곡이 합쳐진다. 두 계곡 사이의 능선을 따라 백여 미터 정도 올라가면 바로 세향원터다. 터 앞과 오른쪽은 약간 넓은 평지가 형성되어 있다. 오

세향원터

른쪽 평지엔 '우엉'이 아직도 자라고 있는 것으로 보아 채소를 키웠던 것으로 보인다. 바로 그 옆은 계곡이다. 수량이 풍부하진 않지만 졸졸 흐르며 청량함을 더한다. 세향원터엔 석축이 아직도 남아 있다. 중간은 허물어지고, 나무는 무성하다. 석축 위는 집터다. 이곳에 세향원이 있었을 것이나, 무성한 풀만이 무상함을 불러일으킨다. 이곳저곳 기세히 살펴보아도 별다른 유물은 없고, 누가 와서 마셨는지 흰 막걸리 통 하나가 풀 속에 누워 있다. 산나물을 채취하러 온 사람이 피곤함을 달래기 위하여 마신 것일까? 아니면 공허함을 이기지 못한 사람이 김시습의 처소를 찾아 막걸리를 나눠 마셨을까?

김시습이 청평사 세향원에서 거처했던 일은 스님들 사이에도 유명했던 것 같다. 안석경安錫儆, 1718~1774이 청평사에 들른 적이 있었다. 「청평사기」를 읽어본다.

선당(禪堂)에서 잤다. 초승달이 누운 곳을 비추었다. 그때 노승의 말을 들었는데, 연옹(淵翁)을 언급하는 것이 이어지면서 그치지 않았다. 대나무 갓과 갈포, 지팡이 하나인 깨끗한 풍채를 생각할 수 있다. 또 이백년 전에 긴 수염을 기른 두타가 이 절에 왔다고 말하였다. 내가 "이 사람은 청한자(淸寒子)이다. 모든 나무에 서리가 맺히고 온 산에 눈이 쌓인 것을 비유한 것이다"라고 하였다. 천년 뒤에 나의 평소에 품은 뜻의 말을 알아주기를 바라니 한스러워 눈물이 흐르려고 한다. 대개 매월옹(梅月翁)은 중년에 곡운(谷雲)에 거처했고 만년에는 설악(雪岳)에 거처했다. 연옹(淵翁)은 중년에 설악에서 살았고, 만년에는 곡운에서 거처했다. 이 산은 곡운과 설악의 사이에 있다. 그러므로 두 분이 이 산에서 놀며 즐겼던 것이다. (중략) 예전에 세 군자가 있었는데 나는 도리어 미치지 못한다. 홀로 왔다가 홀로 가고 홀로 그 자취를 어루만지며 홀로 바람 부는 소나무와 흐르는 물 사이에서 잊지 못하여 마음이 괴로움을 얻으니 슬프도. 내가 연옹보다 늦고 연옹은 매월옹보다 늦고 매월옹은 식옹(息翁)보다 늦으니 아득히 때가 같지 않아. 경운봉 위에서 서로 뜻이 맞아 웃고 즐기며 이야기 할 수 없으니 한스럽다. 뒷사람 또한 이 한을 같이 하는 자가 있겠는가?

식옹息翁은 아지현을 말하며, 청한자와 매월옹梅月翁은 김시습을 가리키고, 연옹淵翁은 김창흡을 의미한다. 적어도 안석경에게 청평산과 청평사는 세 사람에 의해 채색된 공간이었다.

학매를 가르치다

설잠雪岑은 김시습의 법호이다. 그는 청평사 세향원에 머무르면서 유유자적한 생활만 했을까? 그는 20대 후반에 『묘법연화경』 언해사업에 참여할 정도로 불교에 조예가 깊었다. 40대에 『묘법연화경별찬』·『화엄경석제』 등을 집필하는 등 탁월한 불교저술가로 이름을 떨쳤다. 이러한 깊이는 청평사에서 학매學梅와의 인연을 만들었다. 설잠은 세향원에 머무르면서 학매를 가르쳤다. 학매는 부용영관이 용문사에서 자문을 구하기 위해서 찾아올 정도로 불교계에 알려진 고승이 되었다. 이는 설잠이 청평사의 사상적 흐름에 영향을 수았나는 것으로 볼 수 있다. 윤춘년의 『매월당선생전』은 학매와의 관계를 알려준다. "제자 스님 중에 도의道義와 학매學梅가 있다"는 대목은 학매와 김시습간의 관계를 명확하게 해준다.°

학매 스님은 시와 글을 배우는데,
집은 소양강 가의 초가집이네.
짜던 베 자른 어미가 처음 찾아 와서,
글 논할 자리 없어 내게 참여시켰네.
소나무는 푸른 일산 구름은 솜뭉치 같고,
서리는 옥가루 같고 달은 얼레빗 같네.
너와 내가 점찍은 것은 묵은 인연이니,
푸른 산 조용한 곳에서 스승을 따르라.

學梅髡者學詩書 학매곤자학시서
家在昭陽江上廬 가재소양강상려
斷織有親新覲到 단직유친신근도
論文無地已參余 논문무지이참여
松如翠蓋雲如絮 송여취개운여서
霜似瓊糜月似梳 상사경미월사소
點爾與吾曾有夙 점이여오증유숙
青山穩處必從渠 청산온처필종거

「학매에게 주다示學梅」라는 시 두 수 중 하나이다. 이 시는 학매
가 공부하러 김시습에게 왔음을 보여준다. 부모님과 함께 찾아온
학매에 대한 인상은 어떠했을까? 세 번째 연은 청평사를 품고 있는
청평산의 자연에 대한 묘사일 수도 있지만, 학매의 모습에 더 잘
어울릴 것 같다. 푸른 소나무 같고, 흰 구름과 같이 때가 묻지 않은
것처럼 보였다. 내면적으로는 서리 같고 달과 같이 명징하다. 그러
면서 이렇게 만난 것은 예전부터의 인연이니 나를 따라서 열심히
공부하자고 따뜻하게 말하고 있다.

소나무와 벗하며 서천의 정자에서 노닐다

김시습의 자취는 세향원 뿐만 아니라 서천西川에도 있다. 요사채 앞 시내 쪽으로 공중화장실이 있다. 화장실 옆으로 내려가 시내 위쪽을 바라보면 색다른 계곡이 얼굴을 내민다. 너럭바위에 깊게 물길을 내며 떨어지는 폭포, 거세게 낙하한 물은 바위에 가마솥만한 웅덩이를 만든 후 흘러간다. 양 옆의 울창한 숲이 만들어내는 푸르름 사이로 폭포는 하얗게 부서지며 소리를 낸다. 두려움을 줄 정도의 굉음도 아니고, 힘없이 졸졸 소리를 내는 것도 아니다. 편안한 마음으로 받아들일 수 있을 정도의 적당한 소리이다. 푸르름 속에 하얗게 부서지는 물, 그리고 물이 들려주는 화음. 바로 이곳이 서천이다.

> 경내에서 서남쪽으로 70보 떨어진 곳이 서천(西川)이다. 서천의 아래쪽에 절구처럼 생긴 연못이 있다. 연못 위쪽에 대(臺)가 있고, 대의 위쪽에 큰 소나무 한 그루가 있는데, 이를 독송(獨松)이라 부른다. 매월당 김시습이 예전에 이 대 위에 정자를 지어 놓고 거처하였다고 한다.

절구처럼 생긴 못은 언제부터인지 '공주탕'이란 이름을 얻었다. 그 위쪽에 대臺가 있고, 대 위에 소나무 한 그루가 있었다고 서종화는 「청평산기淸平山記」에 적고 있다. 그러나 그 시절의 소나무는 사라진 지 오래다.

김창협金昌協, 1651~1708은 청평사에 들렸다가 서천에서 김시습을 떠올린다.

서천의 물과 바위 예로부터 들었는데,
직접 보니 참으로 그윽하고 뛰어나네.
맑은 물 골짝에서 구불구불 흘러가고,
위로는 부용봉이 하늘을 찌르누나.
생각하면 진락공(眞樂公)이 절에 살 제,
정원 앞에 흐르는 이 물을 아꼈으리.
허나 옛사람 백골에 이끼가 돋았으니,
깊은 회포 있은들 뉘를 향해 펼쳐보나.
이내 불현듯 떠오르는 동봉자(東峯子),
고사리 캐던 곳이 또한 이 산 속이네.

西川水石聞昔日 서천수석문석일
我來目擊信幽絶 아래목격신유절
淸泉出谷流蜿蜒 청천출곡류완연
上有芙蓉峯揷天 상유부용봉삽천
尙憶眞樂寄梵宇 상억진락기범우
愛此朝暮當園圃 애차조모당원포
古人白骨今生苔 고인백골금생태
我有幽襟向誰開 아유유금향수개
令人却憶東峯子 영인각억동봉자
採薇亦曾此山裏 채미역증차산리

　　서천의 독송 밑에서 노닐던 김시습의 행적을 김창협이 알고 있었는지 알 수 없다. 그러나 김시습이 청평산에서 머물렀던 것을 분명히 인식하고 있었다. 수양산에서 고사리를 캐며 절의를 지켰던 백이 숙제처럼, 김창협에게 김시습은 청평산에서 절의를 지킨 이미지로 그려져 있었고, 그를 연상케 해 준 곳은 서천이었다.

신선처럼 청평산을 거닐다

김시습은 세향원과 서천에 있는 소나무 아래 정자를 중심으로 청평산의 이 곳 저 곳을 거닐었다. 그의 발길은 선동仙洞까지 미쳤다. 해탈문을 지나 두 계곡이 만나는 곳에서 오른쪽 계곡으로 접어들면 가느다란 폭포가 소리를 내며 반긴다. 폭포 오른쪽 석벽에 '청평선동淸平仙洞'이라 새겨진 각자는 이곳이 선동임을 알려준다.

청평선동 바위글씨

박장원은 「유청평산기」에서 "길 옆 돌표면에 또 청평선동淸平仙洞
이라고 새긴 네 글자가 있는데, 자체字體는 선동식암仙洞息菴의 글자
와 같았다."고 적고 있다.

　매월당은 「선동仙洞」을 흥얼거린다. "가는 길이 굽이굽이 푸른
산에 접했는데, 찬 샘이 거꾸로 떨어지는 소리만 졸졸졸. (중략) 온
저녁 바둑 보다가 돌아갈 걸 잊으니, 천단에 구름 꼈어도 학은 아
직 아니 왔네."

　계곡을 따라 올라가면 계곡 오른쪽 높은 바위 위에 식암息庵이 있
었다. 여기서 이자현이 은거하였다. 매월당은 「식암연야息菴練若」
를 남긴다.

　절이 구름 낀 푸른 절벽에 있으니,
　벼랑을 뚫어내어 구름 가에 지었네.
　바람은 소나무에 불다 경쇠 흔들고,
　달은 그물과 작은 난간 비추는구나.
　시비를 한다 해도 어디 쓸 것이며,
　부지런히 애쓴들 무슨 꼴이 되랴.
　선동(仙洞) 소나무 창 아래 앉아서,
　황정경 내외편을 자세히 보리라.

　寺在煙霞翠壁間　사재연하취벽간
　懸崖開鑿架雲端　현애개착가운단
　風磨松檜搖淸磬　풍마송회요청경
　月映罘罳壓小欄　월영부시압소란
　是是非非將底用　시시비비장저용
　營營碌碌竟何顏　영영록록경하안

不如仙洞松窓下　불여선동송창하
兩卷黃庭仔細看　양권황정자세간

　　김시습에 대해서는 유교와 불교 그리고 문학 방면으로 연구된
바가 많았으나 도교 쪽으로는 그다지 다루어지지 않았다. 그의
수련 행적 및 도교사상은 『매월당시집梅月堂詩集』과 『매월당문집
梅月堂文集』에 찾아볼 수 있다. 위 시에 등장하는 『황정경黃庭經』은
내단학 계통의 기본 경전이다. 이를 통해 그가 도교에 관심을 가
졌음을 알 수 있다. 이밖에도 시 속에 사용된 수많은 도교적인 언
어들도 도교와의 친연성을 일려준다. 한국도교사에서 그를 주목
하는 이유는 고려 중엽 이후 조선 초기까지의 공백기를 깨고 선
도의 맥을 다시 이었을 뿐만 아니라, 그것을 후학들에게 계승시
켜 조선 중기 단학파의 발흥勃興을 가져오게 했다는 사실에 있다.
　　김시습은 비록 유학자로서 입신양명하지는 못하였으나 불승佛僧
으로서, 혹은 도인으로서 누구보다도 자유로운 정신세계를 노닐다
간 경계 바깥의 방랑자였다. 청평산의 세향원에서 거주하면서, 그
는 다양한 자기의 색채를 보여주었다. 세향원 뿐만 아니라 청평산
이 곳 저 곳에 그의 색채가 아직도 남아 있다. 삶이 고단하거나 외
롭다면 세향원터나 서천을 찾아 잠시 김시습의 삶을 생각해본다면
조금이나마 마음이 가벼워질 것이다.

오세암

오세암 전설은 언제부터 전해져왔을까? 전설은 역사상 사건을 소재로 하고 증거물이 남아 있는 것이 특징이다. 오세암 전설은 1920에 설화산인 무진자가 쓴 「오세암사적」에 들어있다. 오세암을 찾은 조선시대 선비들은 오세암이라 불리게 된 이유를 다른 곳에서 찾았다. 김시습이 이곳에서 거처하였기 때문에 오세암이 되었다고 믿었다.

9 /

한가로이
쉴만한 곳이네

9

한가로이
쉴만한 곳이네

오열하며 흐르는 한계의 물이여
오세암에 머물다

오열하며 흐르는 한계의 물이여

한계령 중간에 있는 장수대將帥臺는 6.25 전쟁 때 설악산 전투에서 산화한 장병들의 명복을 기원하기 위해 건립하였다. 한옥으로 지어진 건물은 장병들의 휴양소라는 말도 있고, 장성들의 휴양소라는 설도 있다. 이승만 대통령이 여름별장으로도 이용했다고도 한다.

이 일대는 2006년에 큰 홍수 피해를 입었다. 한계리 마을은 물론이고, 한계령 도로가 물에 잠겨 흔적조차 찾아볼 수 없었고, 인명 피해가 났다. 한계령 이곳저곳에 남은 산사태 흔적은 아직도 그 당시의 아픔을 보여준다.

장수대

한계령은 예전부터 유명했다. 한치윤韓致奫, 1765~1814은 『해동역사속집』에서 한계산寒溪山을 소개하면서 한계령 주변의 경치가 영서에서 제일이라고 한다. 한계령과 하천에 관련된 부분은 이러하다.

> 원통역으로부터 동쪽은 왼쪽과 오른쪽이 모두 큰 산이어서 동부(洞府)는 깊숙하며, 계곡의 물은 이리저리로 흘러서 무려 36번이나 건너야만 한다. 나무들은 마치 갈대자리를 말아 세운 듯이 위로 하늘에 솟았고 곁에는 가로 뻗은 가지가 없는데, 소나무와 잣나무가 더욱 높아서 그 꼭대기를 볼 수가 없다. 또 그 남쪽에는 봉우리가 절벽을 이루었는데, 그 높이가 천 길이나 되어 이루 형언할 수 없이 기괴하며, 너무 높아서 나는 새도 지나가지 못한다. 그 아래에는 맑은 샘물이 바위에 부딪쳐서 못을 이루었으며, 반석이 평평하여 둘러앉을 만하다. 또 동쪽의 몇 리는 계곡 입구가 매우 좁으며, 가느다란 길이 벼랑에 걸려 있는데, 바위 구멍은 입을 벌리고 있고 봉우리들은 높이 솟아 있다. 이에 마치 용이 끌어당기고 범이 움켜잡을 것 같다. 층층다리를 겹쳐 놓은 것 같은 것이 수없이 많아서 그 좋은 경치는 영서에서 으뜸이다.

조선 전기에 이곳을 찾은 이가 있었으니, 바로 김시습이다. 이이李珥, 1536~1584는 「김시습전」에서 그의 행적에 대해 "강릉과 양양 등지로 돌아다니며 놀기를 좋아하고, 설악雪嶽·한계寒溪·청평淸平 등의 산에 많이 머물렀다."고 기록한다. 허목許穆, 1595~1682은 「청사열전」에서 "양주楊州의 수락산水落山, 수춘壽春의 사탄향史呑鄉, 동해 가의 설악산雪嶽山과 한계산寒溪山, 월성月城의 금오산金鰲山은 모두 김시습이 즐겨 머물렀던 곳이다."라고 적어 놓았다. 이이와 허목이 말한 한계와 한계산은 인제 쪽의 한계령 일대와 귀

때기청봉과 안산을 포함한 서북능선을 가리킨다. 더 넓게는 인제에 속한 설악산을 의미하는 경우도 있다.

김시습은 한계천에서 「한계寒溪」란 시를 읊조린다.

오열하며 흐르는 한계의 물은
텅 빈 산에서 밤낮으로 흐르네
뛰어난 인물 따를 수 없는 내가
한가로이 쉴만한 곳이네
외진 땅이라 구름 깨끗하고
맑은 못이라 이끼 거의 없지만
꿈속에서도 돌아가지 못하고
바람 따라 떠도니 시름겨워라

鳴咽寒溪水 오인한계수
空山日夜流 공산일야류
不能隨俊乂 불능수준에
且可任優休 차가임우휴
地僻雲牙淨 지벽운아정
潭淸石髮柔 담청석발유
夢魂歸未得 몽혼귀미득
飄轉實堪愁 표전실감수

한계천의 물소리를 목이 메어 우는 울음소리로 비유하는 사람이 누가 있을까? 이곳을 찾은 김시습은 깊은 슬픔에 잠겨 있었을 것이다. 그 슬픔은 잠깐 있다가 사라지는 일시적인 것이 아니었다. 그래서 잠시 동안 울고 만 것이 아니라 밤낮으로 운다고 보았다. 슬품의 깊이를 헤아리기 어려울 정도이다. 따를 수 없는 뛰어난 인물들은 아마도 사육신이었을 터. 그들과 같이 하지 못했기에 할 수 있는 것은 모순 가득한 현실을 떠나는 것이다. 끊임없이 고뇌하면서 평생 방랑과 은둔을 반복하며 방외인으로 살았다. 마음 편히 정주할 수 없는 그에게, 늘 그랬듯이 방랑이 기다릴 뿐이다.

이곳은 전쟁에서 스러진 장병들의 눈물과, 홍수에 무너진 나무와 돌들, 그리고 김시습의 아픔이 중첩된 곳이다. 그래서일까? 장수대 앞을 흐르는 물은 더 크게 소리를 낸다.

오세암에 머물다

한계천에서 슬픔에 잠겼던 김시습은 오세암에 머물렀다. 대승령을 넘어 오세암으로 향했을 것이다. 『건봉사급건봉사말사사적乾鳳寺及乾鳳寺末寺史蹟』에 실려 있는 「오세암사적五歲庵事蹟」에 의하면 오세암의 역사는 신라 때 자장법사慈藏法師가 암자를 짓고 관음암觀音庵이라 이름 붙이면서 출발한다. 고려 때 설정雪頂 조사가 암자를 중수했다고 하지만, 대부분의 기록물들은 1643년에 설정雪淨이 중수한 것으로 나온다. 황경원黃景源, 1709~1787의 「인제현오세선원기麟蹄縣五歲禪院記」에 "당시 임금(영조) 25년에 스님 설정雪淨이 설악산에 올라 선생의 오세선원五歲禪院을 찾으니 폐허가 된지 100년이 되었다. 터에 다시 세웠다. 3년 10개월이 지나 암자가 완성되자 선생의 초상화를 구해 소장하고, 나에게 기록을 청하였다."라는 대목이 눈길을 끈다.

1864년에 남호南湖 율사가 대장경을 해인사에서 가져와 오세암에 봉안한 일도 커다란 사건이었다. 1888년에 백하白下 선사가 절의 모습이 너무 초라하여 2층으로 된 전각과 응진전應眞殿 6칸을 준공하였다. 미흡한 것을 완성시킨 분은 충청도 마곡사麻谷寺에서 온 인공印空 선사다. 이후 근대의 고승인 만해 한용운韓龍雲이 머물면서『십현담十玄談』의 주석서를 쓴 것은 유명하다.

설화산인雪華山人 무진자無盡子는 오세암 주변의 형세를 '연꽃이 반쯤 피어있는 형상이며, 가운데에 한 줄로 뻗어 나온 지맥은 금모래가 깔려 있는 듯'하다고 논한 바 있다. 그렇다면 오세암을 둘러싼 봉우리들은 연꽃이나. 오세암 상선실화에서 말하는 설 뒷산인 관음조암도 꽃잎이고, 관음보살이 오세 동자를 아들처럼 안고 있는 모습을 한 어머니바위인 만경대도 꽃잎이다. 그 가운데에 오세암이 자리 잡고 있다.

이의숙李義肅, 1733~1807은 「오세암기」에서 오세암을 이렇게 묘사한다.

사자항(獅子項)에서 멈추어 서서 가까운 곳을 주의 깊게 살펴보면 그윽하게 암자가 있으니 오세암이다. 김시습이 이곳에서 숨어 지냈다. 경계는 매우 편안하며 고요하고, 시내와 언덕은 밝고 환하며, 둘러싸고 있는 것이 가까이 다가서지 않는다. 동남쪽에 빼어난 산이 불쑥 일어섰는데, 봉우리가 이지러진 곳은 멀리 있는 봉우리로 채워졌다. 그림처럼 더욱 푸르고 울창하니, 산 중에 뛰어난 곳이나.

새로 지어진 건물들은 고풍스런 멋과 거리가 있지만, 오세암 현판을 달고 있는 건물은 푸근하게 다가온다. 특이한 것은 마루다. 안방처럼 편하다. 건물 안 동자상이 해맑은 미소를 짓고 있다. 오세동자다. 주위를 둘러싼 불상도 다 동자들이다.

설정雪淨 스님은 고아가 된 형님의 아들을 암자에 데려다 키우고 있었다. 겨울이 시작된 10월 어느 날, 월동준비 관계로 양양으로 떠나게 되었다. 이틀 동안 혼자 있을 네 살의 조카를 위하여 며칠 먹을 밥을 지어 놓고 스님은 신신당부하였다.

"이 밥을 먹고 '관세음보살, 관세음보살'이라고 부르면 잘 보살펴 주실 것이다."

절을 떠난 스님이 장을 본 뒤 신흥사까지 왔을 때, 밤새 내린 폭설로 오세암으로 돌아갈 수 없었다. 어찌할 수 없게 된 스님은 겨울을 지나 눈이 녹은 이듬해에 겨우 돌아 올 수 있었다. 그런데 법당 안에서 목탁소리가 은은하게 들려오는 것이었다. 달려가 보니 죽은 줄 알았던 아이가 목탁을 치면서 관세음보살을 부르고 있었고, 방안의 훈훈한 기운과 함께 향기가 감돌고 있었다. 스님이 아이를 와락 끌어안고 그 까닭을 물었다.

"저 어머니가 늘 찾아와서 밥도 주고 재워도 주고 같이 놀아주었어요."

그 때 갑자기 젊은 백의여인이 관음봉으로부터 내려와 동자의 머리를 만지면서 성불成佛의 기별을 주고는 푸른 새로 변하여 날아가 버렸다. 관세음보살의 가피에 감격한 설정 스님은 다섯 살의 동자가 관세음보살을 신력으로 살아난 것을 후세에 길이 전하기 위하여 관음암을 중건하고 오세암으로 고쳐 부르게 되었다.

오세암 전설은 언제부터 전해져왔을까? 전설은 역사상 사건을 소재로 하고 증거물이 남아 있는 것이 특징이다. 오세암 전설은 1920에 설화산인 무진자가 쓴 「오세암사적」에 들어있다. 오세암을 찾은 조선시대 선비들은 오세암이라 불리게 된 이유를 다른 곳에서 찾았다. 김시습이 이곳에서 거처하였기 때문에 오세암이 되었다고 믿었다. 윤춘년尹春年, 1514~1567은 「매월당선생전梅月堂先生傳」에서 김시습에 대해 이렇게 적는다.

> 다섯 살에 세종께서 승정원에 부르시어 시로 그를 시험한 뒤 크게 칭찬하시고 비단 50필을 내려주시며 제 스스로 가져가게 하니, 선생이 각기 그 끝을 연이어 끌고 나감에 사람들은 더욱 기특하게 여겼다. 길에서 늙은 부인이 두부를 주며 먹도록 하니, 곧 시로 읊었다. (중략) 이에 이름이 온 나라에 진동하여 사람들이 지목하여 오세(五歲)라 일컬었지, 감히 이름을 부르지 못하였다.

다섯 살 어린 김시습이 세종 임금과 주고받은 대구를 통하여 오세五歲의 별칭을 얻게 되었다는 것을 알려준다. 이때 세종이 "동자의 학문은 흰 학이 푸른 허공 끝에서 춤추는 것 같도다.童子之學 白鶴舞靑空之末"라고 하자 김시습은 "성군의 덕은 마치 누런 용이 파란 바다 가운데서 뒤집는 듯하옵니다.聖主之德 黃龍飜碧海之中"라고 답하였다고 한다. 이후 오세五歲는 김시습을 지칭하게 되었다. 오세암이 김시습과 관련 있다는 설을 뒷받침하는 것은 이복원李福源, 1719~1792이 1753년에 설악산을 유람하고 지은 「설악왕환일기雪嶽往還日記」다.

네다섯 개의 높은 고개를 넘어 오세암에 이르렀다. 능선과 봉우리가 겹겹이 둘러싸고 있고, 가운데 드러난 산기슭 하나가 매우 깊숙한 곳에서 탁 트여 훤하니 옛날에 매월당의 유적이 있었다. 호남의 스님 설정(雪淨)이 재목을 모아다 암자를 짓는데 토목공사를 겨우 끝내놓고 한창 서까래를 설치하고 색칠을 시작하고 있었다. 암자의 이름은 오세동자의 뜻에서 취했다고 한다. (중략) 내가 웃으며 "스님이 비록 매월당에게 의탁함이 막중한데도 도리어 본체에다 관음보살을 앉히고, 매월당의 초상은 반대로 곁방에다 두었으니 손님과 주인이 바뀐 꼴입니다. 그러고도 스님이 저에게 관음보살의 사당을 짓는 일을 도우라고 시키는 것입니까?"하였다. 설정이 말하길, "천하의 지존 중에 부처보다 큰 것은 없으니, 스님이 된 자로서 반걸음조차도 소홀히 하거나 망각할 수 없습니다. 매월당의 맑은 절개는 진실로 존경할만하나 집을 지어 부처를 주로 삼지 않으면 스님들 중에 누가 즐겨 돌 하나를 지고 나무 하나를 끌겠습니까? 또한 소승이 스스로 관음을 높이고, 그대로 하여금 스스로 매월당에게 부조하게 하는 것이 무슨 해가 되겠습니까?"하였다.

'암자의 이름은 오세동자의 뜻에서 취했다고 한다'는 것은 설정 스님에게서 들은 이야기를 기록했음을 알려준다. 계속 이어지는 글은 당시에 김시습 초상을 모셨다는 것을 알려준다. 황경원黃景源의 「인제현오세선원기」에서도 암자가 완성되자 선생의 초상화를 구해 소장했다고 기록하고 있다. 설악산을 유람하다가 오세암에 들린 사람들은 한 결 같이 김시습의 초상화를 언급하였다. 안석경安錫儆, 1718~1774은 1760년에 오세암에 들렀던 일을 「설악기雪岳記」에 적는다.

암자엔 매월당의 화상(畵像) 두 폭을 진열했다. 하나는 유학자의 초상이
고, 하나는 스님의 초상인데 수염이 있다. 나는 손을 씻고 옷을 단정히 하
고 유학자의 초상에 참배했다. 우러러보니 우뚝한 풍모와 기운이 사람을
감동시킨다. 높은 이마와 굳센 광대뼈, 힘찬 눈썹과 빛나는 눈, 우뚝한 코
와 무성한 수염은 참으로 영웅호걸의 외모이다.

조선시대에 걸린 영정은 1940년까지 전해져 왔다. 송석하가 촬
영한 매월당영정이 『처음으로 민속을 찍다』에 실려 있다.

오세암의 바위에 오세암의 역
사를 알려주는 글씨가 새겨져 있
다. 경내 계단 아래에 있는 큰 바
위는 오세암의 역사책이다. 바위
윗부분에 글씨가 새겨져 있다.
많은 글자들 중 눈에 먼저 들어
오는 것은 '순사경산당정공원용
지비巡使經山堂鄭公元容之碑'다. 순
찰사 정원용鄭元容, 1783~1873의 비
석이다. 정원용은 영의정을 지
닌 분으로, 강원도관찰사 시절
(1827.3~1828.7)에 이곳을 들렀
던 것 같다. 옆의 글을 보니 '성매
월원成梅月院'이란 글자가 보인다.
매월원梅月院을 지었다는 뜻인데,
오세암에 딸린 매월원이란 건물
이 있었는지, 아니면 오세암을

송석하의 『처음으로 민속을 찍다』에 실린 사진

오세암 바위글씨

매월원이라고 불렀는지 매우 흥미롭다. 매월원梅月院이란 명칭은
매월당의 호에서 유래하였음은 불문가지다. 또한 김시습이 이곳에
있었다는 것을 알려주는 자료다.

서응순徐應淳, 1824~1880은 오세암에서 하룻밤을 묵으며 시를 지었다.

텅 빈 산 속 옛 절에
목련꽃 피었는데
동산에 밝은 달 뜨니
매월당이 오시는 듯

古寺空山裏 고사공산리
木蓮花自開 목련화자개
東峯明月上 동봉명월상
猶似悅卿來 유사열경래

이 시에서도 연꽃이 피었다. 동산[東峯]은 동쪽에 있는 산이며, 김
시습이기도 하다. 김시습의 호가 동봉東峯이다. 열경悅卿은 김시습의
자字이다. 한 밤 중의 달과 김시습을 중첩시켰다. 호젓하고 한가로
운 오세암의 밤이다. 아마도 하얀 목련은 달빛에 은은히 빛났을 것
이다. 서응순은 오세암에서 깨달음을 얻은 것 같다. 김시습이 머물
던 곳. 한용운이 깨달음을 얻은 곳. 연꽃이 핀 형상을 하고 있는 이
곳. 속인들이 마음을 비우고 깨달음을 얻어야 할 곳이 오세암이다.

법수치리 검달동

법수치리로 향한다. 길게 이어진 계곡은 계속 이어진다. 어성전을 지나면서 사잇길로 빠져 또 하염 없이 달린다. 물이 좋은지라 펜션이 계속 들어선다. 마치 불가(佛家)의 법수(法水)와 같다는 법수치 리 길옆에 폭포가 보인다. '대승폭포'라 한다.

백발과
근심이
함께 하누나

백발과 근심이
함께 하누나

양양 바닷가 마을 낙진촌에서
법수치리 검달동에 머물다

양양 바닷가 마을 낙진촌에서

　강릉을 떠난 김시습은 양양으로 향한다. 바다를 따라 올라가다가 낙진촌樂眞村에서 봇짐을 내렸다. 마을 이름은 낙진당樂眞堂이란 집에서 유래했을 것이다. 「낙진당」이란 시에 의하면 집 주인은 중앙에서 후설喉舌을 맡은 신하였다. 후설은 목구멍과 혀를 가리킨다. 왕과 가까운 신하로 승정원에서 근무했음을 알 수 있다. 그는 연로하신 부모님을 모시기 위해서 바닷가로 왔던 것이다. 중앙정계에서 벼슬을 했던 그에게 부모님을 모시며 유유자적 사는 것이 '참됨을 즐기는[樂眞]' 생활이었다. 김시습은 아마도 마을 이름이 마음에 들었던 것 같다. 「낙진촌거사경樂眞村居四景」에서 그의 일상을 엿볼 수 있다. 봄날 그는 어떻게 보냈는가.

　집 둘러 듬성듬성 소나무와 대숲
　가끔씩 때맞춰 새소리 들리네
　해 길어 깨어나 경서 역사 보다가
　뜰에 가득 꽃비가 내린 걸 몰랐네

　繞屋扶疏松竹林　요옥부소송죽림
　間關時聽語幽禽　간관시청어유금
　日長睡罷披經史　일장수파피경사
　不覺滿庭花雨深　불각만정화우심

　낙진촌이 어디에 있는지 알 길 없다. 수많은 자료를 찾고 지도를 훑어봤으나 아직 행방이 묘연하다. 시속에 마을 모습이 멀리서 보인다. 소나무와 대나무로 둘러싸인 집. 이뿐이다. 동해안에서 쉽게 볼 수 있는 촌가의 모습이다. 이따금 나무로 이루어진 울타리로 새가 날아든다. 날이 길어지다 보니 낮잠에 빠졌다가 새 소리에 깨어난다. 경서와 역사책을 읽다가 잠에 빠졌나보다. 다시 책을 읽는다. 한가롭기 그지없다. 바람 부는 길에서 늘 떠돌았다. 한 곳에 정주하지 못했다. 이제는 멈추고 한껏 게으름을 만끽하는 중이다. 낮잠을 자는 사이에 봄비가 내렸는지 꽃잎이 비처럼 떨어져 뜰은 온통 붉은 색이다.

낙진촌에서 김시습은 오랜만의 느긋함을 만끽한다. 아니 그렇게 살려고 노력했던 것 같다. 「스스로 경계하다」를 읽어본다.

나이 이미 50 되었는데
남은 생 가련하기만 하네
세상인심 가볍기 물결 같은데
나의 도는 줄처럼 곧기만 하네
얻음을 보면 의를 생각하고
편안하게 살며 천명 즐기며
물러나 편안한 곳에 숨으니
물욕이 흔들어도 도도할 뿐

年已知天命   연이지천명
餘生足可憐   여생족가련
世情輕似浪   세정경사랑
吾道直如絃   오도직여현
見得唯思義   견득유사의
居安只樂天   거안지락천
退藏寬穩處   퇴장관온처
物撓我陶然   물요아도연

50줄에 드니 만감이 교차한다. 아무 것도 이루지 못한 삶이 불쌍하기조차 하다. 여태 어떻게 살아왔는가? 세상 사람들은 조그만 바람에도 찰랑거리는 물결 같지만 그는 곧게만 살아왔다. 부끄럽지 않은 삶이다. 삶의 좌표를 바꾸고 싶지 않다. 단 천명을 즐기며 편안하게 살고 싶다. 외부에서 유혹하는 물욕이 있다하더라도 도연陶然하게 살고 싶다. 스스로 경계하는 시이기 때문에 그렇게 살려고 다짐한 것이다. 그가 추구한 삶의 모습은 도연陶然에 함축되어 있다. 도연은 술에 취하여 즐거워하는 상태를 형용한 말이다. 도잠陶潛의 「시운時運」에, "이 한 잔 술 마시고, 도연히 스스로 즐긴다네.[揮玆一觴 陶然自樂]"에서 온 말이다. 취하여 흥이 돋는 모양, 편안하고 즐거운 모양이다. 느긋한 상태다. 이렇게 살고 싶었다. 가끔 그러한 상태가 되기도 했다. 「자연自然」에서 이렇게 노래한다. "바야흐로 얻음이 있나니, 나 자신이 편안함을 그저 즐기네[坐忘方有得, 樂我自家便]"

김시습은 마을 사람들하고도 잘 어울렸다. 의심하던 청년은 마음을 열고 웃고, 온화하고 예의가 있는 청년과는 저녁 내내 야기기하느라 해 지는 줄도 모른다. 낙심한 이와 술을 함께 마시며 원통함을 씻었고, 윷놀이를 하며 큰소리로 외치기도 한다. 동네 사람들과 어울리면서도 현실에 대해 눈을 감고 있지 않았다. 백성들을 착취하는 탐관오리를 「막비莫匪」에서 신랄하게 비판한다. "대낮에 마음껏 날아올라 / 한껏 난폭하게 구나 / 뭇 새들도 그 뒤를 따라 / 남의 집을 함부로 쪼네 / 담장의 여우는 또 무슨 일로 / 앞 다투어 이리 달리고 저리 달리나 / 교활한 쥐는 그 틈을 노려 / 구멍에 숨었다가 들창을 뚫네 (중략) 아아 불쌍한 백성들이여 / 어찌해야 안도

할지 모르겠네 / 이 생각에 공연히 뒤척이며 / 나도 모르게 눈물을 줄줄 쏟네"라고 표현한다.

양양 바닷가 낙진촌에서 마을 사람들과 어울리며 천명을 즐기며 도연陶然하게 살려고 했고 실제로 그렇게 살았다. 그러나 노년의 깊은 회한을 씻어주지는 못한다. "대장부는 언제나 수치심을 가졌으니 / 세상과 함께 부침을 따르는 걸 어찌 감당할 수 있나" 세상과 더불어 옮아가거나 변해 가려고 할 때마다 굴원의 목소리가 들리는 듯하다. "새로 머리를 감은 사람은 반드시 갓을 털고, 새로 몸을 씻은 사람은 반드시 옷을 턴다고 들었소. 어찌 깨끗한 몸으로 더러운 사물을 받아들일 수 있겠소? 차라리 상수에 뛰어들어 강고기의 배 속에 장사를 지낼지언정 어찌 희고 깨끗한 청결한 몸으로 세속의 먼지를 뒤집어쓸 수 있겠소?" 눈을 들면 마음속 깊이 사무치니 감정을 어찌 할 수 없다.[擧目其如感慨何] 인생을 헤아려보니 살날이 많이 남지 않았다[百年身世已無多] 자신의 삶을 여섯 곡의 노래로 회고한 「동봉육가東峯六歌」를 짓는다. 그의 외로움과 회한이 다가온다. 두 수를 읽어본다.

나그네 있네 나그네 있어 동봉(東峯)이라 부르는데
헝클어진 백발에 심하게 늙고 병들었구나
나이 약관도 되지 않아 글과 검을 배웠는데
사람됨이 케케묵은 선비 형용 짓는 것을 수치스러워하네
하루아침에 가업(家業)을 떠도는 구름인 양 팽개치고
물결치는 대로 흘러가니 누가 함께 따를까나?
오호라! 첫 번째 노래여! 그 노래가 정히 슬프구나
창창한 하늘은 아득하기만 하구나.

有客有客號東峯 유객유객호동봉
鬅鬠白髮多龍鍾 삼삼백발다룡종
年未弱冠學書劍 연미약관학서검
爲人恥作酸儒容 위인치작산유용
一旦家業似雲浮 일단가업사운부
波波挈挈誰與從 파파설설수여종
嗚呼一歌兮歌正悲 오호일가혜가정비
蒼蒼者天多無知 창창자천다무지

질률나무여! 질률나무여! 가지에 가시가 많아도
붙늘어 의지하여 산 넘고 물 건너 사방을 유녕냈네
북쪽 끝으로는 말갈(靺鞨)까지 남쪽 끝으로는 부상(扶桑)까지
어느 곳에 근심어린 이내 마음 묻을까
해는 저물고 길은 멀어 내 가야 할 길 머나머니
어떻게 회오리바람 타고 구만 리를 날아볼까
오호라! 두 번째 노래여! 그 노래가 낮았다가 높았다가
북풍(北風)이 나를 위해 처량히도 부는구나.

柳標柳標枝多芒 즐표즐표지다망
扶持跋涉遊四方 부지발섭유사방
北窮靺羯南扶桑 북궁말갈남부상
底處可以埋愁腸 저처가이매수장
日暮途長我行遠 일모도장아행원
安得扶搖搏九萬 안득부요단구만
嗚呼二歌兮歌抑揚 오호이가혜가억양
北風爲我吹凄涼 북풍위아취처량

양양 바닷가 낙진촌에서 김시습은 회한에 젖어 자신의 삶을 노
래한다. 잊은 줄 알았으나 불현 듯 생각나곤 한다. 시대를 잘못 만
난 천재의 고독과 번뇌가 뾰족뾰족 살아난다. 다시 바닷바람 부는
길에 섰다.

법수치리 검달동에 머물다

오십 줄에 들어선 김시습의 발길은 강릉에서 출발하여 양양에
닿는다. 전국을 정처 없이 떠돌던 그의 발길은 무슨 까닭인지 몇
년 동안 양양 법수치리 산 속에 머물렀다. 산 속에서 터를 잡았지
만 그의 심사가 완전히 풀린 것은 아니었다. 씻기지 않고 덕지덕지
붙어있는 번민을 조금이나마 어루만져주던 곳이 이곳이었다. 앉은
자리가 따뜻해질 만하면 방랑벽이 느닷없이 나타나 이끌곤 했던
적이 얼마나 많았던가. 시 저변에는 늘 슬픔이 깔려있지만 조금은
따뜻한 시 한 수가 보인다.

아침에 강릉 떠나 양양에 도착하니
오랜 풍류 느닷없이 가볍게 일어나네
꽃밭에 들어가 한 떨기 꽃을 보니
싱긋 웃자 온갖 애교 우러나네

江陵朝發到襄陽 강릉조발도양양
千古風流取次情 천고풍류취차정
偶入花叢看一朵 우입화총간일타
嫣然欲笑百媚生 언연욕소백미생

「현산의 꽃떨기를 노래하다[詠峴山花叢]」이다. 현산은 양양군을 지칭하기도 하고 양양읍내에 있는 야트막한 동산을 가리키기도 한다. 독립만세운동을 기리기 위한 기념비 등과 체육시설 등이 자리를 잡은 공간으로 변한 현산은 봄철에 벚꽃이 활짝 피어 장관을 이룬다.

김시습이 읍내에 있는 현산을 찾았을 때 꽃이 지천이었다. 한때 강릉에서 옥살이를 했으나 꽃을 보자 자신도 모르게 마음이 풀어진다. 어느덧 눈빛은 부드러워진다. 이것이 꽃의 힘 아니겠는가.

김시습은 잇닿 읍내에서 남쪽 범수치 계곡으로 들어간다. 『과동읍지』에 검달동黔達洞에 대한 기록이 눈에 들어온다. "관청에서 남쪽으로 80리 되는 곳에 있는데, 김시습이 살던 곳이다. 자지紫芝가 있는데 오세동자가 캐던 것이라고 한다." 양양부사를 지낸 적 있는 이해조李海朝, 1660~1711의 「현산삼십영峴山三十詠」에도 비슷한 설명이 있다. "검달동은 관청 남쪽 80리 되는 산과 계곡 험한 곳에 있다. 겹겹이 쌓인 가파른 산이 둘러 에워싸고 있어 사람의 발자취가 온 적이 드물다. 이곳은 매월당의 예전에 은거하던 곳인데, 남겨진 터가 아직도 있고, 오세동자의 터라고 전해져온다." 「검달동의 황폐해진 터[黔洞荒墟]」란 시 제목을 설명한 글이다.

당신 본래 청한자(淸寒子)인네
어찌해서 검달동에 살 곳을 정했는가
아직도 오세동자터라 전해져
변치 않는 마음 사라지지 않았지만

구슬피 고사리 캐는 노래를
뒷날 누가 알아주겠는가
빈 터 조그만 매화에 달 뜨자
버드나무 그늘에 가려지누나

知君本淸寒　지군본청한
卜地焉取黔　복지언취검
猶傳五歲童　유전오세동
不死千年心　불사천년심
悽悽采薇歌　처처채미가
後世誰知音　후세수지음
空餘小梅月　공여소매월
掩暎五柳陰　엄영오류음

법수치리로 향한다. 길게 이어진 계곡은 계속 이어진다. 어성전을 지나면서 사잇길로 빠져 또 하염없이 달린다. 물이 좋은지라 펜션이 계속 들어선다. 마치 불가佛家의 법수法水와 같다는 법수치리 길옆에 폭포가 보인다. '대승폭포'라 한다.

양양부사가 법수치리 대승폭포의 솟대빼기라는 곳에 일산을 높이 꽂고 천렵을 하는데 마침 스님이 지나가는 것을 보았다. 부사가 생선국을 권하니 국을 다 먹고 갈 때 폭포 물을 가로타고 앉아서 대변을 보면서 말하기를 "소승은 죽은 고기 먹고 산고기를 싸놓고 갑니다."라고 말하면서 변을 보니, 물고기들이 펄펄 뛰었다고 한다. 그 때부터 검달동 폭포를 대승폭포라 하였다는 이야기가 전해진다. 구라우교 옆에서 검달동에 대해 물으니 이곳이 '검달골'이라 한다.

법수치리 대승폭포

검달동

　이해조李海朝, 1660~1711는 1709년(숙종 35) 2월에 양양부사 부임했
다. 「현산삼십영」 중 흥미로운 시가 보인다. 바로 「사림사의 깨진
비석[沙林斷碑]」이다. 사림사는 선림원을 말한다. 지금은 터만 남아
'선림원지'로 알려진 이곳은 양양군 서면 서림리 미천골에 있다.
통일신라시대의 절터인데, 여기에 홍각선사탑비가 있다.

　이 비는 통일신라 정강왕 원년(886)에 세워진 것으로 추정된다.
비신은 파편만 남고 귀부와 이수만 남아 있던 것을 2008년에 비신
을 새로 복원하여 현재의 모습을 갖게 되었다. 비문은 운철이 왕희
지의 글씨를 다른 곳에서 모아 새긴 것이라 한다. 이해조는 매월당

이 글을 짓고 왕희지의 글씨를 모아서 비를 세웠다고 보았다. 아마
도 이해조가 절터를 방문했을 때는 비석이 깨져 온전히 해독할 수
없어서일 수도 있고, 김시습이 선림원과 산을 사이에 두고 있는 법
수치리에 살았기 때문에 그렇게 믿었던 것 같다.

깨진 비석 누가 보물인 줄 알까
내 그 아래서 머무르려하네
매월당 글은 고상하고 고풍스럽고
왕희지 글씬 변화무쌍하네
꿈틀거리는 용 모습 구분할 수 없지만
왕희지 글씨 쓴 설 보여주네
양공(羊公)의 공적 새긴 비석
솜씨 빌리지 못해 한스럽구나

斷碣孰知寶 단갈숙지보
我欲宿其下 아욕숙기하
梅堂文高古 매당문고고
蘭亭筆變化 난정필변화
微分跳龍勢 미분도룡세
能傳換鵝寫 능전환아사
羊公一片石 양공일편석
恨未此手借 한미차수차

*양공(羊公)은 진나라의 태수로 정치를 잘하였기 때문에 그 공로를 기리기 위해
현산에 비석을 세웠다고 한다.

유몽인柳夢寅, 1559~1623의 『어우야담』에 김시습과 관련된 일화를 넣었다. 도가 쪽에서 많이 인용하는 글이기도 하다. 김시습은 우리나라 도교의 도맥에서 중시조격인 지위를 차지하고 있으며, 신선이 되는 이치를 터득한 사람으로 추앙된다. 『어우야담』속으로 들어가 본다.

최연(崔演)은 강릉 사람이다. 김시습이 설악산에 중이 되어 은거한다는 소식에 젊은 동지들과 김시습에게 가서 배우기를 청했다. 시습은 모두 사양했으나 최연만은 가르칠 만하다고 여기고 머무르게 했다. 최연은 반년 동안 사제의 도리를 다하여 잠시도 곁을 떠나지 않았다. 달이 높이 뜬 깊은 밤마다 잠에서 깨어보면 김시습의 침석은 비어 있었다. 연은 마음속으로 이상하게 여겼으나 감히 쫓아가지는 못했다. 김시습은 여러 차례 이와 같은 행동을 했다.

어느 날 달 밝은 한밤중이었다. 시습은 의관을 갖추어 가만히 나갔다. 연은 골짜기와 고개를 넘어 그 뒤를 따라 갔다. 수풀 속에서 가만히 엿보니, 아래쪽에 넓고 편편한 큰 바위가 있었다. 두 손님이 있었는데, 어디서 온 사람인지 알 수 없었다. 서로 읍을 한 뒤 바위 위에 마주 대하고 앉아 이야기를 나누었다. 거리가 멀어 무슨 이야기를 하는지 살필 수 없었다. 한참 이야기하다가 헤어지는 것을 보고 연은 먼저 돌아와 이전처럼 누워 잠들었다.

다음날 김시습이 말했다. "너를 가르칠 만하다고 여겼는데, 이제 보니 조급하고 참을성이 없구나. 더 이상 가르칠 수 없다." 마침내 작별하고 떠났는데, 김시습과 말을 나누었던 자들이 사람인지 신선인지 끝내 알지 못했다.

이 일화를 '조급하고 참을성이 없다[覺其煩燥]'에 주목하는 입장도 있다. 느긋하게 일을 해야지 빨리 하려고 하면 도리어 일을 그르친다는 교훈으로 읽어낸 것이다. 일리가 있다. 이 이야기를 김시습의 결벽증으로 해석하기도 한다. 그의 시 「와서 공부하겠다는 사람을 거절하다[拒來學]」를 예로 든다.

경전과 역사서를 오래도록 공부했건만
구두와 해석이 모두 다 잘못이네
눈 어두워 줄 따라 읽기 잘못하고
마음 어두워 잘못된 이해가 많아라
용 잡는다고 헛되이 힘만 허비했고
시구 다듬다가 시마(詩魔) 되었네
가죽나무처럼 쓸모없기를 좋아하니
강호에서 짧은 도롱이 입고 지내리

研窮經史久 연궁경사구
句語儘差訛 구어진차와
眼暗循行誤 안암순행오
心昏錯會多 심혼착회다
屠龍空費力 도룡공비력
琢句便成魔 탁구편성마
正好爲樗散 정호위저산
江湖荷短蓑 강호하단사

『장자』에 이런 대목이 있다. 혜시가 장자에게 말했다. "내 있는 곳에 큰 나무가 하나 있는데, 사람들은 그것을 가죽나무라고 부르더군요. 그 큰 줄기는 혹두성이어서 먹줄을 칠 수도 없고, 가지는 비비 꼬여서 자를 댈 수조차 없기에, 길가에 서 있지만 목수들이 거들떠보지 않습니다. 지금 그대의 말도 크기만 했지 아무 소용되는 게 없어 사람들이 거들떠보지 않을 거요." 장자가 말했다. "선생은 삵이나 너구리를 보지 못했나요? 몸을 낮게 움츠리고 엎드려 있다가 돌아다니는 작은 짐승을 노려 이리 뛰고 저리 뛰고 높고 낮은 데를 가리지 않다가 결국 덫에 걸리거나 그물에 걸리어 죽고 말지요. 그런데 이우라는 큰 소는 그 크기가 하늘에 드리운 구름과 같아 큰 일을 얼마든지 할 수 있지만 쥐는 잡을 수가 없습니다. 지금 그대는 큰 나무가 있음에도 쓸모가 없다고 걱정하는 듯한데, 어째서 그것을 아무 것도 없는 곳, 드넓은 들판에 심어 놓고 하릴없이 그 곁에서 왔다 갔다 하거나 그 아래에서 노닐다가 드러누워 잠을 잔다거나 하지 않는 거요? 그 나무는 도끼에 찍혀 일찍 죽지도 않을 것이요, 어떤 사물도 그것을 해코지 하지 않을 것이니, 아무데도 쓸모가 없다는 것이 어째서 괴로움이 된다는 것인가요?"

배우겠다는 사람을 거절한 이유가 명확하지 않을지 몰라도, 그는 가죽나무처럼 쓸모없기를 바랐는지도 모른다.

유자한柳自漢, ?~1504이 1486년에 양양부사로 오면서 김시습과 친분을 쌓았다. 안주와 술을 보내고 쌀을 보내자 김시습은 감사의 편지를 보낸다. 유자한은 흉년의 구황책과 관련된 상소문을 김시습에게 부탁하기도 한다. 친분이 두터워지자 유자한은 양양에 정착하여『장자』를 가르쳐달라고 부탁을 한다.

저와 더불어 노니는 자 가운데는 머리 깎은 이가 두세 사람 있는데 다 세상 밖에 노니는 사람들입니다. 바야흐로 저와 더불어 산수에서 배회하고 소요하여 각각 즐기는 바를 즐기려던 참이었습니다. 영공이 저를 초대하여 동구를 나오라 한다는 말을 듣고는 어찌할 바를 몰라 갈팡질팡하고 있습니다. 어떻게 처신해야할지 모르겠습니다.

김시습의 대답은 완곡하다. 평소 함께 산수를 즐기던 산승들과 헤어지기 섭섭하므로 동구를 나갈 수 없다고 밝힌다. 다만 산에 들어가 부처님께 예불을 드린 후 다시 양양으로 돌아와 『장자』를 찾아놓고 기다리겠다고 약속한다. 유자한은 자식들을 가르쳐줄 것과 함께 과거제도 볼 것을 권유하기도 한다.

저의 천성이 본래 예법을 차리지 않고 호탕하여 산이 밝고 물이 아름다움을 즐깁니다. 마침 마음을 알아주는 사람을 사랑하여 선비를 좋아하는 분을 만나 그림자를 혼미하게 하여 이 먼지 세상에 떨어지고 말았기에 산림에 묻혀 지내는 취미가 썰렁해졌습니다. 하지만 상공의 자제와 함께 뜻을 다하고자 하기에 이미 늦었습니다. …… 더구나 선비의 몸이 세상과 모순되면 은퇴하여 살면서 스스로 즐거워하는 것이 대체로 그 본분일 따름입니다. 어떻게 남의 비웃음과 비방을 받아가며 억지로 인간 세상에 남을 수 있겠습니까?

김시습은 자신의 처신이 지극히 어려워 인간세상에서 살아갈 수 없는 이유를 다섯 가지 든다. 세상 사람들은 남을 복식으로 판단하지 심지心志로 판단하지 않는데, 나는 더러운 옷을 빨고 기운 곳을 꿰매는 일이 없기 때문에 불가하다. 처나 첩을 두면 살림 살 계획을 세우고, 그렇게 되면 생계를 꾸리느라 빈부의 문제에서 자유롭지 못하기 때문에 불가하다. 처와 첩을 얻더라도 현모양처를 얻을 수 없기 때문에 불가하다. 벼슬에 천거되더라도 관직이 낮고 봉급이 박하면 뜻과 기운을 펼 수가 없으며, 성질이 정직하고 평범하여 무능한 무리에게 받아들여질 수 없기 때문에 불가하다. 산수가 좋아 산에서 농사를 짓는데 흉년이 들어 동구 밖에 나간다면 곤궁 때문에 나왔다고 주변 사람들이 말하기 때문에 불가하다. 김시습은 자신이 세상에 나간다면 남의 비웃음이나 사고 비방을 들을 것이라며 산간에 사는 것을 즐기겠다고 잘라 말한다.

산에 사는 것을 즐겼지만 늘 즐거운 것은 아니었다. 노년의 산속 생활하는 그에게 바람과 함께 회한이 찾아오곤 했다. 김시습과 늘 함께 하던 선행善行이 나무패는 것을 보면서 문득 슬픔에 젖는다. "그대 늙고 나도 쇠퇴해 가니 / 뜬 인생 참말로 슬프구나" 이 시기의 시에 자주 등장하는 시어는 슬픔이다. 잠 오지 않는 밤에는 이렇게 한탄을 한다. 「야음夜吟」이다.

푸른 산 띠로 이은 초가집에서
백발과 근심이 함께 하누나
사람 보아도 언제나 말 않고
눈물 닦으며 업적 없음 탄식하네
큰 뜻은 해마다 줄어만 들고
늙음은 나날이 기울어가는데
묻노라 오늘날 아는 몇 사람 중
나처럼 공명(功名) 적은 이 있는가

靑山茅屋裏 청산모옥리
白髮與愁幷 백발여수병
對人常不語 대인상불어
抆淚歎無成 문루탄무성
壯志年年減 장지년년감
頹齡日日傾 퇴령일일경

問今知幾輩 문금지기배
似我少功名 사아소공명

　득도한 듯 세상을 초월한 듯 호탕하게 세상을 살아왔다. 그런 입
장이 더 많았다. 가끔 다시 속인으로 돌아온다. 부귀는 아니더라도
공명 없이 늙어가는 자신이 초라해 보인다. 인간적인 모습이라 더
친근해 보이지만 그는 나이가 들수록 더 조바심이 난다. 늙음에 대
해서 「노경老境」에서 이렇게 넋두리 한다.

노년기 차츰차츰 다가오는데
인생사 아는 것 적음을 탄식하네
눈 어두워 물건 분별하기 어렵고
귀 어두워 조롱해도 알지 못하네
구들이 따뜻하면 자는 것만 즐겁고
나물이 달아야 요기도 할 수 있네
인간세상의 수많은 일 가운데서
서로 틀리는 줄 이제야 알겠네

老境侵尋近 노경침심근
還嗟識事稀 환차식사희
眼昏難辨物 안혼난변물
耳聵不知譏 이외부지기
炕煖惟耽睡 항난유탐수
蔬甘可療飢 소감가료기
人間多少事 인간다소사
方覺頗相違 방각파상위

번민을 읊은 시에서는 이렇게 넋두리 한다. "마음과 일이 서로 반대되어 / 시 빼놓으면 즐길 일이 없어라" 늘 생각과 달리 어긋나는 세상을 횡단하는 유일한 방법은 시 짓는 일이다. 어찌 보면 김시습이 할 수 있는 유일한 일인지도 모른다. 기뻐도 시를 짓고 슬퍼도 시를 짓는다. 특히 근심에 휩싸이면 붓을 들곤 한다. 시가 김시습을 구원해줬다고 말해도 과언은 아닐 것이다. "땅이 외져서 사람의 일 없어 / 봄을 맞은 마음 슬프고도 차가워라 / 바람은 천길 나무를 흔들고 / 구름은 만 겹 산을 지나가네" 따뜻한 봄날에도 어김없이 슬픔이 찾아온다. 바람에 흔들리는 나무는 김시습의 마음이다. 흐르는 구름을 보면서 다시 유랑을 생각했는지도 모른다. 1491년에 김시습은 삼각산 중흥사에 나타난다.

ㅂ